王晓东 著

好奶爸育儿经（0~3岁）

一本教男人怎么爱老婆、孩子的教科书

育儿不只是妈妈的事
好奶爸也能育出好孩子

作家出版社

我和胖爸爸

男装也很帅

我是小馋猫

一家三口

我是排球女将

我也有心事

目 录

序　绝不仅仅是一个奶爸而已…… / 001

前言　爱的味道 / 003

小小说明 / 005

第一章　老夫少妻要子难　001

1. 孩子他妈真难找——老男人如何找媳妇 / 001
2. 答应怀孕不容易——如何说服自己的妻子怀孕 / 009
3. 想怀就怀不可能——怀孕前如何准备 / 016
4. 医院验身去心魔——男性在医院如何检验不育 / 021
5. 保定一游巧得子——旅游是否有利受孕？ / 027

第二章　当个快乐的准爸爸　032

1. 老婆胃口不好——孕妇不爱吃饭怎么办？ / 032
2. 同事孩子掉了——孕妇疑神疑鬼怎么办？ / 038
3. 变成职业跟班——孕妇恐慌怎么办？ / 042
4. 身材苗条的孕妇——孕妇如何补铁和选衣服？ / 048
5. 待产医院难定 / 053

6. 生男生女难定——提前知道婴儿性别有无必要？ / 057

7. 起名一波三折——如何提前给宝宝起名字 / 061

第三章　医院风云录　　066

1. 提前见红——预产期准不准？ / 066

2. 剖是不剖——选择剖腹产的原因 / 070

3. 美女出世——孕妇是如何做手术的？ / 074

4. 手忙脚乱——新生儿的准备工作有哪些？ / 080

5. 喂奶疑云——新生儿为何总是哭？ / 087

6. 爸妈真累——如何创造好的住院环境？ / 093

7. 小娜真棒——怎样处理产妇住院期间的困难？ / 098

8. 光荣出院——新生儿有哪些出院检查 / 104

第四章　有苗真愁长　　108

1. 我要睡觉——如何让宝宝有良好的睡眠 / 108

2. 我要吃奶——产妇奶水少怎么办 / 114

3. 我要洗澡——产妇和宝宝如何洗澡 / 119

4. 我要打针——宝宝如何打预防针 / 125

5. 我要发言——如何听懂宝宝的哭声 / 130

6. 我要摆席——如何摆满月/百天的酒席 / 136

7. 我要阳光——如何让宝宝晒太阳 / 141

8. 我要长大——怎样给宝宝补充营养 / 146

9. 我要健康——如何处理宝宝感冒发烧 / 153

10. 我要运动——如何训练宝宝的运动能力 / 160

第五章　有苗不愁长　　167

1. “抓周”谜案——“抓周”的起源和发展 / 167

2. 痛苦的照相——如何给宝宝照艺术照 / 173
3. 一一到底像谁——宝宝遗传谁的长相 / 179
4. 让人又爱又恨的学步车——宝宝如何学习走路 / 185
5. 一一到底爱谁——老人带宝宝好不好 / 191
6. 尿尿是个大问题——如何让宝宝学会自己尿尿 / 196
7. 喝水不是问题　问题是不喝水——宝宝不喝水怎么办 / 201
8. 和大人一起吃饭——如何训练宝宝吃饭 / 206
9. 逛街是女人的天性——如何处理孩子逛商场的突发事件 / 213
10. 一一的朋友们——宝宝怎样和外人接触 / 218
11. 我是美一一——如何处理孩子的皮肤问题 / 223

第六章　生活充满意外　无奈无处不在　232

1. 发烧事件——大人同样要注意身体 / 232
2. 保姆事件——如何寻找合适的保姆 / 237
3. 奶粉事件——一个非三鹿奶粉家庭的遭遇 / 243
4. 流感事件——手足口和猪流感 / 248
5. 婆媳事件——幸亏都是明事理的人 / 254
6. “破相”事件——宝宝要预防哪些危险 / 261

也算后记——我和父亲 / 267

序

绝不仅仅是一个奶爸而已……

某个繁忙的下午，我正无奈地看着眼前的各种报表发呆，一个同事敲门进来，说希望我可以帮她的这个朋友写序，我的大脑还真有那么半刻空白。

事情就是这么开始的。

拿到这本书，看到标题是《好奶爸育儿经》，心里算是稍微有谱了些，虽然我没有机会成为奶爸（起码这辈子没戏了），但我还算得上是个还可以的“奶妈”，这个序写的也就自然徒增了3分底气。

但在翻开这本书看到目录时，我还是有些意外，因为里面内容涉及之广绝不仅仅是育儿这么简单，里面有提到一些如“老婆怀孕不爱吃饭该怎么办”“如何帮孕妇老婆选择服饰”等问题，看的我心里一暖，倘若现在天下的男人们都开始朝这方面转型，那女人将会多么的幸福。

书里面的大部分故事和内容都是晓东自己的故事，这个从详细的描写中就看得出来。其实我倒觉得，这本书的整个内容如果要用一句话来概括的话，那就是——super老公必备手册。里面教导了作为一名合格的老公要怎样注意自身形象、怎样保持自身的身体健康、怎样照顾孕期的老婆、怎样护理出生的宝宝，甚至如何寻找合适的保姆，可是说是面面俱到。

其中的一个故事谈及08年的三聚氰胺事件，让我印象颇为深刻，可能因为我也经历过相同的心理过程。那时我的香香也才2岁多，还在喝奶粉的年龄里。当时各大媒体铺天盖地报道“三鹿奶粉”事件，我家里的电话也一直不断，亲戚朋友都打电话来问香香到底喝的是什么奶粉。那时似乎全世界的目光都集中在了中国的孩子身上，现在回想起来，那段日子还是历历在目，悬着的心似乎到现在才慢慢放下。

全天下的父母都希望自己的宝宝可以健康成长，他们努力的成就自己，让自己成为一名称职的“奶爸”或“奶妈”，给自己的宝宝以全方位的呵护。看过了这本书，我读懂了晓东的良苦用心，也希望您可以在晓东的这本书中找到您需要的知识和经验。

《时尚好管家》助理出版人/主编文洁

2010年冬

前言

爱的味道

记不清哪一天看北京台的一档访谈节目，嘉宾是拥有“体育名手”和“综艺名嘴”头衔的董路。节目内容不是谈他的成名历史和专业，而是谈他作为一个3岁女儿父亲的感悟。节目很温馨，最令我感动的故事是，他的3岁女儿“吃完”他妈妈早就不存在的奶后，大人开玩笑问是什么味道，孩子的回答震惊了所有人——“这是爱的味道！”

年轻的时候不理解，为何很多粗线条的爷们儿，在有了孩子后就变得那么顾家和柔情似水？为何很多信誓旦旦不要孩子、嫌孩子麻烦的柔弱女子，在有了孩子后就变得那么坚忍不拔，浑身散发着母爱的光辉？作为一个被迫晚婚、具有传统“老婆孩子热炕头”理想的丑男人，我在33岁的时候终于明白了这个原因，因为这时我有了自己的女儿。

从孩子的孕育、出生到抚养三年左右的时间里，我和妻子写了大量的育儿日记，每次翻看，都感慨万千。妻子怀孕的时候胃口不好，孩子生下来才5斤多一点，骨瘦如柴，是个名副其实的小可怜。孩子2个月母乳就没有了，家里的老人和我们绞尽脑汁，历经千辛万苦，终于依靠自己的力量把孩子养成现在人见人爱、健康活泼的“大美妞”。

每次带孩子出去，亲朋都会打趣我：这么“丑”的爸爸怎么会有这么“靓”的女儿。听得我是既惭愧又骄傲。很多喜欢我女儿的年轻朋友，求教我的养育经验，聊起与女儿以及妻子斗智斗勇的经验，我次次眉飞色舞，口若悬河。这些朋友有的劝我，说你说这么多我们也记不住，你还不如写出来。当时仅仅一笑作罢。

机缘巧合，遇到大龙兄。聊起各自的孩子，大龙兄听后强力鼓励我完成这一“工程”。有三个理由打动了我：首先国内很少有男性作者写育婴方面的书，写这本书，可以让丈夫体会到妻子孕产的艰辛，明白养育孩子父亲的责任同样重大的道理。二是把自身的经历用故事和漫画的手法表现出来，大家更有兴趣阅读。三是我们不求名利，仅仅是作为将来给自己和孩子留存一辈子的礼物，也是值得。

的确，孩子是天使，好好地养育她是上天赋予我这个父亲的使命。既然有了千言万语、丝丝感悟，何不一吐为快，向天下所有的父亲致敬，向天下所有的母亲致谢，更向天下所有家中的老人拜叩，遂成此书！

初稿写完的时候，我的女儿正处在学说简单对话的时候。很多话我们没有教，孩子自己就琢磨出来。一天，有人问她：“美妞你为啥这么漂亮呀！”女儿说道：“爸爸妈妈养的。”孩子他妈当时就笑着哭了，两年来我们遇到的种种磨砺、遭遇和不公，在这一刻被孩子的一句话击得粉碎，这也许就是爱的味道！爱的力量！

有女如此，“夫妇”何求?!

小小说明

写这本书的目的和起因在序言里面说了，这里说几点小的阅读注意事项，一来方便大家阅读，二来感谢帮助我的人和网友，三来解释一些疑问。

一、关于一一

1. 名字：一一是我的女儿，这是小名，大名叫王宜冉。

2. 时间地点：一一2008年2月5号出生，在医院待了5天，然后去了海淀清河我父母家（北五环外），一直住到她8个月大左右。其间回了两次姥爷姥姥家（丰台北大地）小住；9个月到16个月，在卢沟桥我们自己家住，白天姥姥带着，我父亲过来帮忙；17个月至今，还在卢沟桥我们自己家住，白天姥姥带着。说这些，一是防止大家地点时间混乱，二是说明养育孩子是集体的功劳，我一个人不敢贪功。

3. 主要配角：我；我老婆，也就是小娜；我的父母；老婆的父母；邻居张阿姨（妇幼保健站医生）；邻居刘阿姨（一一的老年粉丝）。

二、关于故事

书中的故事99%都是真实的我自己的故事，之所以有1%不确定：有的是为了阅读方便省略了细节，合并同类项；有的是实在想不起具体的时间地点，相对模糊，但事情是确实发生的；有的是不愿意点出具体人和事，觉得恶心。

三、关于经验

故事中穿插了一些经验和评论，主要是我和家人的心得。但很多经验也是通过学习有关的教材和网上资料来给一一实施的，所以部分内容可能会觉得有些熟悉，这里先是感谢这些资料的作者（因为养孩子时期翻阅的资料太多，记不清作者），然后这也说明好的经验是经得起检验的，起码我们家孩子就适用。但需要说明的是，孩子都是独立的个体，经验再好，也不一定就完全适合每个孩子。只要父母用心，每个孩子都会成为健康、漂亮的宝宝。

四、关于贴士

贴士有的是为了注释故事里面的专业名词（小贴士），有的是结合资料和自己的实际总结的经验（大贴士），有的是本人独有的经验（老贴士，也就是老王的贴士）。这些是为了增加故事的科学性，给宝宝父母、想要孩子的夫妻，特别是那些自以为很了解女人的丈夫们看的。小贴士和大贴士参考借鉴了很多资料以及网友经验，特别是郑玉巧大夫的书和网友“豆豆妈”的一些经验，这里再次感谢。

五、关于漫画

书中全部的漫画创意均由本人创作（注意是创意），2/3由本人执笔手绘完成，1/3由本人和老婆共同执笔手绘完成，但其中小部分的人物/动物的造型和姿势，因为时间紧、任务重、加上本人能力有限，借鉴了网上的一些漫画资料，这里也同样感谢，希望大家一定以及肯定不要找我老王打版权官司，真的谢谢。

最后再次感谢为本书出版提供过帮助和支持的朋友、同学、同事、邻居，特别感谢亲爱的网友们！

第一章　老夫少妻要子难

1. 孩子他妈真难找——老男人如何找媳妇

我不是标题党，题目不是骂人，就是孩子的妈的意思。

虽然自小学到大学我的作文就常被老师称赞，但老师也往往语重心长地说：晓东，你的文章忧伤优美的少，讽刺幽默的太多。既然恩师们已经给我定了性，我也就不打算改了。这本书既然是写我自己闺女的故事，还是由着我的性子来写吧。看不惯的地方您多担待。

著名小品艺术家赵本山老师有个小品叫作《钟点工》，小品里面有个老笑话：把大象装进冰箱里需要几步？答案大家都知道，最难想的就是第一步。第一步就是打开冰箱门，然后把大象装进去，最后关上冰箱门。看着是废话，其实道理很深刻，它告诉我们两个道理：第一做任何事情首先要找准目标；第二就是万事开头难。同样，这和我要孩子是一个道理，作为一个男人不可能自己生出孩子来，我得先给孩子找个妈。

我喜欢孩子，这在我生活的军队大院几乎妇孺皆知。上初中开始，寒暑假我就在大院里面的幼儿园给阿姨们义务帮工，给孩子们做玩具，组织孩子们玩老鹰捉小鸡。后来发展到阿姨们有了惯性和惰性，我看孩子，她们就给家里人织毛活、择韭菜。我要是不去，她们家庭任务的进展就会严重滞后。初中毕业我甚至想考幼师，但是因为受不了父母的嘲笑而最终没有付诸行动。为啥我这么喜欢孩子，答案就是——我也不知道。

这么喜欢孩子和被孩子喜欢的我却迟迟没有自己的孩子，为什么？很简单，我还没结婚。不是我不想，也不是我有别的嗜好，而是没人愿意嫁给我。

回想那时，我追女孩子的方法很简单，就是玩命地对她们好。结果也很简单，就是人家玩命地拒绝我。高中我喜欢过一个，但是基本属于单方面早恋，被她的母亲棒打鸳鸯，从此陆游的“东风恶，欢情薄”的词句印在脑子里面；大学喜欢过一个，大三的时候那个姑娘在一个月黑风高的夜晚向我表白，希望我不要影响她过英语四级；工作了喜欢过一个，由于害羞，每次吃饭都约一个朋友陪吃，结果把那个姑娘也顺便赔给了自己的朋友。不过这些姑娘对我还算不错，虽然每个人长相不一样，过程也不尽相同，但每次故事的结尾我听到的都是同一句话：你对人那么好，一定会找到更好的，那个姑娘会很幸福！这句话听多了，我甚至怀疑她们是一个教练带出来的女足队员，同时奇怪为啥我的幸福她们不愿意要呢？

到底我差在哪里，我也在问自己。人品有问题？不会！要不怎么会有那么多朋友用忠厚老实来评价我；家庭负担重？父母虽然不富裕，但是过日子也不差钱；不幽默？每次聚会都是我把别人逗笑呀。同样是一次聚会让我恍然大悟，终于知道了自己找不到老婆的最大原因。那天有个女性感情受了刺激，酒后吐真言：要不是他长得帅，我宁愿嫁给王晓东了。当时我回了一句：你嫁给我，你明年照样得哭，你还得找更丑的。当时就图嘴痛快了，自己仔细一想，我找不到老婆还真有可能是因为我的长相。

说了这么多，我正式描绘一下我的形象。我1974年生人，高173公分（约等于），体重170斤（4舍掉），皮肤黑里透黑，幸亏长个标准的鸭蛋脸，可惜是倒着长。其实我也知道我形象一般，但是我看影视剧中丑汉娶美妻的故事也不少，所以也没太放在心上。直到后来爱好摄影的陈老师东窗事发，才知道男人帅一点还真是招女孩子喜欢。于是，没想到我的长相还真成了我找孩子他妈的绊脚石。

这事不能想，越想越觉得对。后来当了公司的小头目，每次开会，西装革履的，觉得自己还算气宇轩昂。但只要第二天起床，早上一洗脸，望着自己顶部的那一头无精打采的枯草，真是不剪头觉得荒凉，剪了头显得凄凉。心底涌出对自己一个字的评价——你丫真丑。

于是，我努力早恋，但是已经晚了。再于是，一转眼，我就29了，光棍一个。

难道我真的要一个人终老吗？不会的，因为我虽然不好看，但好歹脑子还够用。这么多年下来，虽然没啥成功经验，但教训也能让人成长。何况我还有亲友团。

亲友团一号人物，我姐姐的婆婆。这个老太太是有名的热心肠，看不惯人世间出色的小伙子打光棍。经过多方了解调查，找到了我亲友团的二号人物，她的一个老姐妹儿徐阿姨。这个老姐妹儿更是著名的社会活动家，据说介绍对象的成功率高得吓人。两个高参一合计，祭出了杀手锏，把徐阿姨的外甥女介绍给我，一个叫小娜的80后小学教师。徐阿姨使出这一招取得的最大成果就是，我日后见她面省了两个字，不叫徐阿姨直接叫姨了。

虽然是介绍人的亲外甥女，关系绝对够硬，但要是真想成功还得用些心思。我说过，我的脑子还够用，特别是经过多次失败战火洗礼九死一生后的智慧还是相当好用。第一招：欲扬先抑。我特别嘱咐介绍人把我的长相说得差一些，比如特别黑、特别矮、特别胖等等。据说小老师听到后以为要去见一个叫做猪悟能的妖精。

第一次见面就安排在我姐婆婆的家中，那个小老师竟然一开始没有找出谁是她的相亲对象。这是为啥，因为在她的眼里满屋子都是叔叔阿姨，这其中就包括我。后来我们出去散步聊天，小娜开心地发现，原来我一点也不像妖精——没那么黑，也没那么胖，也没那么矮。这个长得很秀气的女孩没什么心计，蹦蹦跳跳有啥说啥。成功回到人类的我装出一幅老实的表情，多听少说。心中暗暗下定决心，拿下是必须的。

这个姑娘比我小6岁，属猴。长得跟我正相反，我胖硕，她苗条；我小眼睛单眼皮，她大眼睛双眼皮；我倒鸭蛋脸，她正瓜子脸——如果按现在的说法，就是标准的锥子脸。经过聊天，知道小娜正好属于80后，纯得连酒吧都没去过。我决心虽然下了，但有没有把握心里确实没底。于是使出第二招，欲擒故纵——短信中断法。

第二天上午我故意找了一个老笑话给她发过去，其他什么也没说。为什么发个老笑话，首先我为自已打造的形象是老实忠厚，笑话太新就穿帮了。另外你的笑话太新，人家最多给你回四个字：哈，真可乐。你说接下来你聊啥？如果短信再发些其他的，就显得自已太主动了，历史的经验告诉我：和战争不一样，谈恋爱主动方反而要挨打。结果到了下午人家也没给回，难道我这招使过了？

晚上7点，我都不抱啥信心的时候，短信响起。“对不起，一直给学生上课、补课，刚看见你的短信。不过你也太老古董了，笑话也太老了。”

人家是老师，白天是不让使用手机的，我把这个给忘了，信心立刻又悄然复生。她的回复和我预想的一样，立刻回了过去：“啊？这个笑话我前几天才听说，你骗人吧，有本事你明天给我发个好玩的，我看看。”小娜回复：“好呀，我让你知道知道什么叫笑话。”我说：“行，明天这个点我等你的笑话，好好休息吧，88!”——决不能多说，这得抻着。

果不其然，第二天还是那个时间她给我发了一个笑话，说实在的，比我那个新不了多少。我也没客气，直接说这个也不怎么样。然后第三天又给我发一个，我勉强干笑了一下。把一个最新的笑话编成我同事的实事发给她，她乐得不行。第四天没发笑话，小娜跟我短信讲了一下她那天上班遇到的烦心事。就这样，笑话、乐事、烦心事穿插，就像老朋友一样，我们短信聊了十来天。

美好吧，趁热打铁？不，我……不聊了！

我连续两天没给她发短信，也没回短信。第三天，风平浪静。第四天，她憋不住了，发短信质问我到底去哪里了，为啥没消息了？我压制住内心的激动，过了半个小时，说单位突然封闭集训给客户写提案，忘了拿手机了。然后告诉她我终于可以在周末休息了，问她周末有没有时间，要是有时间，见面吃饭聊吧。她很痛快地就答应了。我马上回短信说：“不聊了，写方案写得现在一打字就想吐。周末见!”

一般的年轻人初次带准女朋友吃饭，一定选好的馆子。我还不，她来找我，我带着她上菜市场挑菜。要知道，现在的女孩子哪有会做饭的！菜市场这种地方，家长更不带她们去。菜市场虽然很乱很脏，但是对这些蜜罐里长大的小姑娘而言，有意思的地方却显得更多。就像我小时候父母和老师在庄稼地里教我认识农作物一样，我煞有介事地给她讲解介绍，像个老手一样和小贩们讨价还价，她快乐得像只小鸟。

我小学二年级学做饭，即使算不上精通厨艺，在同龄男性中也算佼佼者，因为那时候还流行女孩子学做饭。那么我们约会的这顿饭是我做吗？我告诉大家，还不是。是我们一起做的，她做一个，我做一个，再一起合作一个。结果就是她只吃我做的，逼着我吃她做的，原因就是她的盐放得有些夸张。

吃饭的时候为了证明她能把菜做熟已经是80后的杰出代表，小娜认真地给我讲了个故事：她的一个女同学在高中的时候去她们家吃饭，她妈给她们做大虾。虾在下锅之前，同学惊讶地问到：阿姨，为啥你们家的虾是青色的，我们家的都是红色的？她妈一开始没明白，仔细问了后告诉她答案——因为你在家看到的都是熟了的虾！

这是我们两个交往以来我听到的最大的一个笑话。

爱情需要经营，还要有一些善意的技巧。还有很多故事，比如我借口忙从来不去她们学校找她，有一次她发短信说身体有些不舒服，我像变魔术一样出现在她们学校，而学校的地址我从来没问过；比如一个情人节，我骗她没时间买礼物，只能晚上八点一起吃饭，结果她来找我，在闭眼两分钟后，屋子里布满了盛开的玫瑰和心型的红烛。说了这么多我和我老婆认识之初的故事，还是为了证明找到孩子她妈的艰辛。因为离得比较远，每个礼拜我们几乎只见一面，但是每次都很快乐。就在这个时候，意外发生了。

在交往了大半年的时候，非典来了。我的一个同事头天还在和我一起打麻将，第二天就发烧疑似进去了。我在家隔离，给她打了电话，让她有个准备，千万不要过来。我给一些朋友打电话，让他们不要来找我玩，本来想让他们给我送点吃的放在我门口，但听到他们惊慌失措的口气还是没说出口。我是一个善良的人，打算一直喝粥喝到我同事确诊病情的时候。到了晚上，她和她妈来了，强行进来，在我的要求下带着口罩。她泪流满面，手里拎着很多方便面和速冻食品。在自己隔离的过程中，望着楼下那些快乐幸福地奔跑着的孩子们，我对自己说：我还年轻，我要娶她！

到了第五天，同事确诊，虚惊一场。

这件事过去后，我就开始着手结婚。在一个北风呼啸，阳光明媚的日子，她被拉着领了结婚证。一直嚷嚷不想这么早嫁人的她在签字的时候异常镇定，一直处心积虑的我则手忙脚乱，填错了好几次。照相的时候，我表情僵硬，她笑靥如花。转到2004年的夏天，我们正式举行仪式。那一天，我特别安排了一个环节，当着三百来宾的面，我和我老婆给两个介绍人深深地鞠了一躬。朋友们纷纷打趣，又一朵鲜花插在了牛粪上。

第二天早上起来，虽然我的头发还是那么萎靡不振，但是我知道，从此会有另外一个人欣赏它、照顾它。鲜花，不属于赏花的人，只可能属于用心给予她养分的牛粪。

至此，孩子她妈终于找到了。下一步，不用说你也知道，关上冰箱门，准备要孩子。

老贴士

老男人追女孩子的技巧：

1. 要低姿态起步。男人追求女孩子，不要夸夸其谈，一下子打出自己所有的底牌，这样会让女孩子觉得你很幼稚，喜欢出风头。

2. 要显得有信心、有责任心。承诺的事情说到做到，但不要急于承诺，也不要乱承诺。

3. 不要太正经，该调侃的时候就调侃，但也不要太随便。无趣的男人会让女孩子没有继续交往的欲望。

4. 显得成熟一点，保持一定的神秘感。慢慢让女孩子了解你的优点，从容不迫的男人对mm有致命的吸引力。

5. 交往的过程中不要太急躁，随便送人家礼物是不礼貌的。俗话说“无功不受禄”，你这样送人家东西就是在施加压力，好女孩会觉得欠你的，所以会想办法还给你，如果没办法还给你就会想办法不和你交往，免得总是欠你人情。喜欢你礼物的，一定不喜欢你这个人，到时候你一定会人财两空。

2. 答应怀孕不容易——如何说服自己的妻子怀孕

我结婚的时候三十整，老婆才二十四岁，正是如花似玉，对二人世界流连忘返，玩心重的时候。我虽然也希望多陪着她玩几年，过几年神仙日子，可是我的同学朋友们几乎一个个都有了第二代，家庭聚会的时候我俨然成了局外人，这对一个爱好孩子的人来说简直就是奇耻大辱。更为重要的是，我父母马上就奔60岁的人，虽然已经有了外孙子，但盼着内孙子（女）的心情却日渐急迫。私下里，老妈发出最后通牒，三年内必须怀上孩子，否则不管带。因此，一结婚我就得把这个政治任务落实下去。

结婚生子，在很多人看来天经地义。但历史发展到今天，要不要孩子已经是个问题。夫妻两个都不想要，产生的是与家里老人的矛盾。夫妻两个意见不一致，则是夫妻之间、与各自父母之间、双方父母之间的群架和混殴。

我身边就有一对恩爱夫妻因为孩子问题被迫分手。男方英俊高大，是个单位副总；女方漂亮能干，号称单位骨干。双方大学同学，爱情看似天高水长。二人婚后男方一直想要个孩子，女的却始终不答应。理由很简单——恐惧。

双方父母规劝，闺中密友规劝，心理医生规劝，但是女方铁石心肠，noway。

男方走投无路，最后被迫以死相逼，当然是爱情的死——离婚。女方妥协，战争打了7年，以男方的胜利暂告一段落。但是，孩子还是没有。医院检查，男方健康。大医院检查，女方康健。战争打成僵局。

谜团在男方继续努力后解开，某天男方心血来潮去倒垃圾，发现了秘密：避孕药的说明书。原来女方瞒着男方，把避孕药放到维生素的盒子里面吃。结果小白的弟弟——真相大白。女方羞愧难当，净身出户。男方深受刺激，大病一场，消沉很久。有个名人评价这个事情：种草不让人去躺，不如改种仙人掌！

这个故事告诉我们三个道理，第一，避孕药就是避孕药，不能当维生素用。第二，没事不要让自己的老公倒垃圾。第三，爱情拒绝欺骗，婚姻更是如此。让历史告诉未来，要子婚前请当面讲。

老谋深算的我，不可能在结婚后才考虑这个问题。就像宋丹丹打开冰箱门是为了装大象，而不是为了展示内部结构一样，我好不容易找到了孩子她妈，当然会提前把目的告诉她。看到这里，小夫妻们，特别是女性朋友不要着急，这样听起来我好像是有些卑鄙，结婚是为了找个生孩子的。

我主动深刻坦白自己灵魂深处的丑恶。一是为了广大男性朋友能汲取经验教训，掌握夫妻家庭相处的方法和道理，少走弯路。二是让女性朋友理解自己的另一半，在生养孩子的问题上，女人很辛苦，男人更心苦。同时女性朋友也不要着急，我写这本书主要是为了歌颂女性，往后看就知道了。

结婚生子，养育后代，天伦之乐，是我认为作为人的角色来到世界上应该享受的快乐和辛苦，否则就枉为一世人，这就是我的人生观。我尊重很多人的丁克选择，但我有我的原则和理想。所以，我结婚一定会要孩子这个事情在我们结婚前就告诉了孩子他妈。我觉得，把自己的想法真实的告诉自己的结婚对象，是一种负责任的表现。

直觉告诉我，她会答应的，这事应该手拿把攥。

想，容易，生，容易。想让自己的老婆尽快生，不容易。

千算万算，我才把孩子她妈算计到手。但在是否可以尽快要孩子的问题上，没想到差点马失前蹄。原本以为她是小学老师，又是教低年级的，肯定特别喜欢孩子，让她怀孩子不是个大事情。但她的反应出乎我的意料，差点令我的计划前功尽弃。婚前我有一次和她逛街路过一个婴儿用品专用店，我信心满满又故作随意地和她讲：“咱们结婚后生个漂亮宝宝，到时候就来这里买衣服。”她当时就回了我一句：“小孩子多烦呀，咱们两个人不是挺好的吗？”

当时我并没有在意，觉得是小姑娘的矜持和天真。事实证明，男人的直觉有时候真不准。关于要孩子的问题，我询问的态度越来越正式和严肃，小娜的拒绝和抵触也越来越鲜明和果敢。战争看似不可避免。

为了化干戈为玉帛，我得琢磨。问题出在三个方面：第一，毕竟小娜的岁数小，她自己的心智还不像我这个老家伙这么成熟。她把结婚等同于二人世界，等同于甜蜜爱情的升华了。家庭的压力和养育后代的问题在她那里几乎不存在。要了孩子，家庭的琐事就等同于没有了甜蜜，而且她认为有了孩子会危及她在我心目中的地位。第二，就跟厨子在家不做饭，医生在家讨厌病人一样，小学教师这个行业令她们失去了对孩子那种好奇感，她们工作中最大的苦恼就是如何应对孩子们的缺点，所以多个孩子的不良习惯在她们的心里集中放大。第三，生孩子会让身材走样，加速她变成黄脸婆的速度，提前完成豆腐渣工程。

问题找出，就得分析斗争胜利的可行性。用我们广告人的话，就是做个SWOT分析。嘛叫SWOT？S代表strength（优势），W代表weakness（弱势），O代表opportunity（机会），T代表threat（威胁）。

优势：双方父母都想趁着身体还硬朗着急抱孙子（孙女）；生完孩子双方父母都可以帮着带；现在家庭的经济情况虽然说不上富裕，但是小康问题不大。

弱势：我30了，着急。还有生不生我说了都不算，主动权在人家手里。

机会：我的工作比较稳定，她的工作更稳定，正是要孩子的好时机；我们也正处在最佳的生育年龄；我的那些女性同学朋友要了孩子后大多身材苗条，风韵更胜当年，正面例子颇多。

威胁：她的思想负担重，一些生孩子的负面新闻太多，此外就是作为一个小女孩的小心思——害怕有了孩子失宠。

仔细回忆小娜的态度，恐惧成分居多，精神上完全拒绝的可能性并不大。于是策略产生：一、家庭感化，减轻压力。二、表现对别人孩子的热情，让她有所触动。三、多接触正面例子，屏蔽负面新闻。四、表现对她的重视，卸掉包袱。

策略好定，上升到理论高度的不多，我算一个。可是战争不是理论家可以打赢的，我需要盟军。

第一个盟军好找。俗话说，女人搞定自己的男人，要先搞定男人的胃。那么男人要想搞定自己的女人该怎么办？我来告诉你，要先搞定自己的丈母娘。

小娜从小就是乖乖女，非常听她妈妈的话。婚前除了和自己的表妹逛街，几乎大门不出、二门不迈。上学的时候在她妈妈的高压政策下，很少和其他男生接触。对于她不想生孩子的事情，我私下里和丈母娘进行了沟通，迅速取得了丈母娘的理解和大力支持。

好几次，老婆临睡前都和我说：“妈又和我谈心了，希望尽快看到我们的孩子，如果有了孩子，照顾孩子和其他家务都不用我们操心。”我嘴上说：“大主意你自己拿，也别压力太大，有没有孩子老公都一样宠着你。”心里暗自窃喜——丈母娘好样的。

一来二去，老婆的防线有所松动，有时候问我是不是生孩子就疼那么几天，然后孩子她就可以不用管了？我说，那当然，你是家里的功臣，谁还忍心让你干活。但是我知道，母爱是一种天性，一旦有了自己的孩子，慢慢都会做一个合格的母亲的。我承认在这个问题上，我有些口是心非，但我很善意。

记住，找老婆的妈妈做你的盟军，不要让自己的妈妈去做说客。那样，适得其反，不信你就试试。

老人的话有效果，朋友的话有影响。第二个盟军得从小娜的好友中下手，这有些技术难度。男人的直觉不准，眼光得准。经过考察，小娜有个叫英子的同事，特别希望赶紧要一个孩子，每天就是幻想有孩子后的幸福生活。我就有意无意的让她和小娜在一起的时间加长，同时我主动接触这个同事，还有她的老公。我们两家经常在一起吃饭，有时候我也约她老公打球，让她们两个去逛街。榜样的力量是无穷的，两个人接触的时间一长，老婆说：“老公，要个孩子真的那么快乐吗？”我说：“我不知道，但是绝大多数夫妻有孩子我知道。”

总之，第一招丈母娘的高压说服，去掉老婆家庭内部的支持，也就是釜底抽薪。第二步就是砍去其外围支援，要多亲近希望生孩子的年轻同事和朋友，少接触那些因为生孩子身材走样、疾病缠身的负面新闻。两要两不要，是这一阶段的战略思想：要多接触有孩子的幸福家庭，不要接触那些因为孩子夫妻不和、生活质量下降的家庭；要多听取老人的意见，少接触少不更事玩心很盛的年轻人。用我们公关圈里面的术语，就是为自已的服务对象创造正面的舆论环境，杜绝负面新闻。一次大街上我们遇到我的一个大姐，寒暄时她一直在诉说她的不幸：离异，自已带着孩子生活得很可怜。我虽然很同情，但还是尽快拉着老婆撤离了。太危险！希望这个大姐不要怪我。

舆论很重要，还得适当给予压力。我们结婚的时候，她小姨家和我们走动的多一些。小姨的孩子才刚刚小学5年级，叫壮壮，长得虎头虎脑的一个胖小子，和小娜特别亲。我经常主动带着他玩，给他补课。一开始不是很熟的时候，她小姨有些不好意思，觉得壮壮会破坏我们的二

人世界。有时候可能也会有所怀疑——这个姐夫凭啥对自己的孩子这么好？时间一长，发现我是真喜欢孩子，就放心了。有时候她们家里忙不过来，就会主动把孩子放到我们家，让我和小娜帮着带着。壮壮到现在也是言必称姐夫，他姐反而约等于不存在了。有时候两家聚会的时候，她小姨就会说：娜娜，你看晓东这么喜欢孩子，你还不赶紧要一个。

小娜到家就拧着我说：你留点劲对自家的孩子好吧。

总是给予压力也不对，关键还得表现出自己的爱心。自打找到孩子他妈后，我就决定只有纪念日，没有独立日了。三八妇女节、中国情人节、外国情人节、教师节、母亲节、丈母娘的生日、老丈人的生日、老婆的生日、结婚领证纪念日、结婚办事纪念日……这些节日要牢牢记住。有时间就办得精致一些，没时间至少也得有蛋糕或者鲜花。对老婆好，已经成了我的习惯。老婆依恋我，心疼我也渐渐成了自然。

2006年春节，我放弃很多做生意的机会，请了10天假，用自己的年终奖金换了一次和小娜的云南旅行。在美丽的玉龙雪山上，我对着天空大喊："老婆我爱你，我一定会让你幸福的。"老婆也很激动，对着天空也喊："老公，我一定会做个好老婆。"她羞答答地对我说："我们要个自己的孩子吧？"山上很冷，我的心很热。

爱情，确实可以感化一切。只要你尊重她。

对一个好老婆，无论你的理由多么充分，不要去逼她。

策略是假的，爱是真的。

小贴士

夫妻要孩子要提前沟通

1. 关于要不要孩子，男女双方婚前最好有沟通。否则，因为这个事情导致家庭不和，会遗憾终生。

2. 有时候女方不愿意生孩子，并不是说她不能生，而是在考验

小贴士

男方，是否值得为男方生。不要以为结婚就万事大吉，对女方关心和爱护是一辈子的。

3. 不要拿爱情作为威胁，这样会形成僵局。很多女的会说：结婚就是为了生孩子的吗，如果你这样说那就离婚好了，因为你爱的只是孩子而不是我！但是男方同样可以说，别的家庭的女人爱自己的老公都可以有孩子，你不愿意生就是不爱我。要多沟通，找出办法。

4. 实在无法达成一致的，长痛不如短痛。不要想着谁亏欠了谁，各自去寻找真正属于自己的幸福吧，因为你们还有时间。

3. 想怀就怀不可能——怀孕前如何准备

老话说：女人心海底针！我老婆小娜答应归答应了，但是心是口非。提出一个对我来说十分严峻的问题，生孩子可以，必须保证质量。我说这个你不用担心呀，本来我就不吸烟。自打结婚后，喝酒也非常有节制。一个烟酒基本不沾的模范丈夫，标准的好爸爸胚子呀。小娜上眼皮一翻，幽幽然说出一句令我英雄气短的话：“就你这跑两步就喘的塑料袋体格，还想生出健康的孩子？”

老婆很少开玩笑，自打春晚赵丽蓉老太太说巩汉林是塑料体格以来，她就针对我这个胖子发明了塑料袋体格这个专利。潜台词就是嫌我目前身体太虚，身材太胖。我急忙辩解，胖瘦不影响生孩子。小娜也不知道从哪找出一个缺德的专家的意见，身材过胖的男人的基因也会受影响。没别的，硬性指标，减肥15斤！也就是从175斤瘦到160以内。

用郭德纲的话说，要了亲命了！

上网查阅资料，要生孩子不要乱吃药，所以吃药减肥这一办法PASS掉。节食，那我的身体会更快垮掉，更影响孩子质量。没办法，华山一条路——运动。我一咬牙在家附近的健身中心办了一张年卡，动物园批发市场买了一身运动服，开始了我的健身之路。小娜讽刺我乱花钱，说要健身大街上跑步多好。我说：“花了钱我就心疼，更能刺激我，不减下来我就会觉得冤枉。”

头一天晚上我上跑步机跑了30分钟，下来差点摔一个大跟头，脑子直晕。器械又练了半个小时，饿了。咬牙喝了几口水，又上跑步机跑了15分钟就实在撑不住了，回家路上还直呕。小娜又可气又可笑，说：“刚开始你也不悠着点，练这么狠！娶我的时候，也没见你减肥。为了孩子，我看你要疯！”

头两个礼拜坚持下来，还真成了习惯，每天不锻炼一会儿还不习惯了。有时候实在有事去不了，就临睡前在家里原地跑半个多小时。去外地出差也一样，没有健身设备的宾馆绝对不住。小娜说我得了强迫症。

刚开始体重秤上的指针就跟被钉上一样，每天累得半死也半点不动。后来我决定，不看体重秤了，练两个月再说。同事亲朋天天见我，就说我气色越来越好，也没有见我明显地瘦下来。我都有点信心不足了，憋着也没看秤。这样，一直过了一个月，有一天我一个很久不见的胖子朋友从外地回来，他猛地看见我，大吃一惊，说我背着他减肥，脱离胖子的组织。我回家一称，竟然已经瘦了10斤，离15斤的指标胜利在望！

经过摸索，我总结了一套行之有效的办法。每天三顿饭照吃，早上吃饱，中午八成饱，主食稍微吃点米饭，晚上7成饱，青菜多吃，主食以粥为主。每天晚上锻炼40分钟以上，跑步30分钟，器械15分钟，仰卧起坐80个。整体的感觉就是全身的肌肉被拉开，但是很舒服的样子。临睡前有些微饿的感觉最好——切记不要再吃东西。到了第3个月，我上秤一测，竟然还是原来的体重，当时我的心都凉了。仔细再看看，原来是秤有了毛病，起始的指针多了好几公斤，照这样，我应该瘦了20斤了。秤不准，我也没法向小娜报喜。冲出门找了个澡堂子，洗干净了，上他们的电子大秤上，一量：147斤，三个月我整整瘦了28斤！

小娜知道这个结果也替我高兴，同时也知道没有任何事情可以阻挡我要孩子的决心了。但没有了任何阻碍，孩子却怀不上了。

减肥成功后的第二个月，小娜突然告诉我，这个月月经没来。因为她有痛经的毛病，月经也不是很规律，经常拖个三五天的，我也没当回事。这样又过去半个月，还是没来，我心里一喜，连忙上药店买了怀孕试纸，到家小娜一试，期望中的第二条红线并没有出现。小娜不愿意去医院，我周末又带着她到一个中医朋友那里号了号脉，朋友告诉我，应该不是喜脉，属于气血不调焦虑过度。我才想起来，这段时间她要代表学校去区里作公开课，压力比较大。终于到了第58天，小娜月经来了。她长出一口气，我是空欢喜一场。看着幸灾乐祸的她，我“咬牙切齿”地说：“躲得过初一，躲不过十五！”

小娜公开课完了以后，压力小了不少，也开始打听生孩子的注意事项。一次，她回来气呼呼地质问我，知不知道排卵期受孕和给她补充叶酸的事情。问得我一头雾水，上网一查，才知道自己30好几的人也是个马大哈，确实不知道也不懂。只能赔笑说：“上学生理卫生没人教过！”我说有个问题，你经期不准排卵期也不太好测试呀。小娜骂我真是啥也不懂，问我知不知道有排卵试纸这个产品！让我赶紧买去！

叶酸还好说，药店里面有的是，有几块钱普通的，也有复合各种微量元素比较贵的，我两种都买了。那个神秘的排卵试纸一般药店还真没有，即使有也很贵，我一算一个月测几次也不是个小数目。就先买回来几个，回来又被小娜讽刺一顿，说英子就买得很便宜。打电话一问，人家是网上订购的，小娜顺口就托她也给订了一些。从此，这个硬硬的小纸条就成了我们夫妻生活的指明灯。它一亮，我们就高度紧张，沐浴焚香的。这样小娜叶酸天天吃，排卵试纸月月测，严格按照科学的方法进行准备，可是过了几个月，小娜的肚子还是没有鼓起来，一点反应没有。

有一天，我们躺在床上，说起这个问题。沉默数秒后，我们两个人几乎同时都对对方说了一句话：“你不会有什么问题吧？”巨汗！

像我们这些30岁以上的男人，平时没事互相吹牛都认为自已生孩子手到擒来。即使小娜发表了对我怀疑的观点，我也没当回事，直到一个朋友的“噩耗”传来！

说到我这个朋友，和我年龄一样。人长的猿臂蜂腰，一米八的个子，仪表堂堂，人称伟哥。很多女孩子都喜欢他，他自然也不缺女朋友。每次和我们喝酒不主动买单的时候，都被我们打趣是不是把钱给了自己的私生子了。伟哥的每一任女友我们都认识，其中有一个比较痴情的女孩还为他割过腕、堕过胎。因为他的花心，这个女孩恨不得上厕所都要看着他，导致两个人天天吵架，一对金童玉女最终还是各奔东西。朋友还算仗义，把房子和大部分存款给了那个女孩。身上揣了5000元钱，只身去了东北发展。这次教训让伟哥收了心，后来认识了当地一个很老实的女孩子，两个人很快结了婚。婚礼的时候，我们北京的朋友还结伴去东北贺喜。别的印象不深，就记得送我们那天伟哥喝多了，拉着我们的手，红着眼睛说：“自打到了东北，睡觉就老梦见一个孩子叫我爸爸，说不要扔下他不管。”说罢就哭，嚷嚷这一定是那个被打掉的孩子托梦给他，看来这小子也不是没有内疚，不像表面上那么潇洒。等我们上了火车分手的时候，他清醒过来，对我们说：“哥们儿想明白了，老婆（情人）再多顶不上一个安稳的家。我会好好过，明年请你们过来喝我儿子的满月酒。”

和小娜努力几个月无效后，有些郁闷，约了几个酒友小酌，当然我没有喝。几个已经有孩子的大哥劝我不要着急，慢慢来。席间猛然聊到伟哥，和他一直有联系的一个朋友说：“老王你知足吧，连伟哥都出事了！”我们大吃一惊，连忙细问。朋友说：“前些日子我问他啥时候喝他孩子的满月酒，结果他说这辈子都够呛了，说他们一直就没怀上。上医院一查，说他精子活力不足，现在正在家吃药呢。”我说：“他原来的女朋友不是怀过孩子吗？”朋友说：“这个结果，开始伟哥自己也不信，慌不择言，给原来的女友打电话问当年打掉的那个孩子是不是他的，结果被骂了个狗血喷头。”大家听后又可笑又惋惜。

说者无意，听者有心。回家上网一查，网上说因为工作压力大，缺乏锻炼，焦虑过度等原因，导致城市30多岁男性精子质量下降的例子比比皆是。望着电脑，我脑子一片空白。扭过脸对小娜说：“下个月再不行我们去医院看看吧！”

小贴士

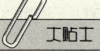

1. 男士孕前准备：男士一般都应注意锻炼，如果决定要孩子，尽量每天运动30-45分钟，这样可减轻疲劳，放松心情，促进健康。应提醒的是如果不是肥胖应以不引起疲劳为准，较胖的人也应该循序渐进。另外注意卫生，隐私部位容易藏污纳垢，要每天进行清洗。尽量避免穿紧身而透气性差的裤子；避免泡热水澡、洗桑拿的洗澡方式；避免长时间骑自行车、驾车、坐沙发等活动；当然戒烟限酒是准爸爸的健康初级法则，因为吸烟嗜酒的男性患不孕症的几率是其他男性的5倍以上，所以，戒烟限酒是每个准爸爸该做的基本准备。

2. 准妈妈为何要补充叶酸：根据研究指出在怀孕前开始每天服用400μg的叶酸，可降低70%的新生儿神经管缺陷（NTDs）发生几率。因此，准备怀孕的女性们，应在怀孕前就开始每天服用400μg的叶酸。

3. 何为排卵期：排卵期就是生理周期里的易孕期，因为排卵都受脑下垂体和卵巢的内分泌激素的影响而呈现周期性变化，两者的周期长短是一致的，都是每个月1个周期，而排卵发生在两次月经中间。女性的月经周期有长有短，但排卵日与下次月经开始之间的间隔时间比较固定，一般在14天左右。根据排卵和月经之间的这种关系，就可以按月经周期来推算排卵期。推算方法是从下次月经来潮的第1天算起，倒数14天或减去14天就是排卵日，排卵日及其前5天和后4天加在一起称为排卵期。

4. 医院验身去心魔——男性在医院如何检验不育

我这人心里一有了怀疑，精神压力就变得很大。影视剧里面的情节不断浮现在脑海里：几乎99%的情节都是夫妻要不到孩子，妻子受尽丈夫的打骂侮辱，结果到医院一检查，原来是丈夫的原因，最后电视画面永远是丈夫抱着头蹲在地上，一副被批斗的形象，好似斗败了的公鸡！特别是伟哥的教训让我更是心事重重，到了第二个月，小娜的老朋友（月经）如期而至。怀孕再次失败！

我想约小娜一起去医院检查一下，又不好意思开口，一是她的假不太好请，另外我还真怕查出些什么，那时候我就不知道我是一只斗败的公鸡，还是一只在宫里待过的“宫鸡”了。好在天无绝人之路，小娜有一天告诉我，让我第二天下午请假，和她一起到广安门中医院检查她痛经的问题，也正好查查她怀不上的原因。让我提前来，顺便把自己也查一下。我还奇怪，一向不愿意去医院的她怎么主动要求去了？仔细一问，才知道，前面提到的那个着急要孩子的英子也是一直没怀上，和她老公约我们一起去，小娜不好拒绝就答应了。

我一听，心里一开始还觉得挺舒服，我33了，小娜同事的老公才27，看来这事和年龄关系不大。但是转念一想，两个男人一起去，万一人家没事，我有问题，岂不是更没面子。想到这里，心里又再度灰暗起来。但不管怎样，明天检查完，是否可以雄风依旧就见分晓了。

约好2点半医院见面，单位临时有会，赶到医院的时候已经3点多了。小娜和英子已经去检查了，让我自己去检查，完事门口见。幸亏这个地方我来过，英子的老公还没有来，说是早出来了，但是不认识路开错了道，再加上是新手，大家也不敢催。这样，我就只身一个人去了，心里倒轻松不少，起码不管什么结果别人也不会知道。

挂了号，医院看这个病的人很少，没等几分钟，就到我了。一个和我岁数差不多的男大夫态度还算和蔼，轻声问：“有什么症状，说说。”我怯生生说：“没什么症状，就是想检查一下为什么没有怀上孩子。”大夫说：“看你也不大呀，身体这么结实，应该没啥问题。”我这人，别人态度一好，我就借坡下驴，嘴上也自然起来，说：“唉，这年头哪有准谱呀？我一个身材和模特似的哥们就精子活力不足了。我就是来检查一下，没问题也图个心理踏实。”大夫虽然戴着口罩，但是也能感觉他一乐说：“这倒也是，现在咱们城里人比较娇贵。你夫妻生活正常吗？”我说挺正常的。大夫又问：“取消避孕措施多长时间没有怀上？”我心里想得多说点，说：“有半年多了。”大夫更乐了说：“才半年你着啥急，很多人都是好几年怀不上才来的，像你这么才半年又主动来的男的还真不多见。”我心里说，待会就有一个更年轻的来看病。

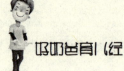

大夫接着说：“你考虑考虑，看样子问题不大，要不过一段时间再观察一下？”我说：“算了，来都来了，就查了吧，我也图一个安心。是不是检查起来很麻烦，时间来不及了？”大夫说：“不麻烦，你夫妻生活正常的话，验一下精液就可以了，半个小时就出结果了。要查得赶紧，我们4点半就不再检查了。我给你开单子，你交完钱去隔壁，那里给你化验！”

检验精液？我脑海中一下子浮现出许多网上流传的画面和传说。温馨的小屋，性感的画册，条件好的可能还有“科教录像”。心里琢磨，这50块钱也算值了，好歹合法地看一些日常不合法的东西。赶紧交完钱，拿着单子来到大夫隔壁的一个屋子。屋子里面是个套间，里间门虚掩着，透过门缝可以看见一张床还有一个叫不上名字的仪器。我想这就是传说中的“采精室”了，感觉很简陋，心里不禁有些失落。

屋子外间坐着一个年轻的男化验师，从我手里接过单子，看我一眼，也显得很老成地问：“这么年轻就查？”我说：“不年轻了，三十好几的人了！”化验师说：“三十多了，是该查查了。”弄得我都不知道怎么接茬。大夫递给我一个类似验尿的塑料小量杯，说采完后给他就行。我拿着杯子转身往里间走，还故作自然地问：“是不是这里面？”大夫说出了令我终身难忘的两个字："厕所。"一切关于这个过程的美好幻想被击得粉碎，厕所，你老人家好歹说个"洗手间"，也文雅一点呀。

出门右拐，进了厕所。跟做贼一样，左顾右盼看四下无人，闪身进入，关门，这个环境别看不浪漫，可真有味道——此处略去20字。出门拿着也是满脸不自在的，幸亏人不多，赶紧进了化验室，递给化验师。化验师说："门口等着吧，出了结果我叫你。"我问大概得等多长时间，化验师说大概三十分钟。说完就打发我出去了，门都没关，我就坐在门口，心里忐忑地等着结果。

在门口等着的时候，看见大夫屋子里面贼头贼脑出来一个年轻人，仔细一看原来是英子的老公到了。虽然场合尴尬，但是必要的招呼得打。我问他干嘛去？他说去交款然后采精。这个弟弟看来也是很有"想法"，问我："王哥，这玩艺在哪里弄呀，有专门的屋子吗？"我这时候是过来人呀，告诉他："没那么高级，就是在厕所。"这小伙子有个性，说："什么？厕所！多恶心呀。"顺手就把交款单给撕了，扭脸打电话告诉英子时间来不及不查了。我说："你和你媳妇先走吧，我还得半个小时呢。"小伙子也没客气，道别一声就走了。说实在的，要是我我也走，这地儿对男人来说也确实不是什么光彩的地方。

过了一会，一个更年轻的女化验师进了屋。那个男的连忙招呼，让她一起观察，边看边给她讲解。好像那个女的工作时间不长，像是个实习大夫。两个人一会儿“死了这么多！”一会儿“还挺有劲的”，在那里嬉笑着评价，一副很亲热的样子，弄得我是心猿意马，心里骂：“赶紧给我一个痛快的，拿我的精华泡妞玩。”抬头望墙，看着一些关于男性检查的过程，才知道原来这玩艺也有量的要求，忽然觉得刚才我给的量好像不够，脑子里面“少精”、“活力不足”的预感越来越强烈。

正在自己快给自己判死刑的时候，里面的化验师叫我，说结果出来了，然后把单子给我。我连忙问：“有问题吗”。化验师说：“没问题，挺正常的。你再给大夫看一下。”刚才还心里暗骂的这对男女立刻变得可爱起来。拿着单子，找到刚才给我看病的大夫。大夫说：“我说问题不大吧，别紧张，这种事情急不得。多注意个人卫生，保持身体健康，心里要放松，别疑神疑鬼的。”疑神疑鬼？老子正常人，哈哈！

出了大门，找到小娜。小娜说她也很正常，我问她是怎么查的？小娜说：“脱光了上床查，没啥新鲜的。给我开了点治疗痛经的药，也说没啥大用，还说要是打算怀孩子就别吃。”转脸问我是怎么查的，我说保密，反正很屈辱！

我们开车回家，心情无比舒畅。走到一半，一直在装模作样研究我化验单的小娜忽然大笑起来，大声给我念了几个字：“样本采集方式：手淫！”一路被羞辱，但是心魔尽！

小贴士

男性不育的原因：

男性不育，一般指婚后同居3年以上，未采取避孕措施，由于男方原因造成女方不孕者。在我国有10%的已婚夫妇发生不育，属于女方因素的为60%、男方的约为40%，双方共同原因的为10%。男性不

小贴士

育的原因复杂，很多疾病或因素均可导致男性不育。根据精液检查的结果，可分类为无精子症、重度少精子症、少精子症、精子数正常性不育症、多精子症以及精子无力症等。造成男性不育的原因很多，常见的如下：

一、生活原因：

1. 吸入厨房油烟：近期研究发现，厨房油烟中竟有74种化学物质能致细胞发生突变，导致不育，成为“家庭杀手”新“罪证”。

2. 穿紧身牛仔裤：男性学专家和泌尿学专家认为紧身牛仔裤不但压迫男性生殖器官，影响睾丸正常发育，还因不透气、不散热，而不利于精子的生存。因为正常情况下睾丸温度要比体温低3℃~4℃。

3. 久骑赛车：赛车车把的高度低于车座，重心前倾，腰弯曲度增加，会阴部的睾丸、前列腺紧贴在坐垫上，受到长时间挤压后会缺血、水肿、发炎，影响精子的生成以及前列腺液和精液的正常分泌而致不育。

4. 洗澡温度过高：正常情况下精子必须在34℃~35℃恒温环境中才能正常发育，洗澡时水温过高往往暗伏“杀机”。如桑拿浴时室温可高达70℃~80℃，比正常浴室温度要高一倍以上，很不利于精子的生长，或造成“死精”过多而致不育。因此，男人应该多洗温水澡。

5. 饮食缺锌少硒：微量元素锌可促进精子的活动力，能防止精子过早解体，利于与卵子结合，可见锌对生育有重大影响。硒也是人体不可少的微量元素，几乎全来自食物。

二、疾病原因：

1. 内科疾病：如糖尿病及一些神经系统的疾病，会引起性无能，也会造成精虫产量减少。肺结核引起的副睾丸炎和前列腺炎，都会使精虫的输送发生问题，如果患者常罹患慢性鼻窦炎、慢性支气管

小贴士

炎及细支气管扩张症，这些症状有时和精虫无力症或组织囊状纤维化症（造成双侧输精管缺损）有关。青春期后的腮腺炎有时也会引起睾丸炎，使睾丸失去制精能力。

2. 烟酒、发烧：长期大量服用烟酒会造成精液品质下降。最近六个月发烧超过38.5℃，会抑制精虫的制造达六个月之久，并且发烧也会破坏精虫DNA。

3. 杀精药物：像一些荷尔蒙制剂，如男性荷尔蒙、女性荷尔蒙、类固醇等一些治疗泌尿道感染的药物，治疗痛风的药物如秋水仙素、治疗溃疡性结肠炎的药物，会造成精虫数目暂时性的减少。为使身材健美而服用男性荷尔蒙也会造成精虫数目下降。一些治疗癌症的化学药物也会对生育能力造成影响。放射线治疗也会对生育功能造成不可恢复性的伤害。

4. 手术影响：最近半年内接受全身麻醉、接受睾丸切片等手术，都会暂时抑制睾丸制精能力。曾经接受前列腺切除手术、膀胱颈口因阻塞手术的病人，有时会造成逆行性射精造成无精液症。尿道口因外伤造成狭窄也会造成精液不能射出。尿道下裂症或尿道上裂症在重建手术之后有时会造成射精困难。疝气的手术有时会造成输精管的阻塞。

5. 重复的泌尿道感染：像前列腺的感染，会伤害到生殖器官，而影响精液的品质。性病，如梅毒、淋病、单纯性疱疹病毒及人类乳突病毒的感染，都会造成男性不育。疱疹病毒及人类乳突病毒会降低精虫活动力。

6. 睾丸曾经受到外力伤害：这偶尔是造成不育的原因，主要是因睾丸外伤造成睾丸血肿或睾丸萎缩，单侧睾丸外伤会经由抗精虫抗体的产生，影响另侧睾丸制造精虫的功能。

5. 保定一游巧得子——旅游是否有利受孕？

自打很屈辱地在“厕所”被验明正身，还我男儿本色后，我就和小娜商量，那个什么鬼排卵试纸也别用了，顺其自然吧。用那个东西，压力太大。另外我也想明白了，生孩子这个事情没那么简单，不会像你设定的那样说来就来。经常是你不想要的时候他来，你想要的时候他倒来不了了，比如伟哥。

这样，我和小娜的心情就放松下来，正好那段时间刚过了五一，我的工作压力也不大，加上北方难得的好天气，于是在要孩子之前我们两个人再旅游一次成了我们讨论的议题。跟团旅游的方案基本被我们枪毙了，原因很简单，跟团旅游不像是旅游，像是急行军，给我们留下了很多噩梦：

第一次我们去的是四川，成都—峨眉—九寨这条线。本来说好的晚上7点多到成都，还能逛逛成都的夜景，结果头三天告诉我，飞机票不好买，买的是最晚的那一个航班。等我们到了成都，入住后都凌晨一点多了。导游还没有人性地告诉我们第二天早上六点半就要出发。自打那天开始我就没歇过来，天天舟车劳顿，苦不堪言。特别是旅行团提供的饭菜实在是难以下咽，每次我们照的相都是面呈菜色，两个熊猫眼。也幸亏九寨的风景不辱使命，天下一绝，算是弥补了些许我对旅行的恐惧。

回来后和一个搞过旅行的朋友聊天，告诉我航班是他们故意弄晚的，原因是那样便宜，旅行社赚得多。这说明了一个道理，不管你差不差钱只要跟团就得挨宰。

第二次就是去云南，那次算是长了记性，严格要求了航班。结果从昆明去大理需要坐火车，去的时候还有，回来的时候告诉我们火车没买上票，让我们和另外一团的人挤在一辆大巴车上回去。这样原来车上的人不愿意让地方，新上来的没有座位又和老乘客吵架，旅行社的两个导游因为各自的利益拉偏架，车上乱成一锅粥。后来新旧乘客联合一起声讨导游，导游又埋怨旅行社，煞是热闹。司机更绝，本来就晚了两个小时，人家开到半路还离开高速，把车往一个饭馆一停，下车吃饭去了。混乱不说，更让大家接受不了的是，没完没了的购物，有时因为往返的导游不一样，一个地方往往去两次，你不买还被鄙视。我老婆受不了导游的白眼，下狠心买了一个400元的银镯子，结果回北京一看，过街天桥上有的是，最多20块钱。

两次出远门旅游，每天回到宾馆累得半死，倒头就睡，一点也不浪漫，晚上"做某些事情"的心情都没有了。所以我们觉得自驾游，找一个比较近一点的地方，玩上三五天即可。北京远郊我们不想选择，一是我们去过，二是周末放假的时候人就和煮饺子一样，实在也提不起兴趣。正在这时候，同事大袁来电话，说要组织几个家庭去保定自驾游，我这人好热闹，立刻答应了。

一共五对夫妻，开了三辆车，因为我开车时间不长只算是替补队员。这下倒好，真成了领导干部了，从北京到老山汉墓也就三个小时，看了看汉墓，金缕玉衣还有刘备的祖宗，再开一会儿我们就到了保定。直隶袁大总督府确实没啥看头，但保定府驴肉火烧确实好吃。我们是每天基本睡到自然醒，有时间就多玩，没时间就少玩。我们几个老爷们有一次晚上吃多了，还跑到附近的中学和中学生打了一场篮球赛。爬了一次山，走了一个峡谷，开了一次电动船，也算山清水秀，吃了一次农家饭，最高兴的是还当了一次八路——玩了一次地道战。这么爽的行程，自然夫妻间少不了浪漫之事。

看来浪漫不在乎山水，在乎宽裕的时间和放松的心态。

回来后过了两三个礼拜，几家人意犹未尽，觉得还应该再聚聚。正好大袁两口子住进新装修的房子不久，我们几个便打着庆贺乔迁之喜的旗号，前去庆祝。大袁两口子别看岁数不大，却烧得一手好菜。红烧鸡翅、椒盐大虾、麻辣螃蟹、糖醋排骨一应俱全。本来小娜那天要批改作业，听到有这些好菜，加了个夜班后还是跟我一起去了。谁知道，菜端上来小娜刚吃了两口鸡翅，就说有些恶心。我说你怎么啦？肠胃不舒服？小娜说："可能昨天加班过累了。"后来大虾螃蟹逐渐上席，小娜也是浅尝便止。我因为身体原因这些东西也不能多吃，但是我觉得油并不大，以为小娜还是累着了，另外可能开车来的时候比较堵有些晕车。

回家的路上，小娜就没事了。我开玩笑说："是不是怀上了，妊娠反应？"小娜说："瞎说，去河北应该是安全期，你别做梦想孩子想疯了，我就是有些恶心，现在都没事了。"果然到了第二天，胃口又恢复正常了。我当时也就没太往心里去，自己也觉得按照科学来都怀不上，安全期就更没戏了。

可事实往往就是故意在和你开玩笑。科学这个东西你不能完全信，因为你掌握的不是完全的科学。小娜虽然饮食基本正常，也没有呕吐的迹象，但是对以前她吃起来没命的那些烤翅、油焖大虾等等都忽然没了胃口。这些反常的举动难免让我心生怀疑，偷偷给我老妈打了个电话，老妈问了一下搞妇幼保健工作的邻居张阿姨，认为八成是有了，告诉我如果小娜下个月月经不来，让我推个三五天查一次。

虽然是个电话诊断，也是令我兴奋不已。无奈还得等些日子，小娜月经快来的那几天，我天天祈祷："千万别来，千万别来！"小娜问我念叨什么，我说我在念咒语让你怀孕，小娜说："我能吃能睡，没感觉，你还是省省吧。"结果到了预计那一天，还真没来，因为小娜月经不是很规律，一般习惯推迟。我又忍了几天，到了第7天，正好是个周末，我实在忍不住了，买了试纸，逼着小娜去测。小娜磨磨蹭蹭的不愿意，但还是进了卫生间，过了好久，小娜一副怪异的表情走了出来，把试纸递给我说："自己好好看看！"听这口气好像又没戏了，但是接过来一看，暗红色的第二条线赫然在目。我立刻给丈母娘电话："妈，别进货了，赶紧和我爸回来庆祝吧，您就要当姥姥了！"

后来上医院检查的时候我带着疑问问大夫，为何我们可能不在排卵期反而受孕了，大夫说："一般来讲，女性的排卵期受孕的几率比较大。但是对于月经不规律的女性，在两次月经之间，所谓的安全期也不是没有怀孕的可能性的，因为女性的排卵有可能会受到一些因素的影响变得提前或者错后而导致受孕，这也是医生不倡导安全期避孕的主要原因，你们两口子恰恰相反，也算阴差阳错，因祸得福。"原来如此！

后来和朋友聚会，告诉大家我快要当爹了，大家纷纷贺喜，但是看见一个朋友听后心事重重，表情不是很自然。我利用上洗手间的机会问他怎么啦，他说现在正是为老婆怀不上孩子着急，去医院检查也没问题，都两年多了。我心里一动，问他老婆是不是也有痛经和月经不规律的现象，他一脸惊讶，说正是如此。我劝他别着急，一副专家的样子告诉他：一是放松心态，在排卵期和安全期都试试。另外心情要放松，可以和老婆说暂时放弃生孩子的想法，这样你老婆也不会精神紧张。最后我神秘兮兮地告诉他还有一个秘方，但是必须得答应请我吃一顿大餐我才说。这小子自然是满口答应，我微微一笑，说道："带你老婆去北京远郊或者周边玩几天，记着，保持体力，不要戴套！"朋友哈哈一笑说："这叫什么屁方法！"

过了三个月，朋友来电话要请我吃饭，告诉我："怀柔，昌平各玩了一趟，大功告成！"我听完告诉他："千万不要外传，我打算开一个大龄男青年不孕中心!”

再后来，看到一篇文章说，不建议夫妻旅行的时候怀孕，理由是过于疲劳，精子质量不高等等。看后我微微一笑，心里泛起一句古人名言和一句广告语：饱汉子不知饿汉子饥+事事无绝对!

小贴士

怀孕检测试纸的使用：

怀孕检测试纸用法很简单：一般用晨尿检测最为准确，早晨起床，取适量尿液，把试纸下端浸入尿液中约3秒，注意不要超过警戒线，取出后平放，在5到20分钟内观察现象。

1. 有两条红线，说明已经怀孕。

2. 上线红而下线不红的说明没有怀孕。

3. 上线红而下线微红，说明你需要继续检测。

第二章 当个快乐的准爸爸

1. 老婆胃口不好——孕妇不爱吃饭怎么办？

丈母娘一听自己闺女怀孕了，立刻中断了进货旅程（丈母娘自己开了一个小礼品店）。打车赶回家，原来话不多的丈母娘立刻成了唐僧：出门要注意点；不要在外面瞎吃东西；不要去人多的地方；不要太累了；少用电脑等等等等。说得小娜头晕脑胀，要拉着我出去逛街透气。丈母娘说："刚说不要去人多的地方，怎么就不听话?"我连忙打圆场："妈，书上说孕妇也得多活动，多接触新鲜空气，心情得保持快乐。像小娜这样视逛超市和商场为第二职业的人，你现在就不让她出去，她能绝食抗议。再说，这才哪到哪呀？您就这么紧张！"丈母娘一听乐了说："也是，出去吧。记着一定得回来吃饭。我给娜娜熬些鲫鱼汤。"

到了超市，一看人太多了，交款的队伍都排出老长，再次觉得中国老百姓的购买力就是强。我懒得排队，打着怕把她挤了的旗号，劝小娜别逛了。但是小娜对待逛街的态度一向是贼不走空，哪怕是就买了一个头绳，也算没白来。两个人一商量，奔了妇婴专卖店，给小娜买一个防辐射的围裙就溜达着往家走。路上小娜说有点饿了，我问她想吃什么，让她在三秒之内说出来，据老辈人说知道怀孕后马上想吃的东西可以看出生男还是女——酸儿辣女吗！小娜的回答让我抓狂："我想吃酸辣粉。"

因为怕不干净，还是没给她买酸辣粉。到家丈母娘的鲫鱼还在炖着，我一看火那么小问炖了多长时间了，丈母娘说一个多小时了。我说："您省着点煤气吧。"丈母娘说："时间短营养进不去。"我因为那时候已经查出了痛风这个毛病（后文会介绍），这个鱼汤我是无福消受。但是闻着还真香。

吃饭的时候，小娜吃第一口说真香。丈母娘还挺自豪，说："那可不，你妈这手艺可不是盖的。"我问怎么做的，我学会了也好弄。丈母娘说："把鱼的鳞、肠、肚弄干净，稍微放一点点调料和盐，加上一点点糖，慢慢炖就行了。"还没等说完，小娜忽然一怔，说："不想吃了，好像是饱了。"我说："不对呀，书上说这妊娠反应得一个半月以后呀，你这也太快了吧。"小娜说："不是恶心，就是没胃口。"丈母娘又逼着她喝了半碗鱼汤，吃了点菜，小娜就一口也吃不下去了，搞得丈母娘一脸郁闷。

本来以为是刚开始怀孕的正常反应，时间长了小娜就会胃口大开。谁知道我们家小娜就是这么怪，不爱吃饭成了常态。各位看官一定会说，孕妇妊娠反应强烈，吃不进去东西这很正常呀，怎么是怪。请注意我的描述，小娜的妊娠反应很小，偶尔早起有点干呕，吃饭也算正常。但这个正常是和她以前比，也就是说怀没怀孕饭量不受影响，这就太不正常！

我爸妈听说怀上后，没过多久也带着一堆鸡鸭鱼肉和营养品过来看，同样是老年人的那些交待。有时候我带小娜去我父母那里住几天，给她换换口味，收效甚微。每次吃不下去，丈母娘都说："你自己不吃，你也得为孩子多吃一点！"说得次数多了，小娜的压力也大了。望着一桌子好吃的就是没胃口，三口两口饱了。晚上没人的时候自己急得直哭，说自己怎么这么没用，好不容易不用担心身材可以放开吃了，反而吃不下了。我也只能慢慢哄她，说没准都是孩子吸收了，总有放开胃口吃的时候。

我妈打电话问邻居张大夫，告诉我们："孕妇不爱吃饭也没有特别好的办法，只能尽量多吃吧。实在不行，每天多吃几顿，每顿少吃一点。最好要保证每天一杯牛奶，否则母子营养都会跟不上。"也只得如此。

有时候我背着丈母娘，带小娜去吃麦当劳、肯德基、必胜客这些他们眼里的“垃圾食品”。不要鄙视我，两害相比取其轻，比起不吃饭的危害，“洋垃圾”这些危害就小多了。

到了三个月的时候，和我们一起检查的那个同事英子也怀了一个多月了。比起小娜，人家可是能吃能睡，一个月就长了10多斤。小娜的同事朋友和小娜一起吃饭，都怀疑她到底怀没怀孕。因为是自己测的，说得我都有些打鼓，别又空欢喜一场。

一百天，陪着小娜去她的定点医院一检查，100%是怀孕了，就赶紧建了档案。妇科医生给小娜做了全面的产前筛查，什么验血、验尿、做B超，最重要的是检查看看胎儿是否有严重畸形。结果还好，虽然小娜不怎么吃东西，孩子倒算正常。大夫告诉我们：“到第6个月的时候再来系统检查，此后每个月都要去做次检查，从第8个月开始，每半个月检查一次，到了第9个月，每一星期检查一次。”检查完出来，我开玩笑说：“你老想吃酸辣粉，我仔细想了一下，没准是龙凤胎。”小娜说：“你想累死我，我生得出来你养得起吗?”我说：“你敢生我就敢养!”小娜把单子给我一看，说：“别做梦了，醒醒吧，单细胞受孕，就一个!”

这次去医院，好歹有两大成果：第一知道老婆确实怀孕，不是忽悠了。第二知道虽然孩子他妈上游供货能力有限，但孩子发育还算正常。还有一点，那个牌子的怀孕试纸还是蛮准的。

日子就这么一天天过去，小娜的胃口只能说稍有起色。每天我们让她吃五顿饭，中午饭和晚上饭之间再加一餐。我经常给她包里放一些小面包、小饼干什么的。吃不吃全凭自觉，但架不住她自觉地不吃。倒是英子总喊饿，我准备的加餐英子吃了不少。每天5点多，小娜下班刚回到家，丈母娘就先给小娜灌一碗鸡汤或者鱼汤，等到六点多吃饭的时候，小娜已经撑得坐在沙发上直翻白眼，一口也吃不下去了。后来我建议我丈母娘，别在吃正餐前让她喝那一大碗汤，这样主食和菜吃不进去，岂不是更糟。于是改成先吃饭，晚上九点左右再喝那一碗汤。总算是基本保证了营养，小娜的肚子也算有了些发展。

要说起来小娜也不是完全没有胃口，她还真主动要求加餐过一次。那是十二月份的时候，晚上十一点多她忽然说："老公，我想吃挂面。"虽然很晚了，但我还是很激动，小娜终于有主动饿的时候了。但等我兴冲冲跑到厨房一看，挂面竟然没了。问她方便面行吗？小娜说有防腐剂，也太油了，不想吃。可这大半夜的哪有商店开门呀，我忽然想起路口有一家卖兰州拉面的馆子，现在可能还营业。连忙穿好衣服，跑到路口，拉面馆还真亮着灯，赶紧对老板说，有没有没下锅的面条来一碗，我一样给钱。老板特奇怪也无奈地说："最后一碗刚下锅，留着自己吃的。"

回到家，小娜看我垂头丧气的，不忍心，说不饿了。我说那不行，我今天给你变也得变出来。到了厨房，我打开一袋方便面，凉水加热后煮了起来，一点调料不放。因为我折腾了半天，自己也饿了，又多下了半包。另外一个锅也起火坐水，等到那边面软了，用笊篱把面换到另外一个锅里面煮，这个锅里面的有油的水倒掉，换上新水烧热再把那边煮了一会儿的面倒回来再煮。如此这般后尝了尝，没什么方便面的油腥味了，就用鸡蛋、葱花、火腿、小油菜简单用一点油炝锅炒了，把菜浇在面上给老婆端了过去。因为干得太急，出了点汗，我打算先洗个澡，出来再把小娜吃剩下的面吃了。等我出来一看，碗里空空如也，小娜竟然都吃完了。

小娜还真没吃出来是方便面做的，知道我的做法后说："老公你真好，我想你天天给我做饭，咱妈的大碗汤我都快喝崩溃了。"虽然我睡觉的时候越来越饿，但我很幸福。听着吃饱了安稳睡去的小娜的呼吸声，觉得很满足。

小贴士

妊娠反应：

早孕反应，每个人都不一样，有的人嗜睡，有的人怕冷，有的人闻到油味会觉得不舒服……这些症状通常出现在停经6周以后，一般持续到怀孕3个月。每个人的情况都会有所不同，这和个人激素有关，有的人早孕反应时间比较长，直到16–18周才消失。但最常见的症状是呕吐：早期孕妇的妊娠反应十分厉害，六成以上的怀孕女性有过早晨起床后呕吐的经历。这突如其来的恶心呕吐会让准妈妈显得有点狼狈。

妊娠反应症状轻者食欲下降，偶有恶心，犯吐；少数人症状明显，吃什么吐什么，不吃也吐，呕吐也不限于早晨，而且嗅觉特别灵敏，嗅到厌恶的气味也会引起呕吐。怀孕早期发生的呕吐是一种正常的生理现象，不必过分紧张，通常对健康没多大影响，不需要治疗。只要保持心情愉快，情绪稳定，注意休息即可。多数人到怀孕12周以后，这些症状可以自行消失。需要注意的是，那些吐得特别厉害，吃什么吐什么的孕妇，代谢变得紊乱，就需要去医院加以治疗，必要时要住院输液。

小贴士

怀孕营养：

虽然妊娠早期胚胎生长缓慢，每日体重只增加1克左右，孕妇营养的需要量较小。但是，由于不少孕妇会出现轻重不同的妊娠反应，影响了对各种营养的摄取。所以，怀孕早期应鼓励孕妇尽量进食，以加强营养。瘦猪肉、猪肝、豆腐、青菜、海菜、水果等营养丰富；稀粥、豆浆、小米等较易消化，都是适宜选用的食物。为了使孕妇吃多吃好，还需注意饭菜应做得清淡、爽口；为了防止呕吐，可以在头一天晚上准备好一点容易消化的食品，如馒头片、蛋糕、面包等，在早晨起床前，先喝一杯白开水，将这些食物吃下去，稍躺一会儿再起来。这样做可有效防止或减少呕吐，同时保证营养物质的供给。

个人经验，如果孕妇实在不愿意吃家人提供的东西，为保证其体力和基本营养的摄入，只要饮食卫生，不必刻意要求孕妇吃什么，多吃或少吃什么。另外，柠檬汁、山楂汁、土豆、饼干等食物对孕吐有改善作用。

2. 同事孩子掉了——孕妇疑神疑鬼怎么办?

现在回想起来，我们家孩子还真是不容易，她妈吃得那么少，她还能与艰苦的环境作斗争，虎口夺食，保证了自己的发育。后来，每当我们发现孩子遇见好吃的就不撒手的时候，就会讽刺小娜说，这都是她把孩子给逼的。

自打上医院建卡，做了B超，知道孩子正常后，家里人悬着的心也算放了下来。丈母娘也不像初期那么紧张，限制小娜的活动了，当然每天一大碗汤还是填鸭似的往里灌。每次去检查，通常是量量血压，化验一下血常规，尿常规什么的。还有就是检查胎儿的情况，主要是听听胎心是否正常。我的那个中医朋友给小娜搭脉，就能听出来所谓的喜脉，给我描述了半天，我也没学会，就是觉得小娜的脉搏比原来快了些。

人生松紧间，老天爷是不会让每个人平平安安地过日子的。到了5个多月的时候，小娜有一天晚上正在给学生判作业，忽然接到了同事英子的短信，说她的孩子有了问题，明天要请假。小娜发短信问怎么啦?英子回答:“晚上遛弯，和老公闹着玩，闪了一下，回家见了些血，婴儿听不见心跳了，正在医院检查。”小娜和她情同姐妹，自然非常担心，晚上也是辗转反侧，难以入睡。别看我是个老爷们儿，但是这方面的传说还是听了不少，我对小娜说:“还是太年轻了，怀孕头几个月虽然身型还不是那么笨，但是很脆弱，老辈人都说孩子不容易挂住。”小娜说:“她和我不一样，她特别喜欢孩子，这次要是结果不好，不定多难受。”

到了第二天，英子确诊，孩子保不住了，得流产，小娜听完也跟着伤心半天。幸亏英子生性相对乐观，虽然当时打击比较大，养好身体后还是顺利地再次怀孕生子，当然这是后话了。英子的事情对小娜的确是当头一棒，弄得她有些疑神疑鬼，精神紧张。我劝她这是偶然现象，几率很低，让她别有心理压力。可是没过多久，我耳朵也挨了一棒，我的一个叫强子的发小，他的老婆也是三个月的时候没有“挂住”，同样流产，理由据说是胎盘停止发育，无法供给营养。

接二连三的负面消息，让小娜开始怀疑自己的身体：开始说自己没劲、没精神想睡觉，医生说孕妇嗜睡是正常现象，不失眠就好；过几天，又老说自己想上厕所，一定是有了大病，结果医生说这是孕妇子宫变大压迫到膀胱的正常感觉，过些日子子宫会往上抬到腹腔就没事了，让小娜不要憋尿。我告诉小娜一个口号："超级孕妇，想尿就尿。"刚正常几天，小娜又说乳房发胀，怀疑得了乳腺增生，结果也是正常现象。过两天又说脸上长了不干净的东西，我把她毁容了等等。总之听风就是雨，弄得我都快神经了……后来那个张阿姨告诉我们，这些都是正常现象，但是大部分孕妇是早期这些症状明显，小娜比别人稍晚一些，而且这很大程度上是小娜的一种心理暗示，让她别紧张，慢慢就好了。

这种情况将近持续了小两个月，小娜的情绪才算稳定。自打5个月起，肚子里面的小家伙就有了明显动静，学名叫做胎动。我们家孩子的胎位一直很正常，但是小娜老觉得她不是很老实，特别是晚上动的次数更多一些。有时候这几天一直在右边动，左边不动，有时候是光右边动，左边不动，当然左、右两边都在动也不少见。医生说这才正常，谁一个姿势太长时间了都难受。

有时候可以看见小娜肚子上鼓出来一大块，我轻轻的摸摸，和小娜一起猜是头还是屁股。有时候小家伙犯了脾气，拿脚踹小娜，踢得小娜呲牙咧嘴的。肚皮就像压力不足的小喷泉一样，一鼓一鼓的。每当这个时候，小娜就会"恶狠狠"地说："你等着，等你出来，老娘再收拾你。"别以为小娜开玩笑，日后还真下得去手。

我说过，人生松紧间。有一次我们两个在家待着实在无聊，就打算去看电影。到了丰台电影院，正赶上冯小刚同学的《集结号》。一看票价比其他地方便宜20元，赶紧买票进去了，结果犯了一个大错误。片子一开始，就是激烈的攻坚战，影院的音响震天响，飞机大炮爆炸声此起彼伏，吓得我只怕把孩子惊了。本来想赶紧走，小娜又心疼票钱。担惊

受怕地看完了，心里骂冯小刚："好好的一个拍喜剧的，非得玩什么战争大片！"——当然我的咒骂没有任何效果，这部片子大卖，小刚同学拿奖拿到手软。

到了家，正准备睡觉的时候。小娜突然告诉我，宝宝在肚子里面没动静了。吓得我是黑容失色，手放到小娜肚子上左摸又摸，孩子还真是没有回应。两个人不敢告诉丈母娘，毕竟电影院是我们偷偷摸摸去的。我和小娜面面相觑，一时间没了主意，懊悔不已，不知如何是好。到了12点，小娜惊喜地说，宝宝又动了，我们那颗悬着的心才算放下。我说："宝宝看来是电影看累了，睡了一会。"

找资料一查，原来怀孕5个月左右，胎儿就有了听力，而电影院里面音响分贝较高，所以不适合看声音较大，场面激烈、刺激、恐怖的电影。

这次惊吓的后果是直到孩子一岁前，我们两个铁杆影迷再也没有踏入电影院一步，令中国电影的票房损失了不少。

小贴士

孕妇早期流产：

孕期不足28周而胎儿提前产出称为流产。如发生在怀孕12周前称为早期流产，如发生在13周及以后称为晚期流产。流产的胎儿一般均不能存活。引起流产的原因：属于胚胎方面如孕卵发育异常是早期流产最常见的原因。主要由于精子或卵子缺陷或二者均有缺陷所致，也可能由于在胚胎分裂过程中受到外界因素的影响使其分裂发生异常所致。

大部分流产属于自然流产，比如孕妇内分泌失调、胚胎发育缺陷、胎盘发育缺陷、自身疾病等等。但在怀孕期间，要注意孕妇的行动安全，避免受外力冲击导致孕妇流产。此外孕妇的情绪急骤变化，比如受到重大刺激，过度伤心，惊吓，惧怕，激动，也会引起

小贴士

孕妇体内环境失调，促使子宫收缩引起流产。

孕妇早期正常“症状”：

1.尿频：许多孕妇在刚开始怀孕的时候会出现尿频现象。怀孕前3个月，子宫在骨盆腔中渐渐长大，压迫到膀胱，从而使准妈咪一直产生尿意。到了怀孕中期，子宫会往上抬到腹腔，尿频的现象就会得到改善。所以孕妇尽量不要憋尿。

2.乳房不适：刚怀孕的准妈妈，乳房可能会出现刺痛、膨胀和搔痒感，这也是怀孕早期的正常生理现象。这是做母亲的必然经历，伴随着体内荷尔蒙的改变，乳房也作出相应反应，为以后的哺乳做好准备。

3.阴道分泌物增多：有些女性在怀孕初期发现自己的阴道分泌物较往常多，只要不发痒无异味，怀孕初期阴道分泌物增多是正常的现象。但是要注意清洁卫生，勤换内裤，干燥清洁。

4.皮肤变化：孕妇的皮肤在怀孕期间会发生很大变化。在妊娠初期，有的人由于激素的原因，皮肤色素沉淀明显。有的人在孕初期会长痤疮，而有的人以前长有痤疮，现在反而没有了，脸变干净了。

3. 变成职业跟班——孕妇恐慌怎么办？

小娜同事的那次流产事故，给小娜造成了很大的心理阴影和生活恐慌。传说中的孕妇焦虑症以迅雷不及掩耳之势扑面而来。善于总结的我为大家归纳出三大事件：

第一，形象变化事件。

到了3个月左右，小娜开始稍微有些显怀。但是有时候衣服多点，宽松一点，不仔细看也看不出来。再加上她天生的小尖脸，说她是孕妇，十个人有八个得不信。本来我以为，她不会因为自己的身材和形象而苦恼，结果我错了。女人就是女人，身体稍微有一点变化都会令她们大惊小怪，哭天喊地，何况这毕竟是在怀孕。

几乎每天早上照镜子的时候，小娜都会大叫：我又胖了！或者“我都有双下巴了”，最后的结论就是“我现在真丑，都是你们害的”。有时候她会对着原来的衣服运气，对我说：“你看我就像一只球？生孩子有什么好，为了你们牺牲我一个？自私！”我连忙打趣道：“不会呀，现在多好看呀，正合适。你现在全身散发着母性的光辉，这才叫珠圆玉润。”小娜说：“珠圆玉润？你怎么不试试？对了，你本来长得就跟怀孕似的。”我陪笑道：“你还别不信，知道蒙娜丽莎的神秘微笑吧？据有些专家说，就是蒙娜丽莎知道自己怀孕才会发出那么经典的微笑。”小娜反驳道：“什么狗屁专家？没事吃饱了撑的。”我说：“我二舅！”当时就是没镜子，估计我那一脸谄媚的样子自己看了都要呕吐！

为了让小娜早上能多睡一会，我动起了她头发的心思——想让她剪成短发。小娜的头发虽然不算浓密，但是很黑很直，额前留着一个齐刘海儿。因为她自己不是特别会梳头，每天都是丈母娘给弄。丈母娘要是没时间，她马尾辫有时候也梳得歪歪的。另外身子沉了，洗起来不方便，洗个头都得有个人伺候。没想到小娜坚决反对，架不住我和丈母娘天天唠叨，终于决定剪个短发。

第一次在楼下随便找了一家，拿他们家的画册翻了半天也没找出一款适合小娜的发型。心一横，就让美发师看着来了。美发师看了小娜半天，脑海里幻想出一种短发，叽里呱啦的跟我和小娜描述了一下，我和小娜就同意了，其实我还真没听懂。剪着剪着，小娜的脸色越来越难看，美发师说："不要着急，过一会把一边做一个造型就好看了。"等剪到后脑勺的时候，美发师忽然说："哎呀，你这里有一个旋儿，还不能剪那么短。"反反复复，终于剪完了。小娜噘着嘴，一脸的不高兴，说自己像是老了五六岁。

后来长了点，小娜又主动拉着我去换个发型。这次找了一家比较大的美发厅，给派了一个比较帅的美发师，小娜说看着就比上一个强——这就是女人的逻辑。这个帅哥也是观察了一会，说小娜的头发有些薄，后面还有个旋儿，处理起来有一些难度，最好斜着剪，这样好看又自然。说的小娜连连点头，快完的时候又把小娜的斜刘海和发梢儿作了个处理。吹干后，比起上一个确实好看了许多。可惜好心情没有持续太长时间。第二天早上一起来，又变得和原来差不多了。

小娜虽然怨声载道，但是好歹她洗头一个人就搞定了，而且时间缩短了三分之二。至于头发长会不会影响胎儿发育，我们去咨询医生。医生说头发的长短跟胎儿营养吸收几乎没有任何关系。但是，他也说大部分人在怀孕时剪短头发，是因为长头发在洗头和梳头时候有很大的不便。另外，长头发在洗头后要等很长时间才会干，容易引起感冒。所以剪短头发对孕妇整体上是有利的。

医生的话算是给了我理论的支持，暂时压制了小娜的抱怨。

第二，情绪焦躁事件。

在小娜怀孕的很长时间里，她的情绪往往喜怒无常。说话经常是呛茬儿，而且经常抬杠。有时说着说着就急眼了，哭没怎么哭过，眼圈动不动就红倒是常态。那感觉就和她每次"大姨妈"快来的时候一样。我逗她说她更年期提前，给她起了个外号叫作“娜更年”。这要在原来，她肯定是扑哧一乐就过去了。结果她的反应出乎意料，冲着我嚷嚷：“我更年期提前，我更年期提前谁害的？要不是为你们生这个破孩子，我能更年期提前?！是不是现在就嫌弃我了？别忘了孩子还没生！……怎么哑巴了？说到你心坎里去了？是不是打算生完就把我甩了呀？小三儿是不是都提前找好了，你有本事找她生去。”

这是哪跟哪呀。没办法，只好从网上请出专家，网上说“因为怀孕，孕妇体内激素发生了很大的变化。很多人在怀孕前并没有想到原来怀孕是这么累人和不舒服，因为没有充分的心理准备，很难一下子调整过来，情绪低落、喜怒无常是常有的事。保持愉快的心情对孕妇和婴儿都是非常必要的，但没必要硬让自己装开心，宣泄出来才更好。

本来，想用这些话打击一下小娜的嚣张气焰，结果这一句“宣泄出来才更好”反倒让小娜有了尚方宝剑。从此我就踏上了暗无天日的征程。

第三，上下班恐慌事件。

小娜怀孕的时候是低年级的班主任，教语文数学两门。虽然不是重点小学，但他们学校领导比较好强，希望每个教师的能力都可以出类拔萃，所以要求得比重点小学都严格。小娜自己也好胜，见不得学生成绩差，加班给学生补课是家常便饭。每天基本上不到六点就得起床，晚上十一点才能睡觉。早上还好说，因为太早了车上没几个人。可到了晚上就不行了，本来她们老师下午四点半就下班了，但是小娜属于好给学生补课的主儿，几乎都是六点半才走，这下正赶上车流高峰期。本来大家给孕妇让座的习惯就没养成，再加上她也不像个孕妇。被大家挤来挤去的情况时有发生，每次回来晚家里人都提心吊胆的。我让小娜实在不行下班就打车回家，她说我败家子、浪费钱。我说要不你就早点回家，小心车流给你变成人流！

为了让小娜开心，在下班的时候不郁闷，有时候不是特别晚的时候我就去接她。小娜每次都很开心，临睡前就会说：“老公你真好，要是明天能送我就更好了。”我本来上班比较自由，每天八点钟起来就来得及。看到小娜一脸期盼的样子，心里一酸：老婆都遭这么大罪了，自己早起一会儿算什么！于是，为了让小娜多睡一会儿，我改成每天早上送她了，这样我经常7点半就到单位了（单位9点才上班）。后来一来二去，接送成了必然，不接送倒成了偶然。但是我晚上应酬相对多一点，这样很多业务就没法在晚上谈了。幸亏到了九月份新学年的时候，她们校长照顾小娜，不给她安排具体的教学任务了，我下班必须得接她的命令才算终止，早上还是依旧得送。再后来发展到她到哪里我都得护送，朋友们说原来小娜像我的小尾巴，现在我成了小娜的小跟班儿！

长期接送造成两个后果，一是小娜她们学校的老师我几乎都认识了，有时候他们工会主席都开玩笑说：新来的老师得向我打听学校的情况。另外一个后果就是因为我到得太早，我们部门考勤好了很多，迟到弄虚作假的几乎绝了迹！

用柯南的话说：“知道真相的只有一个人。”每个孕妇都是从一个花季少女骤然变成大肚婆，心理和生理上肯定无法马上接受，这时候必须

有一个了解她、关心她的家人呵护在她的身边，为她排忧解难，替她遮风挡雨，忍受她的无理抱怨……也许了解真相的这个人是她母亲，但我想每个妻子都希望丈夫是这个人吧！

还有一个事情我要说明，蒙娜丽莎那个事情是真的有专家那么认为的，不是我二舅。

小贴士

孕妇的情绪与胎儿有关：

孕妇的情绪与胎儿的发育有着极其密切的关系。对于这一点，许多人不以为然，认为胎儿深居宫中，“两耳不闻宫外事，只管吃喝拉撒睡。”事实上，这种看法是十分错误的。

在长达280天的宫内生活中，胎儿一方面通过胎盘和脐带从母体摄取营养，排泄废物；另一方面又通过胎盘和脐带进行情感沟通。有关专家认为，妊娠期间母亲心境平和，情绪较稳定时，胎动缓和而有规律。而孕妇情绪激动，则可造成胎儿的过度活动和心率加快。当这种恶劣的情绪持续较长的时间时，胎儿活动的强度和频率可比平时增加10倍，并且将持续较长一段时间，从而给胎儿带来不同程度的伤害。

一个心境愉悦的母亲和一个心情紧张、焦虑不安的母亲孕育的胎儿完全是生活在两个截然不同的胎教环境里，它将转化为胎儿的身心感受，当您感受到胎儿的身体在腹内时时刻刻地进化发育的同时，千万不要忘了他也是一个人，他的心灵也在发育成长。为了孩子的身心健康，您务必以对腹内胎儿的博大爱心，加强自身修养，学会自我心理调节，善于控制和缓解不健康的情绪，始终保持稳定、乐观、良好的心境，使您的胎儿能够健康地成长。

孕妇不良情绪会影响婴儿发育。

统计资料表明：如果孕妇情绪长期过度紧张，如发怒、恐惧、

小贴士

痛苦、惊吓、忧虑或受严重刺激等，将对胎儿下丘脑造成不良影响，致使日后患精神病的几率增大。即使能够幸免，也往往出现低体重儿，此类婴儿好动、情绪欠佳、易哭闹、消化功能紊乱，发病率高。此外，孕早期孕妇情绪的过度不安，可致胚胎发育不良，导致流产，并可引起胎儿唇裂及腭裂等畸形。在妊娠中、晚期会引起胎儿心率增快或减慢，胎动增加，导致胎儿出生后体重低，心脏有缺陷，身体功能失调；还可造成难产及胎盘剥脱，子宫出血，甚至导致胎儿死亡。据报道，长期处于情绪焦虑中的母亲所生的孩子往往躁动不安，易哭闹，不爱睡觉，这样的孩子长大后往往很难适应环境。

4. 身材苗条的孕妇——孕妇如何补铁和选衣服？

前面一直说小娜在怀孕的时候不能像别的孕妇那样大快朵颐，那么这种情况对她的身材和肚子里面的宝宝有没有影响？这回我集中讲讲。

我们刚结婚的时候，小娜就天天抱怨自己的身材，主要是嫌弃自己的腿太粗。其实按常理她应该算是比较苗条的类型了，一米六的个子，96斤重。即使是这样，每天大街小巷的长腿美女也天天刺激着小娜，于是在我们婚后不久，小娜有一次令健身中心崩溃的减肥。

小娜花六百元和她表妹在健身中心办了一个季卡，为了自己的美腿计划，开始疯狂健身。每天跑步四十分钟以上，然后再跳操什么的，反正每天没有一个半小时回不来。结果三个月以后，她妹妹从一个120多斤的小胖子瘦到了100斤，小娜竟然一斤没瘦。气得小娜一生气不去了，结果猛吃猛喝了三个月后，觉得自己肯定胖了很多，上称一量，竟然一斤没长。她妹妹那时候都瘦到九十斤以下了。

讲这个事情是为了说明小娜体重的坚韧性，健身如此，怀孕同样如此。怀孕三个月那次去检查，除了血液、尿液、心脏的化验检查外，小娜体重98斤，仅仅增加了两斤的体重，幸亏婴儿发育还算基本正常，否则我们都要怀疑是假怀孕了。英子怀孕三个月就长了10斤以上。

要说有哪些异常就是在小娜血液的化验结果上，通常这第一次血液的化验要查血常规，还有肝功能、肾功能、血型的检查，现在比较关心的还要做传染病的化验——肝炎、梅毒、艾滋病什么的。但是别担心，小娜没有传染病。对大多数孕妇而言，这第一次血常规检查主要是了解妊娠有没有贫血的症状，传染病、血液病毕竟是少数，贫血的孕妇可不少，小娜恰恰是其中一个。

第一次检查，小娜的血色素刚刚爬到及格线。医生说要注意，让注意多吃些含铁高的食物，比如猪肝、红枣、红小豆等。知道结果后，丈母娘和老丈人就开始了“含铁”采购。从此小娜每个礼拜至少要吃一到两次猪肝，红枣、红小豆粥更是家常便饭，也吃了很多菠菜。当时我们还天真地认为小娜食欲不好就是贫血造成的。结果第二次常规检查的时候，血色素竟然还不到及格线了，医生说得吃药治疗一下了，否则孕妇产时容易出现大出血，还可能会引起胎儿发育迟缓，有的宝宝还会出现多动症。吓得我们赶紧遵医嘱，开了些二维亚铁颗粒和补血口服液。看到那些花花绿绿的口服液包装，小娜还女人心肠地揣测医生是不是为了多卖药给我们，他好多拿提成。我说这时候医院让你拿金子买咱也得买呀！

后来血色素倒是基本正常了，小娜的体重还是缓慢地爬行。每次去妇科，小娜几乎都是最苗条的孕妇。那时候我已经不健身了，体重开始反弹，我的增长速度甚至超过了小娜。朋友们看见我们两个，都嘲笑说像是我在怀孕生孩子。

在我接送小娜之前，有时候公交车上人多，小娜就会眼巴巴地看着售票员，希望她可以号召一下给她这个孕妇让个座，但是因为她太不像个孕妇，售票员从来没有号召过，乘客更是从来没有主动过。最令人哭

笑不得的是，有一次小娜和她的一朋友一起坐公交车外出，车上有两个小学生看见她们上车，主动站了起来说：“阿姨，请您坐这里。”小娜心中一喜，以为终于遇到好人好事，自己的孕妇身份得到社会承认了。结果人家两个孩子是给小娜的朋友让的，而小娜的朋友仅仅是比较胖、小腹微凸而已。那个朋友也是有意思，还不好意思说自己没怀孕，对小朋友解释道：“阿姨很快就下车了。”然后用手一指小娜说：“这个阿姨身体不好，让她坐吧。”结果小学生说：“没关系，阿姨，我们有两个座，都让给你们，您肚子里面有小宝宝，您还是坐吧。”小娜一路上想笑，又不敢，差点憋岔了气。一下车，朋友就发誓再也不和小娜上街了，说一个大姑娘身材还不如一个怀孕五个月的孕妇！

爱美是女人的天性。小娜在快六个月的时候体重终于突破了105斤，身体的内外结构也开始有了明显变化。头几个月因为变化不是很大，小娜基本上穿上宽松的运动服就可以了。现在就面临着购买专业孕妇服装的问题。很多孕妇因为身体沉，活动不方便，衣着非常随便，蓬头垢面的，小娜看了就害怕自己也是那个样子。我说：“咱既然当不上最漂亮的美少女，那就争取当个最漂亮的孕妇吧。”除了一些“前辈”送的衣服外，小娜内外的衣服我们基本上都是从专卖店买。买回来不直接上身，都要再洗一遍，进行简单消毒。我俩的原则是这些衣服一定要保暖舒服，不求最贵——因为这辈子估计也就穿这么一回，所以我们常常在打折甩卖的大筐子里面选衣服。

整体上我们选衣服有两个原则：

首先要得体。孕妇就是孕妇，穿衣服不要掩饰，这样大家在人多的场合也会注意和理让。着装需得体，因为大部分孕妇还得上班，所以不能胡乱穿。我看见过一个穿超短裙和高跟鞋的孕妇，不知道她是怎么想的。小娜的着装还要符合她老师的身份：我们一般选择的外衣颜色都不是很花哨，以整块的冷色系和深色系为主。特别是裤子以吊带的裤子为主，长短一定要合适，短了漏风，长了爱脏而且不安全。毛衣都是比平时的毛衣略长略肥，色系也基本与外衣统一，但是一般情况下比外衣要浅一些。总之，小娜穿上后感觉很利落整洁，这样她上班心情也会好一些。

然后重要的是要舒服。比如像高跟鞋就不让小娜穿了，一般是运动鞋和休闲鞋。这是因为怀孕以后，身体重心向前移，小娜会很自然地喜欢采取挺胸凸肚的行进姿势，穿高跟鞋我怕她容易跌倒。另外听说高跟鞋还会增加腹坠和腹酸等不适。到了后期小娜就穿那种稍微使劲往里一钻就穿上的鞋。特别注意是冬天鞋要保暖，这样全身的血液流通会好。我姐在怀孕后期，出现了脚肿现象，还得穿大鞋子，因为鞋子小了会妨碍血液循环。幸亏小娜腿脚都没肿过，看来小肚子孕妇也有好处。

另外书上说不能束胸，我和小娜就买了一些稍微宽松一些的胸罩。还有就是衣服基本上都是方便穿戴的，有一点紧的都统统不要，衣服以开衫的为主，毛衣尽量不选择容易起静电的。秋衣等贴身的衣服一定要是纯棉的，这样吸汗，不刮蹭皮肤。裤子我们一般选择直裆稍长些的，裤腰不太紧的，据说这样可以防止脐周着凉。到了后期，还买了两条有腹托的裤子。总之，服装立体轮廓最好呈“A”字型。

每次遇到认识的孕妇，很多人都会夸小娜干净，还问衣服哪里买的？我们说出价格，很多人还不信。这样一不留神，因为体重轻我们家出了一个无敌美孕妇。可是夸归夸，有一天我们商量要不要照个孕妇艺术照去，小娜把原来的婚纱照翻出来，看了半天后来了一句：“再美也是个大肚婆，不照了!”因此对不住各位，美孕妇没有留下任何影像资料。

就这样，晃晃悠悠到了七月份，小娜108斤；八月底，112斤；九月份116斤。小娜的体重虽然轻，但符合很多专家研究的孕妇重量要求。专家认为孕妇临产前体重增加25-30斤即可，可是我告诉大家，实际上我们看到的一般孕妇到了八九个月的时候都会胖40斤以上，我们单位有一个姐姐甚至胖了70斤。个人觉得，只要检查胎儿发育正常，没必要担心自已太瘦是否会造成婴儿的营养跟不上。

小贴士

孕妇的肚子不是越大越好：

每个孕妈咪的身高、体重不尽相同，怀孕后肚子大小也不同，但是并不是越大越好，一般到了孕晚期，腹围标准在89-100cm左右，超过太多，就要小心孕期异常。肚子过大有碍分娩：怀孕后大吃大喝，产妇摄取了过多的营养，造成脂肪累积而形成肉肚子。这类孕妇肚子里的宝宝其实并不大，但往往在生完宝宝后，肚子却还像五六个月身孕一样。因此脂肪累积造成的“大肚子”除了妨碍产后身材恢复，在生产时也是比较麻烦的：剖宫产医生必须切开厚厚的脂肪才能把宝宝抱出来，还会给缝合造成困难，当然日后的疤痕愈合也受影响。自然分娩的产妇也会因为脂肪过多累积导致力气用不当，延长分娩时间，给自己造成更多的痛苦。所以脂肪累积的“大肚子”有百害而无一利。

此外，肚子大还有一种情况就是胎儿过大，胎儿过大不仅对其生长发育不利，更是日后发生糖尿病、病态性肥胖和心血管疾病的一个诱因。

5. 待产医院难定

小娜的职业是小学老师，待遇低不说，基本上国家也没什么实质性的补贴。每次调薪都显得那么难产，偶尔放出要和公务员看齐的口风，实际还没有看到一分钱，社会很多“正义人士”就会跳出来破口大骂教师不应该涨工资，认为教师就应该无偿奉献。

小娜他们一个快退休的老教师才2700多的工资（全部课时费和各种奖金加上）。小娜也就拿2400元。大家眼热就是三点：1. 师范生都是差学生，所以他们工资低是应该的！2. 老师都有寒暑假，所以你们不干活还拿钱是不公平的。3. 有的老师是很富裕的，是很无耻的，是很虐待孩子的，所以他们说所有的老师都该杀！

现在很多老师自嘲，说教师成了真正的“弱势群体”，主要原因有四点：一是低工资高物价导致教师沦为弱势群体。然而，就这一、两千元的“高工资”背后，很多人不管物价的螺旋式上升，一味地把对等同于部分公务员的愤怒给了教师！举个例子，小娜她们老师从来就没有福利分房这一说，连供暖费都没有。二是戴着“为人师表的高帽”导致教师沦为弱势群体，现在的教师对孩子管也不是，不管也不是。有个教师就是因为让孩子在自己讲桌边上课，被家长认为是伤了孩子自尊，迫使这名优秀教师道歉后愤懑而病退。其他行业的人可以下海经商、搞搞第二职业，而教师就不能，你敢收点东西就叫作行贿！三是社会期望值过高导致教师沦为弱势群体。教师是什么？那是人类灵魂的工程师，因为教师要承载着国家的未来和民族的希望啊！学生成绩不好，那是你老师没教好；学生没有考上清华北大，那是你老师水平差；学生不成材，那是你老师教偏了；青少年犯罪率升高了，那是你教师闯的祸。四是身体亚健康导致教师沦为弱势群体。据媒体报道，教师七成处于亚健康状态，“四高”发病率最高！

有这么一个顺口溜：投身教育英勇无畏，西装革履貌似高贵。其实生活极其琐碎，为了生计吃苦受累，鞍前马后终日疲惫。家长投诉照死赔罪，点头哈腰就差下跪。日不能息夜不能寐，校长一叫马上到位。一年到头吃苦受罪，劳动法规统统作废。身心憔悴暗自流泪，屁大点事反复开会。迎接检查让人崩溃，工资不高自己交税。走亲访友还得破费，抛家舍业愧对长辈。身在其中方知其味，教师哪有社会地位，全靠疯疯傻傻自我陶醉。

我不抱怨国家的政策，国家有关领导和机构都是智慧的，他们定的政策都是为了老师好，但是很多个案被放大，政策执行不到位，导致了大家的误解。我承认写到这里有些失态，多发了一些牢骚，这也是为了引出我的下文。正是因为小学教师待遇低，我的收入虽然说不上差，但是因为房子的贷款过多，也不敢大手大脚，自己平时都不敢得病。因此在小娜的待产医院上我们的意见还是倾向实惠一些的地方。

教师再不好，有一点还令我们欣慰，公费医疗。如果没有这点，别说养活孩子，恐怕连自己都养不起。本来小娜在丰台有自己的定点医院，也算是丰台不错的医院。医院不是问题，问题是人这一辈子总会遇到很多热心人让你感到生活的选择充满了迷茫和风险。自打小娜怀孕，关于这个医院的风言风语就没有停止过。这些好心人要不说这个产妇在此医院手术失败，要不就是说那个产妇在此医院有了严重的后遗症。小娜的两个同事就被吓得转了院，这下小娜心理也麻爪了，和我商量是

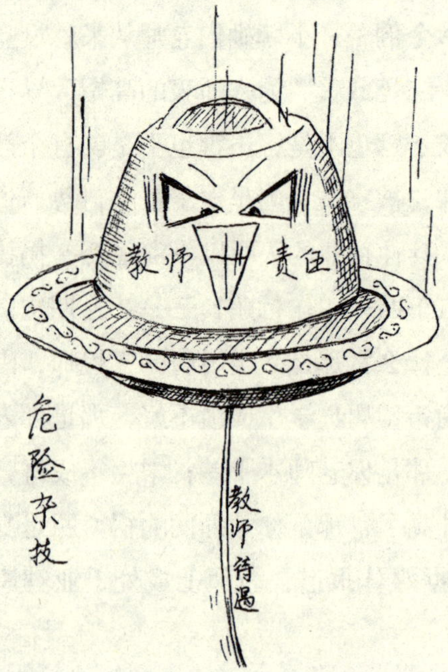

不是也转到好一点的医院去，比如同事去的301医院。

我虽然也有些犹豫，但是还没有慌，仔细了解了一下。发现其实哪个医院妇产科历史上都难免不出问题，医生的水平和责任心固然是一方面的原因，但也有很多是产妇的其他疾病引起的。上网查了一下，那些大医院的所谓“事故”也不少，正好老丈人也是在医疗系统，了解了一下，认为小娜的定点医院没有问题。再加上本来这家医院就离我们最近(开车也就5分钟)，于是医院没有贸然更换。

在小娜怀孕两个月的时候，风云再变！她的定点医院毫无征兆的转到了这个医院的分院，虽然很多老师有意见，但是也没人敢反映。因为怀孕三个月就要建卡建档了，很多人又开始劝小娜转院。我虽然对分院的水平不敢想象得太好，但还是觉得那么多人都能在这个医院待产，也没听过这个分院的“妇产丑闻”，就不太想换。还有一个重要的原因，就是如果转了院，小娜就不能报销。我觉得老百姓过日子，精打细算没啥丢人的——但是这个原因我没有讲，只是心里想想而已，如果小娜坚持，这钱我们并不是出不起。

这时那些好心人终于有一个办了好事，好心人的妹妹在大医院生的，本来去那家医院待产的产妇就多，又赶上金猪年，结果连床铺都没有，生完就住在过道里面，简直惨不忍睹，很多产后的护理都无法正常进行。听了这个，我和老丈人的意见一致，认为就算是剖腹产，这个手术也是一个很成熟的手术技术，各医院不会有大的区别，重点是产后的护理——关键是保障得有床铺。后来老丈人在那个医院的战友告诉我们，为了发展分院的妇产科医疗水平，等到小娜住院之前，医院本院妇产科的主要大夫都要来分院这边上班，即使在本院建卡的大部分产妇也得在分院住院。这下我们算基本放了心，暂时就先这里了。

定是定了，通过几次检查，小娜和几个在大医院建档的怀孕同学、同事聊天，发现在日常问诊和检查上我们这个分院确实和这些大医院有些差距。我说这样吧，如果八九个月的时候，一切正常，我们就不改医院，如果婴儿胎位异常或者小娜有什么问题，我们就马上转院。

结果在八个多月的时候，小娜给大家玩了一次心跳。检查的时候，被查出尿蛋白略高。具体原因也没查出来，说是三种可能性，一是妊娠高血压综合征，二是当日饮食蛋白质摄入过多，三是可能有炎症。如果是第一种，严重的话，后果不堪设想。小娜的血压不高，炎症也不是很明显，很可能是饮食问题。但是这问题谁也说不好，正好我妈的一个同事是妇产科的主刀大夫，她给个建议，让小娜每天早上空腹喝一杯温水。小娜试了一个多礼拜，结果去检查还真的没事了。

后来的事实证明，医院的选择还是正确的。自打小娜在那个分院成功分娩后，她们学校想要孩子的老师就都在那个定点医院建档了，我们也算是为那个医院的品牌建设做了贡献。

总之我选择待产医院的经验就是三大原则：1. 离家比较近，方便及时就诊；2. 水平条件不能太差；3. 最重要的是生产的时候有空床。记住这几点后我再送您一个忠告：耳根子不要太软，不要迷信大医院，除非您有闲钱。

小贴士

孕妇尿蛋白过高的原因及危害：

如果是妊娠高血压综合征引起的，就要引起高度重视，听从医生的安排。也可能是尿路感染，尿路感染是微生物（主要是细菌）所致的尿路炎症。尿路感染的发病率相当高，多见于女性，尤其是妊娠期妇女。可用富含植物营养素、抗氧化剂的免疫食品来滋养调理免疫系统功能，提高免疫力。也有可能是检查当天的饮食所致。要定期检查，如果情况没有改善或更加严重要提高警惕，尿蛋白过高的孕妇是要提前剖宫的，要终止妊娠，否则会压迫肾脏，影响肾脏功能。

6. 生男生女难定——提前知道婴儿性别有无必要？

说起孕妇生男生女，我还有一个趣事。原来我在广告公司做经理的时候，我们单位有个美编，怀孕的时候肚子特别大，爱吃酸的，走路先迈左脚，所有的人都说生男孩。当时我出于赌博心理，非说是个女儿，就和单位所有的人打赌，我要是输了我给大家每人50元，大家输了每个人赔我50元。美编的丈夫全家都希望是个男孩，因为我是他老婆的经理，估计也是“敢怒不敢言”，看到这么多人支持他，看见我的时候还说让我破费了，我说我这是挣钱呢。谁知道生出来还真的是个女孩，全公司20人，我赢了1000元，在当时也不是个小数目。后来看到美编两口子那么失望，我连忙把钱给他们包了红包，算是作为我乌鸦嘴的赔礼。但是这下“王半仙”的雅号就传开了。

我又连着看了好几个孕妇，竟然生男生女无一看错。这下弄假成真，有些人主动提前让我给看看，说是将来好准备，吓得我怕担责任，再也不敢算了。但是事情就是那么巧，有一个晚婚的大姐，是我的客户，有一次吃饭，看到她身怀六甲，就和她开玩笑说一定生个男孩，然后说出自己断人生男女“半仙”雅号的历史。结果这个大姐听后莞尔一笑说：“我超过了（B超），是个女儿，这次你这个半仙的饭碗可砸了！”我只得干笑道：“万一生了男孩，让我姐夫给我包个大红包。”过了小半年，这位大姐请我去喝满月酒，告诉我是她老公交待一定要请我，因为就是生了个小子——我这个伪科学战胜了科学！这下，江湖风云再起，但是我见好就收，再也不敢瞎说八道了。

小娜知道了我这段传奇后，笑着说：“那咱就不用托人看结果了，你直接看一下就行了。老实说，我希望怀的是姑娘，你要敢说是小子我就不生!”我赶紧和她解释：“一般算命的大师都不给自己算，我有种预感，我这辈子唯一一次看错生男生女可能就是自己的孩子了。”小娜说：“那你说我生什么?”我诡异地一笑说：“男孩儿。”小娜撇嘴：“狡猾的老封建！就想着给你们老王家续香火吧？”我装模作样道：“道可道，非常道！大师天机不可泄漏。”心里说：老天如果你想让我这个半仙错一次就错在我的身上吧！以我口说的为准！——我愿意要一个健康漂亮的小姑娘！

本来提前知道生男生女的问题不是那么紧迫，但就在我成功减肥、小娜刚刚怀孕的时候，一次意外差点使我的精神崩溃。一天健身完临睡前忽然感觉到脚底板疼痛，当时以为是累的，没有在意。但是到了第二天，几乎疼得下不了地。去医院检查，医生看我这么年轻，身体又很健壮，怀疑是我运动过量，导致的疲劳性骨折，但为了保守起见还是让我查了个血尿酸。结果等下午结果出来，我被确诊为“痛风”。开始我还没当回事，一打听才知道这个病的严重性，说白了就是体内的酸不易排出，导致体内结晶过多，集中到脚部，临床症状就像急性关节炎。最麻烦的是这个病去不了根，控制不好有可能转为尿毒症等严重的疾病，被称为“不死的癌症”！

医生见我指标不高，就建议我控制饮食，不要吃豆腐、海鲜、鱼虾、啤酒，开了点消炎止痛的药。过了一个礼拜，就没事了，我也没太放在心上。结果没有一个月，我再次犯病，这次来得很快，下午不适，晚上根本就下不了床了，一落地和钢针扎一样。这次卧床两个礼拜，脚恢复正常行走又用了一个月。看着丈母娘五十多岁的人，又照顾小娜又照顾我，我当时真是心如刀割。正常后，我找了一个专家，采用药物和饮食的综合治疗，终于把病情控制下来。当时我就一个信念，为了小娜和孩子，豁出去了，在小娜怀孕还有生产后将近两年的时间，我连一口肉都没吃过。

病是控制下来了，但是察看资料，资料说这个病有一定遗传性，特别是男孩容易被遗传上，我就开始担心生个男孩会遗传我这个病，这下我的罪过就大了。我把这个顾虑和家里人一说，家里人劝我心里压力别那么大。小娜不但不劝我还吓唬我说："生女孩也有问题，我小时候四十天就得了肠梗阻，当时就做手术了，这个病也有遗传性，我妈也得过。"我听了，更是六神无主。丈母娘赶紧出来辟谣说，她的是二十多岁的时候当兵不注意才得的，不是先天性。

幸亏这两个病遗传几率不大，我和小娜说："有病就让我一个人得吧，你和孩子没事就行！"小娜说："你最好给我健健康康的，再变成下不了地的残疾人，小心我带着孩子改嫁！"

在医院建卡后，我们两个就经常议论到底是男孩还是女孩。我说还是男孩吧，不是我封建，一是怕得我那个病，得上就是一辈子。二是万一生个女儿像我，又黑又丑，将来怎么找婆家。小娜说她想要一个女儿，这样能像一个洋娃娃似的打扮她，而且将来女儿负担小。我打趣道，你还别说，生女孩还知道顾家，心疼父母，将来有啥都往娘家划拉。小娜说她的理想就是，将来女儿大了两个人一起逛街，别人夸她们是"姐妹花"！我说那岂不是显得我很老？

既然生男生女都有得遗传病的可能，我们不想听天由命，就打算有个准备，以备万一。我和家里老人商量，看看有没有必要托人提前做个B超，知道是男孩女孩。家里人的态度也很犹豫，说不是不可以，但是因为这个求人违反政策不是那么合适——毕竟一家子党员，还是有些党性的。后来妇幼医院的那个张阿姨来串门，我把我的顾虑告诉了这位阿姨。张阿姨说："晓东你想得太多了，一般只要营养跟得上，检查没问题的话，现在新生儿都很健康，我个人建议不用提前知道结果。不过你要实在担心，我可以找人安排。"专业的人士发了话，我和小娜一商量，决定还是保留这份神秘感，不做B超鉴别了。

没多久，电视播出一段新闻，说是东北破获了一起流动B超车的案件，那些人开着一辆装有B超设备的面包车，流动给孕妇化验，如果是女孩儿就收五十，如果是男孩儿就收一百。看完我和小娜相视一笑，这正是：男女本注定，庸人自扰之！

7. 起名一波三折——如何提前给宝宝起名字

最近社会上兴改名字，我的同事和朋友就有好几个改名字的：有的是因为事业发展不好搞个新名字换换运气，大部分还是因为觉得自己的名字俗。我的名字就很俗，在百度输入“王晓东”可以查到九十三万条信息，仅输入“晓东”两个字竟然可以搜出一千三百多万条信息。我上高中的时候，一个年级有三个晓东，把老师都搞糊涂了。小娜的名字也同样的俗，每当我们两个聊起自己的名字，都是长吁短叹。感叹次数多了，连我的父母都觉得我之所以发不了大财是因为他们给起的名字不好，找老家的先生给算了一下，说是命里缺“木”，让我把名字改成“晓栋”就可以了，被我拒绝了。我说名字既然是父母给的，就是天命，我不改，理由貌似大义凛然，实际上是因为这个名字听起来像“小洞”，感觉叫了这个自己像个耗子，有些猥琐。

我们两个是没赶上好名字，那么自己的孩子就不能再重蹈覆辙。虽然男女提前知道不了，但我和小娜还是希望利用怀孕这段相对充裕的时间把孩子的名字定下来。因为如果等生了再定的话，在出院前就必须得填写孩子的姓名。而短短的5天左右想一个称心如意的名字很难。况且就算当时随便填一个，将来上户口改名字也很麻烦。

说到起名字，我一开始觉得我们自己起就可以，毕竟咱也是名牌大学文学院的毕业生，小娜也是师范学院毕业主攻语文的。加上我原来就是搞策划的，当时也有一些朋友让我给他们的孩子起名字，我给起的当时都说好，可是后来大家都没用，我也没有深究其原因。最有意思的是原来单位有个姓马的兄弟生了个男孩，让我们给起名字，要求简单易记，用意深刻，个性突出。我灵机一动给起了一个名字叫做“马奋”，这下各个条件都满足了，但是差点被兄弟扔出去。

一家人凑在一起商量。初步定了几个原则：

1. 好认、好写。

既然名字是让别人叫的，这就得考虑别人是否认识的问题。小娜是老师，有些学生的名字特难写难认，老师们看见就头疼。而且如果一个小孩儿的名字笔画太多，孩子写名字的时候就费劲了。听说有些父母给孩子取名时翻《康熙字典》，专拣难认的字用。结果名字过于生僻，有了个性，却不利于沟通了——这样名字的一项基本功能就丧失了。我们经常可以听到大家一说起名字比较难认的人就会说：那个谁谁谁，名字干脆就被谁谁代替了。因此我孩子的名字绝对不能生僻。

派出所的朋友告诉我们，名字过于生僻，会带来不少麻烦，首先就是别人不认识，念错了就可能闹出笑话。甚至有人用自造字取名字，结果计算机里没有自造字，办个公证、护照、身份证什么的，会遇到很大的麻烦。

2. 要有一定内涵。

名字要有一定的内涵，这是一定的，谁叫我们是中国人。但我觉得也不必刻意追求，只要赋予自己孩子美好的祝福和祝愿就行了。如果是女孩子的名字，我希望显得美丽或者洒脱一些。

3. 名字读起来别太拗口。

我们认为，孩子的名字除了好记好认外，还得好读。专业的话来说，得符合咱中国字的发音规律，也就是要读起来上口，不能跟绕口令似的。看书上说，名字如果前面的字是上声或去声，后面的字就应该是平声，仔细一琢磨还真是这么回事。因为王是大姓，所以我孩子的姓名是两个字的话，名字就太不好起了。小娜说他们学生有叫四个字的(不是复姓)，我说我不想让我的孩子听起来像个老外。于是家里人一致决定孩子起三个字的名字。我还特意强调：马可、麦克、亨利、约翰、玛利这些洋名一律不用，因为我发现在实际交往中，很多人听了心里会不舒服，反感这些假老外。

4. 尽量避免孩子将来被起外号。

这点说白了就是，别让孩子姓名的字音与不雅之词的谐音产生不好的联想。相声里面韩渊、杜子达等名，看上去很文雅，口语里就读成了喊冤、肚子大等。再比如，我认识一个朋友，叫“胡莉晴”，大家叫快了就成了“狐狸精”。

确定了原则，我们就分头冥思苦想，规定每个人至少起男女各一个名字。最积极的是我爸，作为行伍一辈子的老军人，天天带着老花镜看新华词典，我妈形容他都快魔怔了。一个礼拜后大家验收成果，小娜父母交了白卷，不是没想，而是还没等上交就被小娜枪毙了。小娜起个名字叫作“子涵”，因为孩子属相按预产期是个“老鼠”，她们班有个叫做“哲涵”的学生学习好，于是小娜就认为叫“涵”的孩子会有出息。我老爸起的名字都缺乏美感，也难为他了，高中没毕业就当兵了。我其实早就有了打算，我打算给男孩起个名字叫作：“王天一”，每个字都很简单，每个字都是第一老大的意思，合起来还是“天人合一”的意思，而且这个名字男女通用。后来我的一个老领导建议我，这个名字还是太男性化了，再选一个“王海一”给女孩备用，“四海归一”的意思。

我父母觉得我想的名字好是好，但是有点太大了，老辈人比较忌讳这个，怕孩子承受不住。而小娜坚持用她的“涵”字。家里人研讨了几遍也定不下来。这时候正好我姨从山西老家来电话问小娜的情况，我妈就把正给孩子起名字的事情跟我姨说了。我姨说老家有个先生，起名字很好。我姨的儿子考了两次大学都没考上，每次都是差几分，结果今年换了名字就考上了。我妈一听来了精神，把我们起的名字还有我和小娜的生辰八字给了我姨。把孩子的名字大业交给了这位老先生。

一个月后，我姨来电说，我们起的名字字面上都很有文化，但是和父母的八字不是很合；还有就是“天一”、“海一”名字太大，不太吉利。老先生给起了几个名字，男女通用，一个叫“王嘉鑫”，一个叫“王宜冉”。前一个说是孩子用了将来官路亨通，后一个说是活得潇洒自如。老先生建议最好用“王嘉鑫”，我和小娜都觉得孩子还是生活得快乐潇洒一些好，于是孩子名字定下来叫“王宜冉”！

但是我贼心不死，说既然“天一”、“海一”大名都不用，小名用一下吧，小名就叫“一一”吧。为了给我这当爹的面子，大家没有异议。至此，万事俱备，就待生产！

小娜有一次上网，看到跟教师名字有关的笑话大乐，我收录下来，博大家一笑，祝大家孩子都有一个好名字以伴终身！

音乐老师叫管风琴，健美老师叫陈亚玲，锅炉热处理专业老师叫吴嫣梅……这都属于名字和职业完全吻合的。

还有严重失职的，中学校医室有个校医名叫“段珍”，老师都不去她那儿打针。生物老师自己灭绝了种群，一个叫朱逸群，一个叫杨宜知。

最猛的是叫做吴安全——是学校的司机！

老帖士

丈夫让怀孕妻子感动的十大“技巧”

1. 与妻子过马路的时候一定要搀扶妻子，身体在来车的一侧。

2. 与妻子共同出行的时候，要主动替妻子拎包，减轻妻子的负担。

3. 平时要多收集幽默的故事，讲笑话，哄妻子开心，平复妻子

老贴士

烦躁的情绪。

4. 时不时给妻子做几个她喜欢的菜，因为并不是每个孕妇都胃口好、不挑食。

5. 即使妻子已经大腹便便，也要陪妻子逛街买衣服，安慰妻子说她怀了孕一样美丽。

6. 有条件的尽量接送妻子，开车小心平稳，不要让妻子受冷、受热、受挤。

7. 减少应酬时间多陪陪妻子，任何人的陪伴比不上丈夫在身边的陪伴。

8. 只要天气允许，要陪妻子晚饭后遛弯。

9. 妻子肚子大了，要主动帮助妻子穿鞋，当然尽量让妻子穿简便的鞋。

10. 妻子显怀后，每个礼拜至少帮妻子洗一次脚，因为她们蹲下来很吃力。

第三章　医院风云录

对我来说，医院既不像香港连续剧《妙手仁心》里描述得那么浪漫温馨，也不像一些国内媒体报道的那么唯利是图、恐怖夸张。医者父母心，没有想把病看坏的医生，只有责任心多少和水平高低的大夫。我对医院不陌生，自小到大隔三差五就要往怀柔第一医院去一趟。不是我身体不好，而是我妈在那里上班。那时候到哪个科室，大夫们都是笑脸相迎，如沐春风。工作后即使去别的医院看病，因为熟悉医院的环境和流程，虽然麻烦多了，却丝毫恐惧感没有。

但是，我老婆的定点医院毕竟不是我妈的工作单位。更但是，我再熟悉医院，妇产科我实在没法熟悉。于是，一场产房大戏拉开。

1. 提前见红——预产期准不准？

在得知小娜怀孕后不久，我妈做了一个梦，梦见家里的大门马上就要关上的时候，挤进来一只小白猪。老辈人的说法，属猪的有福气。于是老妈兴冲冲地告诉我，这孩子属猪，是个小金猪。小娜一听，哈哈大笑，告诉我老妈：“预产期是2月18，春节都过了10多天了，是个小金耗子。耗子好，机灵！”我老爸说：“猪也好，耗子也好。反正是2008年生，怎么也是个奥运宝宝，是个福娃。”

我打趣道：“自己家的孩子你们净往好地方想，要是这个孩子年三十晚上12点生，你说属啥？到时候大夫看着表问：‘生猪我马上就拿出来，生老鼠我一分钟以后再请出来！’”小娜嗔道：“乌鸦嘴，哪有那么巧！”老妈说：“那也是孩子心眼好，谁都不得罪。”

一语成谶!

08年的春节是2月6号，小娜说正好能看完春节联欢晚会，大家可以消停地过完年，那个小老鼠才出来。看到小娜身手敏捷的样子，大家临战的心态也逐渐放松。却不知,“危机”悄然而至。和闺女的战争甫一开始，闺女便杀了我一个措手不及。

转眼到了08年的2月3号，第二天就是大年二十九，上班的最后一天。很多同事因为票不好买都提前回家了。老板在睁一只眼闭一只眼的同时，在空旷的办公大开间里面高呼：“谁能和我战斗到今年的最后一天!”正在角落电脑边发呆的我猛然惊醒，迅速回应：“我是公司的第N个兵，我可以和老大战斗到最后一刻。”老板狂笑：“关键时刻还是市场部的领导靠得住，口头表扬一次。”转身回自己的大office。其他没回家的同事纷纷不服:“要不是老子戴着耳机玩游戏，没听见，这表忠心的活儿应该哥们儿得着。”我说：“滚犊子吧，没听见，只是口头表扬。净玩虚的！要不是咱们几个家在北京，谁愿意耗着!”鸟兽散。

到家吃完晚饭，按惯例陪着小娜遛弯。路上把拍领导马屁的故事当成笑话讲给她听。小娜那天兴致挺高，逛了逛超市，对着路边的服装店继续发表了感慨。回家，洗澡，看书，她睡觉，我上网，我上床，鼾声再起。一切照旧。

凌晨4点多，我忽然被摇醒。猛然看见小娜站在床边，我惊声质问:“大冷天的，上完厕所不睡觉，当贞子吓唬人玩?”小娜怯生生地说到：“老公，我好像尿血了，不应该是月经吧?”我迷迷糊糊地回答:“瞎说，怀孕怎么会来月经，是不是那里发炎了？你疼不疼?”小娜回答：“不疼。”我说:“赶紧上床睡觉，别冻着，早上起来要还有就让妈陪你去医院。”

小娜还真听话，钻进被子。忽然，我的脑子轰然一响，颤声道：“你老人家不会是提前见红了吧!”也不等她回答，我从床上弹起，10秒穿完衣服，然后把小娜的衣服给她拿到床边，命令道:“快穿衣服，我去叫妈!”

丈母娘闻声惊起，一分钟就穿戴完毕。三口人5分钟洗漱完毕。拿起备好的物资钱财，开车奔向医院。车被我开得又快又稳，完美发挥。

到了医院，接近凌晨5点。跑到急诊，一问说是妇产的急诊在住院楼，赶紧又杀到那里。挂完号，杀进病房，却看不到医生和护士，只有两个病人家属在楼道里的长椅上坐着。急得我大声叫嚷：“大夫、大夫！”却没人回应。那两个家属告诉我，进门按门铃。我才明白，赶紧进去，看见一个门写着观察室。门紧闭，边上有一个小条：就诊请按门铃——老大，你就不能在大门口写个大牌子立着！心里一边骂着，一边按了上去。过了两分钟一个护士走了出来，询问了一下情况，做了登记，让小娜进去。关门前，我和丈母娘问道，问题不大吧！护士没有表情地回答：“先检查一下再说。”然后绝尘而去。

出门和那两个家属聊天，我说这个医院，也不把字写大点，让我们着急。他们两个是老两口，他们的女儿羊水破了。我还故作内行地对他们说：“那就是一定要生了，我们家这位就是有点血，也不知道具体原因，也不疼。还不如你们家明确，更着急！”说实在的，我心里虽然觉得百分之九十是提前见红，但是脑子里面乱七八糟的可能性依旧涌了上来，甚至怀疑是孩子的血。汗！

过了几分钟，老两口的女婿来了。问了问情况，下楼给老两口买早点去了。我丈母娘多嘴问：“老婆羊水破了，他怎么没在身边？”老两口说：“在，我们来就行了，让他多睡会。”还能多睡会儿，这要是我，小娜能杀了我。

一会儿护士出来，让我去交费给小娜抽血化验。等到了5点40，里面还是没动静。我心里焦虑起来。借口下楼买早点，出来冷静一下。

回来赶紧让丈母娘吃了点。丈母娘说不行让我先回去补会儿觉，然后上班。我说不用，等等再说，没事我再走，说完我就开始做站起坐下的运动。终于，到了6点左右，一个值班大夫高声叫道：“赖小娜家属！”刚才还一肚子埋怨的我，立刻换上比见我们老板还谄媚的嘴脸，凑了上去。大夫的解释很简单：“就是见红，去办住院手续，准备生。”我问：“大概什么时候能生？”大夫说：“不一定，看产妇的具体情况，明天可能性大一些。”

明天，大年三十。祖宗，你怎么算得那么准，急啥??!

小贴士

见红：因为子宫收缩，婴儿的头开始下坠入盆，胎膜和子宫壁逐渐分离摩擦就会引起血管破裂而出血，这就是俗称的见红。通常是粉红色或是褐色的粘稠液体，或是分泌物中的血丝。一般见红在阵痛前的24小时出现，但也有在分娩几天前甚至1周前就反复出现见红。如果只是淡淡的血丝，量也不多，孕妇可以留在家里观察，平时注意不要太过操劳，避免剧烈运动就可以了。如果流出鲜血，超过生理期的出血量，或者伴有腹痛的感觉，就要马上入院就诊。自行入院就可以，不需要叫救护车。

2. 剖是不剖——选择剖腹产的原因

楼上楼下跑了几次，把手续办完。小娜已经换上病号服在待产病房里面待着了。病房里面还有两个待产的孕妇，看上去都比小娜更像临盆的样子，一个个面部痛苦地躺在床上，偶尔呻吟一下。我问大夫有没有单间？大夫告诉我们用不着单间，说是快过节了，人少。每个产妇可以有一个陪床的，而且不用自己带躺椅什么的。那种想象中的人满为患，产妇都得住楼道的情况并没有发生。每个病房四张床，两张产妇用，两张陪床家属用。这下我心里踏实不少，既省了钱，条件也算不错。

每次说起这个，我都自豪地吹牛自己就是这么设计的，就是要在过年的时候生。人少，空床多。其实生孩子这事谁能掐得准。

终于喘了一口气，这时候突然想起来得给我老妈打个电话，老妈又惊又喜，打算马上赶过来，我说不用了，等生了再来吧。回手给老板发了个短信，告诉他我无法与他战斗了，老婆提前生孩子。老板回了个短信："祝当爸爸快乐！妈的，下午打牌三缺一。"我回道："赌资得挪用了，孩子奶粉要紧。"

护士每半个小时过来一次，测测血压体温什么的。我和丈母娘貌似轻松地和小娜聊天。小娜像个受伤的小猫一样斜躺在病床上，眼睛里面有一种亮亮的东西，显得有一点惶恐，又有一点兴奋。小娜小声地对我说："老公，我有点怕。你拉着我的手吧。"我拉着小娜，有些感动，说："不怕，妈和我都在你身边。"

我问小娜："饿不饿，我给你买点东西？"小娜说："老公你别走，我不饿。"妈说："马上当妈了，营养不能断，要不我去买？"我连忙拦住，说："还是我去吧，万一有点什么状况，您明白怎么处理？"拍了拍小娜，转身出去。

路上零星有些早点摊，本来想买点包子油条什么，又怕不卫生。患得患失的我还是走进一个小超市，买了点儿面包和牛奶。回到病房，劝小娜吃东西。小娜勉强喝了一点奶，面包吃了一口就不吃了。三个人又聊了一会，小娜猛地眉头一紧说："肚子有点疼。"丈母娘问："怎么个疼法？"小娜说："一紧一紧的。"我还没等到做过护士的丈母娘做出分析，扭身翻出病房，窜进医生办公室，叫来了大夫。大夫摸了摸，又询问了一下情况。告诉我："不用紧张，临产宫缩。"让我们用表测一下，看每次宫缩的时间。

这点我早就有准备，特意带了一块有秒针的表。小娜每疼一下，我就记下时间。每两次大概8分钟左右。一会，大夫过来巡房，问了问情况，认为情况比较稳定，还没到生的时候。临走的时候，说你们家属商量一下，是自已生还是剖腹产，商量完了，和产妇一起来办公室签个字。

我连忙拦着，问："原来检查说她羊水比较少，自己生会不会有危险？"大夫说："胎儿不大，羊水应该够。"我说："她预产期还得10多天，现在剖算不算早产？"大夫从嘴角挤出一丝笑容，两丝不屑，三分不耐烦，回答很简单："没事。"

我问小娜和丈母娘："咱怎么办？自已生太疼，我怕娜娜受不了。"丈母娘说："自已生当时难受，生完了好得快，有的当天就能下地，剖腹产得两个礼拜才行。"

小娜说："我想自已生！书上说自已生的孩子免疫力强。"我心头一热："别管孩子，一切以你的身体为主。一会儿我问问我妈吧，让她问问他们医院的大夫。"

电话打过去不到十分钟，我妈的电话回了过来："妇幼保健医院的张院长说了，让今天就赶紧剖了吧。已经见红了，出现宫缩，羊水也不多，万一自已生不出来，娜娜还得受二遍罪。主要是明天大年三十，医院留的大夫都不愿意动手术。"

我把专家的建议告诉她们母女两个，丈母娘说那就剖吧。我也说还是剖了吧，你现在宫缩还不是很激烈，老耗着太难受。娜娜说："我没事，不想肚子上有个疤。"我说："现在百分之九十都是剖，万一受二遍罪怎么办？"小娜还是很坚持。

我和她开玩笑说，小娜你知道医学上关于疼痛分为十二级，最轻的是被蚊子咬了一口，最疼的十二级就是产妇自己生孩子。娜娜说：“老公，我真不怕。”我说：“你知道比十二级还疼的是什么吗？就是生孩子的时候被蚊子咬了一口。”娜娜听完扑哧笑了出来。我说：你万一没生出来，再挨一刀，就创了纪录了，估计得二十级，再说，本来挺漂亮的孩子被产钳一夹，成倭瓜脸了。

小娜犹豫了几秒，说：“好吧。”我如释重负，扶着小娜下了床，挪向医生办公室。本来我以为去那里签个字就好，没想到更大的阻力扑面而来。

到了医生办公室，一个挺漂亮的年轻医生正襟危坐在办公桌后，问：“想好了吗？”老公说：“还是剖了吧，省着遭罪。”漂亮医生头一抬：“剖腹产就不疼了，麻药一过得疼一个礼拜，自己生就当时疼，生完有的当天就能下床了，你说哪个好？”紧接着又把自己生的好处说了一遍。

“她羊水少，还是剖了安全一些。”我试图找出一些有利的证据。“少什么少？孩子估计才5斤多，一点也不少。”飘亮姐儿的声线提高。我看她年轻，打算用老大夫的建议压制她一下：“我问过妇幼保健医院的院长，人家也是赞成剖。”漂亮姐儿凤眼一瞪，恼了：“哪个保健医院啊，现在哪个医生不是赞同自己生，还有劝人家剖的。什么水平，怎么当上院长的？孩子这么小，胎位也正。干嘛不自己生。”我干脆也不废话了说：“我们一家人都决定剖。”

医生看拗不过我，转向来劝小娜：“剖腹产更危险，剖完以后有什么后遗症怎么办？你要是我亲妹妹，我肯定让你自己生，绝不剖。”漂亮姐儿在用怀柔政策离间我们夫妻感情。小娜用哀求的眼神看着我，好像我是只顾自己后代，不管老婆生死的无耻之徒。

“反正你俩想好了到底是生还是剖，你要问我的意见，我肯定是建议你自己生！”医生趁热打铁。我把老婆拉到门外，小声：“咱就剖了吧，现在剖腹产技术都很成熟，不会有事的。”老婆心一横说：“剖就剖吧，胳膊拧不过大腿，一人驳不倒众言，我就为鱼肉，任你们宰割了。”回来后，医生看了我一眼，问："怎么，决定了？"我说："我们剖。"医生："真够犟的。我再最后劝你们一次，对了，孕妇上午吃饭了吗？"我说："就喝了点奶。"这个医生突然松了一口气："实在要剖我也不勉强。但是孕妇如果吃东西了得6个小时以后才能生，你们把字先签了，我下午四点交班，四点半会有人安排你们手术！"

原来如此，交班？一句代替TMD的话在我脑海中浮现：我kao！

不管这个姐姐出于什么心理不愿意给我们剖，她还是按程序把可能出现的情况说了，剖的风险很大，也可能会有大出血，各种手术后遗症……说的剖腹产好像九死一生过大刑一样。签完字从办公室出来，我心里想：万一到时候真剖出事，我是不是成了不管老婆死活的恶人？无人性，真禽兽！

天地为证，我当时真是不想让老婆遭两遍罪！那天经过漂亮姐儿的教育，晚上回家忽觉耳朵奇痒，挖出耳屎两坨，奇痒依旧，吃泻火药丸一包，半夜大便一次，好了！

3. 美女出世——孕妇是如何做手术的?

办完手续，老婆就被转到了另外一个房间。同屋是个江苏的产妇，生了个男孩，见我们来了，一边咳嗽一边和我们打招呼。老公陪着她，孩子是个月嫂帮着带。我当时还想，真倒霉，怎么同屋的产妇是个咳嗽妈，将来不会传染给我们家孩子吧。

老婆还是心有不甘，跟我说："老公要不咱还是自己生吧。我看了那么多书，都说自己生好。我真的很想自己试着生一生，而且自己生用不了那么多钱，回去对学校的老师们一说：自己生的，那多自豪呀！"还没等我说话，同屋的咳嗽产妇说："可别这么想，我开始也想自己生，大夫也说没问题。结果36个小时都没生出来，最后还是剖了，受了2遍罪，你还是剖了吧。和我一起的6个都想自己生，最后都没坚持住，有一个都开始生了，受不住疼，又哭着喊着让医生给自己剖了……"真是救苦救难的观世音，小娜听完这血淋淋的话语，吐了下舌头，不再坚持了。

小娜四点左右做完了清理，全身被包了起来，只露出眼睛和鼻子。看着她无辜的眼神，我突然感到自己的一丝残忍，心里酸酸的。感觉这个昨天还是个活蹦乱跳的小姑娘，今天就被我逼着进了产房。

作为男人，我一直想探究女人生孩子时的具体感受。因为产房不让进，我也没法亲眼看到女性生孩子的场景。我不是女人，我也不知道她们切身的感受。这个不能有，但这个真该有。因为她们的伟大，所以我希望真实的记录，恰巧老婆也爱写东西，她的产房日记恰巧记录了这一环节。我摘录下来，希望给广大姐妹一个参考，给更广大的男人们一些震撼。让我们感谢自己伟大的老婆！

小娜"产房日记"：

回到病房，不能自己生的抱怨不多一会儿就被接踵而来的阵痛替代了。我的肚子开始一阵一阵地疼，护士过来告诉我下午4点半进行手术。我以前每月倒霉都会疼得死去活来，好不容易怀孕享受了几个月不疼的日子，现在那种感觉又来了，开始是隐隐约约地疼，慢慢的疼痛在加剧，没有过痛经和生孩子经验的人是体会不到的，它不是任何一般的痛感，拧着疼、扎着疼、绞着疼……都不是，这种痛让你怎么待着都不舒服，就像慢慢给你上刑，一点一点地折磨你，还不给你个痛快的，我巴不得干脆痛多一点，剧烈一点，一下过去算了，这种钝刀子磨肉的感觉真痛苦，越想越害怕，越想越疼，如果是一直疼，可能人的忍耐力会变强，可是这种疼过一会就消失了，让你感觉疼后的那种虚脱的舒服，可是没一会就又开始了，这种舒服和接踵而来的疼痛对比更让人受不了！

我让老公看着表，看多长时间疼一次，我在床上缩成一团，疼痛折磨得我浑身都出汗了，从原来的八分钟到后来变成2、3分钟疼一次，我终于有所顿悟同屋姐妹们所说的受不了的意思了，这的确是让人难以忍受，真要自己生，捱到最后不知道会疼成什么样子。老公打趣说：你不是要自己生吗？没准坚持不到4：30剖，你就能自己生出来呢，那不是更好。我抓住他的手，用指甲掐他的肉："不是疼在你身上，倒会说风凉话。"掐得老公直咧嘴。

我突然感觉下身湿乎乎的，好像流出了很多水，这不会就是传说中的"破水"吧，我对护士说："我可能破水了。"小护士看了看，帮我把床尾调高，形成头低腿高的姿势，让我先好好躺着，不一会医生来了，对我说："破水了，等一会就手术了。"老公说："这会儿不剖都不行了。"

两个护士，推来一张手术床，帮我做了清理，让我把衣服都脱掉。换成手术床，我觉得自己就像一只大白猪，慢慢地爬到她们推来的床上，她们给我盖上了一床大被子，头上戴上蓝色的手术帽，该来的总算要来了，我心里开始紧张，我一紧张就手脚冰凉，感觉自己木木的，就听见一个护士对另一个说：行了，我一个人推上去就行。我心想：自己轻也有120多斤，床怎么也有一百多斤，你劲还挺大。我想看看这位大力士护士什么样，也算我人生历程中的一位，无奈摘了眼镜，眼睛近视一片模糊，我就被这大力护士推出了病房，一路上坡下坡，进电梯，过铁门，穿过走廊阶梯，也不知道走了多少迷宫样的走廊，过了多少道门，终于来到了最后的刑场——手术室。

以前看多了很多港台片中的手术场面，头脑中想着不一会就会有一堆人围着我开始开肠破肚了。我眯着眼睛看看周围，身上被被子裹着，只有脖子能转转，看见的范围太小，这间手术室空空荡荡的，四壁贴满了白瓷砖，让我突然联想到日本731的实验室，这时医生还没有来，只有两个护士在旁边忙着什么，我头上就是无影灯，长长的灯管向四面八方伸展，又大又圆的灯头聚焦着我，好像头上悬着一只巨大的八爪章鱼。它用8个巨大的眼睛瞪着我，好像正在准备享用我这顿美餐。

不一会儿麻醉师来了。两个护士把厚被子换成薄被子，两个人兜着床垫一头一尾把我挪到了正式的手术床。两个大夫带着口罩走了进来，我就听一个说：也不瘦啊（我心里一惊）。另一个说：还胖啊，挺瘦的。那个说：腿可不瘦（我靠，要不是怕她给我做不好，我真想怒了）。越发觉得自己像头待宰的肥猪。

这时护士掀掉被子，让我侧卧，一个往我手上勒橡皮管，进行静脉注射，麻醉师是个男的，态度还挺好，对我说：麻药要从背后打，可能有点涨疼，忍着点。我还真没感觉有多疼，也可能紧张的。麻醉师说：我用针轻轻扎你腿，你看有什么感觉。开始我能感觉到针的刺痛，但是没一会儿，也就两三分钟吧，麻醉师问：还有感觉吗？我就什么感觉都没有了，这华佗发明的麻沸散经过不断改良，传承至今还真不是盖的。终于可以开始了，护士把一个小架子架在我胸前，给我戴上氧气面罩，屠猪大会正式开始。

麻醉师坐在我旁边，有一搭无一搭地和我闲聊天，也许在转移我的注意力。我这个人就这点好，事发之前紧张，紧张到一定程度就不紧张了，反而镇静多了，我和麻醉师开着玩笑，我俩互相赞美着对方职业的伟大（亏心不亏心），真是假啊。我的另一只耳朵没闲着，一直听着两个大夫说话，其中一个可能是主刀的，说：你做过肠梗阻手术吧……出血量不太多……因为你做过手术，术后也许会有肠粘连的风险，不过也不用过分担心……没多长时间，麻醉师对我说：准备好了，要出孩子了。

猛地，我听见大夫说：是女孩。然后就是孩子哇哇的哭声，医生抱着孩子给我看，我也没带眼镜，氧气罩里全是哈气，模模糊糊看见大致的样子，和我想的差不多，蜷成一团，头发湿乎乎的，小小的五官皱成一堆，新生儿都不是那么漂亮，起码和猴子的区别很大，没那么丑。这就是从我肚子里生出来的宝宝吗？我真不敢相信，时至今日我有时都在恍惚中，不敢想象在家称王称霸的一一开始是这么的瘦小和羸弱。

医生称了孩子的重量，确实和妇科大夫估计得差不多，5斤3两，然后用布把孩子包好带了出去。我现在已经不知道是镇静过度还是紧张过度了，完全没有任何情绪，激动、兴奋、高兴，好像都不是，只有一个念头：总算生完了。医生探过头来看看我，说：嘿，还挺精神，大眼睛睁得挺大。可不是，木掉了就剩痴呆了。接着又是一连串的流程，换床，大力水手护士准备把我推出去。

17点8分，大夫把孩子推了出来。对我们说："赶紧看看。女儿。"我生怕是个像我一样的小眼睛黑丫头。猛吸一口气，凑上去看了一眼。一个双眼皮、脸上红红的小婴儿正睁大眼睛看着我，轰的一下，我感觉我被一神秘的力量击垮了，先是脑子一片空白，然后从天灵盖生出一股暖流，四下开散出去，传遍了我的五脏六腑，腿却像生了根一样，动弹不得。

我想放声大哭，放声大喊："这是我的闺女！我的漂亮一一！"

等回到病房，一一被推回来的时候。她在婴儿车里面，恬静地睡着。红红的脸蛋像个小包子一样。掀开被子一看，胳膊腿长得跟烘干的筷子一样，大腿顶多和我两个指头捆一起那么粗——还不能捆大拇指。很多血丝和血块不均匀地分布在身上，特别是眼皮上很多红块，还真不水灵。请原谅我用包子、筷子这些词汇，按说我应该更愿意用苹果等优美的词汇的。但是我告诉大家，新生的婴儿没有几个天生丽质的，都跟小老头一样。但我和丈母娘还是兴奋异常，看个没够。

一一整个脸型当时是圆的，丈母娘说像我。我跟丈母娘说："你看，眼睛那么长，还有双眼皮的印，像娜娜。"我问小娜："你觉得像谁？"小娜面无表情地说："我没法看，翻不了身。"我不依不饶，问："生完了大夫不是抱给你看了一下吗？"小娜说："没戴眼镜，感觉挺丑。"我把嘴凑到她耳边说："那你是没比较，你看你旁边那个床的孩子，中间陷进去，像赵本山的鞋拔子脸。”小娜说：“缺德，就你们家孩子好看!?”

同产房的那一家人过来看，说：“呀，真漂亮！比我们家孩子漂亮多了”。我连忙陪笑说：“我们是姑娘，可能秀气一点。你们是儿子，多虎头虎脑呀。”忽然觉得闺女很可怜，人家儿子生下来7斤半，我们家女儿才5斤3两。

但一一娇小的体型和我们开了一个玩笑，体型和脾气恰恰成了反比。

小贴士

破水：由于子宫收缩不断加强，子宫内羊水压力增高，羊膜囊破了，“胞浆水”流出，此时称为破膜。大多数产妇只在临产后才破膜，仅有少数产妇临产前破膜，称为“早破水”。这时，应立即平卧送医院待产，一般在破膜24小时内临产。

4. 手忙脚乱——新生儿的准备工作有哪些？

在小娜推进手术室之前，通过与病房里面那个咳嗽妈妈的聊天，我才知道我原来是多么愚蠢。第一，原来孩子一出生就得喝奶。理由很简单，母乳没有那么快就下来，即使下来也可能不够。所以我得赶紧买奶粉。第二，剖腹产的产妇真的非常疼，不是坚不坚持的问题，而是无法坚持的问题。所以她们几乎无法翻身或者起身，因此连喝水都很困难，自己大小便更是难上加难。

幸亏旁边咳嗽妈妈是我学习的样板。我用五分钟开车跑到超市，买了贝因美的奶粉，还有两个奶瓶，顺便给小娜买了一个马桶式座椅。出了超市门，又拐进肯德基，不由分说地拿了一把吸管溜了出来。放回病房，还觉得自己真是模范丈夫。殊不知，自己的准备工作还是非常仓促。这一节，我将用我的教训告诉大家，准备工作一定要细致。

护士来的时候我问孩子大小便怎么办？护士说用纸尿裤，大便就用婴儿用的湿纸巾。我说："我们在医院买的那些用品包括这些吗？"护士没好气地说："就给一小包纸尿裤。"

赶紧又开车去了超市，买了湿纸巾，还有纸尿裤。一开始以为医院不会给用什么好的，结果发现医院用的那个牌子还是最贵的。刚结完帐，丈母娘又来电话说要给孩子准备小毛巾，还有洗衣服用的婴儿香皂和洗衣液。等都弄回来，已经晚上八点了。才想起来我和丈母娘从早上到现在只吃了几个包子，赶紧又出去给买吃的，要了点盖饭回来，三口两口扒拉完，一口气才算喘匀。

一一有时候醒过来，睁着两个大眼睛左看右看。我把脸伸过去，说："闺女，我是你爸爸，叫爸爸。"屋子里的人都乐了起来，说这个当爹的还挺心急。中间，我按照医生说的给一一冲了奶，试了试奶温。丈母娘说男的手重，她来喂。我一想丈母娘当过护士，应该没问题，也乐得清闲。丈母娘喂完，一一又睡了。这时医院看门的大姐过来说除了陪床的，其余家属要求离开。

一天下来，超市去了四五趟。忙得我团团转。以为自己准备好了，事到临头觉得自己一无是处。出门，北风呼啸。望着满天的星星，我长出了一口气。我，当爹了。天气很冷，我心里很热。

第二天一大早，我还在刷牙，我爸妈就从北五环赶了过来。一家人简单吃了点早点，看时间差不多了，连忙奔向医院。结果那天的最大问题是陪床排班混乱问题。

进了医院，爸妈站在楼道里面等了几分钟。我说怎么不赶紧进去，老两口告诉我，外面太冷，衣服上的寒气太重，怕刺激孩子，等暖和一会再进去。一进屋，爸妈简单和同屋的产妇等人打了个招呼，就赶紧去看自己的孙女。小家伙好像知道自己的爷爷奶奶来了，象征性地把眼睛睁开，好像没有感觉的在审视这一切，又像在努力认自己的亲人。

爸妈给小娜买了一些营养品。问小娜胃口怎么样，小娜说还可以，就是肚子疼，吃不了什么。妈问丈母娘累不累，让她回家休息。丈母娘说：不累，一一可乖啦，吃了就睡，特仁义。娜娜说小心说嘴打嘴，小

心一一晚上不睡——又一个乌鸦嘴诞生！

妈问："给孩子翻身了吗？"丈母娘说："翻了，没过几个小时就给她翻一次，这脑袋瓜子可不能睡扁了。"我突然意识到什么，问："那您睡觉了吗？"丈母娘连忙掩饰："睡了，我这么大人还不知道睡觉呀！"边上小娜没好气地说："我妈恨不得二十四个小时盯着一一，根本就没怎么睡觉。"同房间的那个月嫂对我妈说："您这个亲家可真成，一晚上不错眼珠地盯着。"丈母娘说："嗨，好久没看孩子了，手生，看勤着点没坏处。还得谢谢这位大姐帮我冲奶，眼镜没带，看不清楚。"我连忙给那位月嫂道谢。然后义正言辞地"批评"我丈母娘："妈，您这样可不行。把您身体再弄垮了，家里不是得更乱，您身体好才是打赢这场战争的保障呀！"话还没说完，护士过来要推孩子洗澡去。我才知道，每天10点多是孩子的洗澡时间，这个时间，成了我们在医院里面最轻松的时间。

利用一一洗澡的时间，我说咱们几个排下班吧。我的意思是我妈、丈母娘和我倒班，一人一天。这个提议立刻被我妈和丈母娘给否决了，妈说她和丈母娘一人一天。丈母娘说："亲家你身体不好（我妈有风湿性心脏病），好歹我比你年轻，我一个人就行。"妈说："没事，我能看。现在孩子睡眠多，白天还有她爷爷在。"我爸赶紧接茬儿，说："你们都休息，我晚上看都行。"一时定不下来，我问娜娜：你喜欢谁陪你？小娜白了我一眼说："谁造的孽谁看。"

好歹我也当过事业单位的干部，中国人的领导艺术或者说弊病在这里充分发挥了作用：那就是拖着先不解决和和稀泥的功夫。我说："谁也别争了。等一一她姥爷过来给小娜送粥后，她姥姥就先回去休息，暂时先好好歇一个白天，我和我爸妈先看着。到晚上九点，孩子她姥姥再来接班。正好我爸妈这次来得也急，自己的衣服和洗漱用具也没带。路远，晚上我开车先送爸妈回清河。她姥姥自己再试一天，不行我爸妈再来。"

刚商量完，护士把几个孩子推到了门口。我爸一个健步跑了出去，把一一接了进来。幸亏老爷子是个军人，一辈子行武，要不一般60岁的人还真没这个身手。回来后特别美，也不管边上还有别的孩子家长，说:“我看了，就我们家一一最好看。”虽然我们家孩子在当时7-8个孩子里面是公认的俊俏，但我爸这么肆无忌惮地说出来，还是引得边上的咳嗽妈看了过来。我妈反应快点，对我爸说:“你闺女给你生外孙子那时候，咱们去看，孩子她奶奶就说就自家的孩子最好看，还给咱们指，结果护士说她指的那个根本就不是咱们家的孩子。”屋里人哈哈大笑。在车里的一一不知道发生了什么，眨眨眼睛，想努力地分析一下这些大人出了什么状况。

不一会儿，小娜她爸来了，刚进来，又被丈母娘轰了出去。说身上太冷，门外边暖和暖和再进来。小娜她爸当过医生，还有些经验，给小娜煮了点大米粥。因为是剖腹产，还只能喝没有米的浮头。另外由于我们计划得不周全，原定在孩子的爷爷奶奶家坐月子，所以丈母娘让我把一切给小娜的营养品以及做饭的原材料都运到了清河。这边一点没留，也只能喝些米粥的浮头。老辈人说生孩子头几顿饭一定要跟上，否则奶水不足。小娜不是什么高人，所以正应了这句老话——日后奶少。

姥爷一来，一一的直系亲属就来齐了。大家围着一一说话，谁也不敢把头伸的太近。生怕自己有什么病菌带给孩子。还没说几句，孩子就困了，我赶紧张罗着把丈母娘和老丈人送回家休息。下午风平浪静，一一吃了睡，睡了吃。丈母娘没有按照预定的九点来接班，晚上六点多就来了。一是舍不得孩子，二是心疼自己闺女，炖了点鲫鱼汤。一家人聊到7点多，丈母娘便让我赶紧送我爸妈回去，说大年三十的，好歹回家看个晚会。

到了家，晚会开始，我爸也不看，在那里叮叮当当的把一一的婴儿床给支了起来。晚会因为我们的心不在焉而索然无味，一家人夸一一的话来回说。十点，我和小娜通了个短信，她告诉我平安无事，让我好好睡一觉，明天不用特别着急来。

失败是成功之母，平静是折腾他妈。我以为自己抱了个乖闺女的时候，殊不知，风暴已经悄然而至。因为一一晚上不睡觉，我这个貌似科学的排班制度后来不得不调整为丈母娘看晚上，我和我妈看白天。

乱，混乱，这就是我自以为准备充分的结果!

小贴士

产妇临产前的准备：

一、必备的证件、资料类

1. 身份证：准妈咪本人或家属的，办理入院手续。

2. 准生证：为了维护宝宝的合法性，这个必带哦。

3. 现金：住院押金在6000元左右。顺产生孩子3000～4000元左右。剖腹产在6000～8000元左右，除此之外还有一些其他临时性支出，家属要再带上5000元左右。

4. 医保卡和孕期的检查档案：准妈咪带好自怀孕后在大医院和社区医院里检查的单子、检查档案，方便医生、护士在短时间内了解准妈咪的身体状况，遇到突发情况可及时处理。

二、必备的生活用品类

【衣物类】

1. 衣服：1套。一般医院都有住院服提供。但应带一套穿戴方便的外衣，以便上厕所等出房门时使用。备一套出院时穿的衣服。秋冬季的时候，最好穿连帽的外套，因为产后坐月子时，产妇头部不能吹风。冬天最好是一件比较大的羽绒服。

2. 内裤3条以上。医院里内裤如果无法晒到太阳，应让家人带回家洗。有条件的最好购买一次性内裤2~3包，因为产后恶露容易弄脏内裤，建议穿一次性内裤，买大号更实用。

3. 哺乳文胸：2件。母乳喂养宝宝需要佩戴专用的文胸。有利于宝宝喝奶的卫生以及防止妈妈乳腺发炎，有的哺乳文胸还有利于保持妈妈的胸型。秋衣2套以上。

4. 乳垫：4对左右。放在哺乳文胸内，吸收溢出的奶汁。

5. 袜子：2～3双。冬天要带厚的袜子，帮助保暖。

【卫生物品类】

1. 洗漱用品：产妇专用牙刷1支，毛巾2～3条，脸盆3个。家属同样，脸盆可以少一些。

小贴士

2. 护肤品和润唇膏。生孩子的时候可能嘴干，润唇膏很好用。如果要母乳喂养，护乳霜也带好。

3. 产妇卫生巾：2~3包。产妇卫生巾不一般的，卫生巾要大而且长，外面很难买到。

4. 湿纸巾、餐巾纸、卫生纸若干包。湿纸巾一定要带，产妇走动不方便，可以用湿纸巾擦身、洗手。

5. 拖鞋1～2双。一般天气，一双塑料底的拖鞋就可以了。天气冷时，要穿棉厚拖鞋。家属最好也带一双。

6. 餐具1套。一般产妇餐多是家人带来的，为了方便，医院里也可备一套。

7. 杯子：1个，最好有保温功能。一次性杯子若干。因为喝水喝汤不方便，带一些一次性吸管。

三、辅助用品类

1. 如果医院条件不允许，家属最好带一个轻便的折叠椅，以便陪床休息，而且不占地方。

2. 砂糖和红糖各一包。多喝喝，对奶水和去恶露以及产后补养有好处。

3. 厚靠垫一个：孩子出生后，喂奶时使用，会让产妇感觉更舒服。

4. 孕婴杂志、时尚杂志书籍带好，缓解产妇情绪。

5. 产妇专用便盆，一般医院门口的小店就有。

6. 产妇专用马桶式折叠椅。

7. 手机充电器。这个小玩意儿绝对不可或缺。

四、新生儿用品

1. 婴儿专用偏口奶瓶大小共3个。两个小的分别用来喝奶和喝水，大的用来晾开水。

2. 奶瓶刷子一个。

3. 0岁奶粉一桶，别忘了要勺子，超市里面都有。

小贴士

4. 婴儿专用塑料脸盆2个，纯棉的小毛巾2～3条。

5. 纸尿裤一包、湿纸巾一大包。

6. 内外消过毒的新衣服一套，出院时使用。如果是冬天，要准备包裹孩子的褥子一件，不要太小。

7. 中号的不锈钢盆一个，用来给孩子的奶瓶简单开水消毒。

5. 喂奶疑云——新生儿为何总是哭？

生孩子那天晚上，一个长得挺秀气的护士给拿了一瓶葡萄糖过来，告诉我们该喂奶了。一边示范一边说明，往奶瓶里面倒三分之一热水，再倒三分之二葡萄糖，30毫升就行，放一勺奶粉，摇匀。然后倒几滴奶在她的手腕内侧，告诉我们这样检测奶的温度，顺便排出空气。温度不要太热，以微温为宜，大约每三个小时给孩子喂一次。另外冬季空气比较干燥，在孩子睡醒后，尽量让孩子先喝点水。

说完，护士弯下腰，给我们做了一个完美的喂奶示范。只见她稍微把一一侧了过来，轻轻地把奶嘴放到一一的嘴唇上，试探性点了几下。一一闭着眼睛，等到奶嘴凑到嘴边，很自然地含了进去，小嘴咕噜咕噜的喝了起来，一副很享受的样子。丈母娘激动地说："看我家一一多聪明，刚下来就会喝奶。"我和小娜不禁相视莞尔一笑——这点好像所有孩子都会。护士边喂边告诉我们，奶瓶要斜拿，和孩子的嘴成九十度角，让孩子尽量完全把奶嘴含在嘴里，防止空气的进入。护士给孩子喂完，把孩子先放正，然后把上半身稍微抬起，用手在孩子后背轻轻地拍着，说最好把孩子的奶嗝拍出来。一系列动作做得干净利落脆，看得我眼花缭乱。

护士问我们明白了吗？我心里想说，要不您再教一遍。但嘴里出来的和丈母娘说的一样：没问题。事实再次证明那个真理，死要面子活受罪，当时让这个小护士再说一遍就好了。

为了尽早实践，我恨不得早点到下一个喂奶时间。手里拿着奶瓶，时刻准备着。好不容易一一醒了，我赶紧把水冲好，给一一喝。别看我长得五大三粗的，因为从小学画画和手工，动作还是很细致温柔。嘴里说着："宝贝，给爸爸个面子，喝两口水水。"到底是我的闺女，还真给我这个面子，绝对按照我的要求，只喝两口，决不再喝。气得我直后悔，笑骂："你个小东西，早知道这么听话，老子我让你喝十口好了。"

等丈母娘给一一换完尿不湿，我连忙按照秀气护士的吩咐，按比例给冲了30毫升，丈母娘接过来，小家伙志得意满地喝了起来。喝完，丈母娘轻拍了几下打了一个响亮的嗝，听得大家心花怒放。

我老丈人赶了过来，给小娜熬了点萝卜汤。老丈人一边欣赏自己的外孙女，一边让小娜把汤喝了。老医科大学专科毕业的老丈人说，萝卜汤能促进胃肠蠕动，刺激排气，只有排气了小娜才能慢慢恢复饮食。我对老先生的行医水平有所怀疑，借口上厕所，跑到护士那里询问了一下，还真是这样。他们又你一言我一语地夸奖自己的孙女好看：大眼睛，小嘴巴，翘鼻子——反正我是没看出来。一一表演完了，估计是也听不出什么新鲜的表扬了，慢慢又睡着了。这时候，看门的大姐过来撵人，告诉我们时间到了，除了陪床的家属，其他人一律不能逗留。临走的时候，我又和丈母娘强调了一遍，先放热水，再放葡萄糖，一勺奶粉。丈母娘有些轻微的耳背，每次我都会再问一遍，听清楚了吗？丈母娘说："咱有经验的人，还用你交待。"

第二天，就是大年三十那天，上文说到，我爸妈赶过来了。丈母娘告诉我们昨天晚上又喂了两次，因为忘了戴眼镜了，是那位好心的月嫂帮忙冲的奶。我想显摆一下自己的技术，把比例配好，开始摇匀。这时，正好那位月嫂过来接开水，看到后说："你可不能这么上下摇，摇完全是沫子，应该这么摇。"说完，从我手里，把奶瓶接了过来。看她用大拇指和食指卡住奶嘴和瓶身的连接处，以此为轴，瓶底做钟摆运动，果然，沫子少了不少。我说："这专业选手和业余选手还真是不一样，冲个奶都这么多学问。"

白天让丈母娘回去歇着了，也顺便回家取眼镜。一整天都是我和我妈换着班看一一，给一一喂奶喝水。我爸代替我的角色，跑腿订饭加收拾卫生。下午的时候，我发现葡萄糖快没了，去秀气护士那里去要，护士大吃一惊问："一天就用完了，怎么这么快？"我还挺纳闷儿，解释道："就是按你们的指示，那么喂的呀。"秀气护士看我一头雾水的样子，扑哧一乐说："你们家可真实在，那瓶葡萄糖是怕你们没有晾开水，代替凉自开用的。你们以后自己晾点开水就行。”我也哈哈一笑说：“谁叫咱第一次当爹没经验，下次再生就知道了。”护士说：“你是那个飘亮小姑娘的爸爸吧？你们家小孩长得真干净，多难得呀。怎么还想要孩子，真贪心，你可不能重男轻女。葡萄糖还有没有，没有我再给你一瓶？”我笑着说：“多谢，不用了。再说，姑娘漂亮也不能让你违反纪律呀。”

到了晚上6点多，丈母娘过来接班，让我送爸妈回家。直到今天，我有时还后悔我那个失误：自打一一生下来到现在，丈母娘奶倒是喂了不少次，可是没有一次是她自己冲的!!

第二天，我从北五环赶到医院。一进门，就发现丈母娘双目无神，脸色蜡黄蜡黄的，有些极度疲劳的感觉。问怎么回事？旁边的月嫂说：“你们家姑娘可真厉害，哭了一宿。”小娜也虚弱地说：“不知道怎么啦，你闺女睡不了一会儿就哭。”我问叫大夫了吗？丈母娘说没有。我赶紧去叫值班大夫——正好是那个漂亮姐儿。

大夫过来问：“体温量了吗？”我说：“量了，36.8°　。”大夫又问：“昨天晚上是不是受了什么惊吓？”丈母娘说：“没有呀，你看旁边的孩子睡得挺好的。”大夫说：“奶粉也是按时间喂的？”丈母娘说：“对呀！”大夫解释说："你们也不用着急，婴儿的睡眠不像大人那么规律。咱们再观察观察。现在孩子睡得挺好，呼吸也很正常，没什么大问题。下午可以多陪她玩一会，和她多说会话，晚上累了，也许她就睡好了。另外不要一听婴儿哭就紧张，哭也能促进婴儿的肺部发育。"我们一听没啥大问题，心放下一半。我跟丈母娘开玩笑说："这就是你说的仁义孙女儿。"

中午过去还基本正常，到了下午5点多，一一醒过来，又开始哭，丈母娘自己冲完奶，盘腿坐在床上，抱着给她喂奶，刚开始喝还可以，还没喝完又哭了。我给打圆场，说："哭吧，哭吧，肺部好好发育。"但是一一的哭声越来越大，撕心裂肺的。到后来，鼻涕眼泪都喷了出来，声音都沙哑了。家里人一下子慌了，赶紧出去找护士。护士来了把一一立着抱起来，说："剖腹产的婴儿尽量不要躺着抱，对骨骼和肠胃发育不好，还会产生依赖症。"一一趴在护士的肩上，哭声平稳了一些。我们刚松口气，以为仅仅是抱得不舒服。结果没有两分钟，一一又开始哭了起来。

大家都手足无措的时候，那个秀气护士闻声赶了过来，说："孩子可不能这么哭，哭坏了嗓子可不好办。"看得出来，这个护士相对比较有经验一些，也是像大夫上午那样问了问情况，同样觉得很奇怪。秀气护士四下里看了一下，发现了还没来得及洗的奶瓶，问是不是还没喂奶？丈母娘说："不是，瓶子里面是喝剩下的。"秀气护士走过去拿起瓶子，仔细看了一下，问："应该每次只喝三十毫升呀，怎么还有三十？您冲了多少？怎么冲的？"丈母娘说："就是按你们说的，一份热水，一份凉水，一勺奶，都是30呀。"我一听听出了问题："妈，那您岂不是冲了六十？"护士说："奶冲稀了，孩子不爱喝，也喝不饱，所以哭。"原来如此。

当时让我明白一个道理，不管你是医生还是护士，临床经验太重要了。

这时候一一在另外那个护士的肩上终于累了，小睡了过去。护士说，等她醒了，一定把奶冲好。果然，一一醒过来，喝到了浓度合适的奶粉，不哭了。大家虽然不再担心，但是大错已经酿成，这么一折腾，孩子作息时间完全颠倒了。丈母娘熬了一宿，走路都有些蹒跚。因为奶冲错了，还总是觉得亏欠孩子的。我怕她顶不住，提出让我妈赶紧过来替她。丈母娘说她能坚持，说我妈来一趟得三个多小时，太折腾了。我拗不过丈母娘，只能让她赶紧睡一会儿，我来看着，晚一点我再走。幸亏现在医院已经放假，管得没那么严，我可以待到12点。

丈母娘说能坚持，毕竟五十八岁的人了，一会就睡着了。看着憔悴的她，我眼泪几乎流了出来。趁她睡着，我出去给我妈打了个电话，简单把情况说了一下，告诉她计划有变，让她们明天上午赶过来。到了晚上九点多，丈母娘就醒了，把我轰回了家。

初二早上，我爸妈六点多就赶了过来。一一晚上虽然不怎么哭了，但是也不怎么睡觉，玩起了白天不懂夜的黑。丈母娘还要坚持看，被家里人全票否决。后来我说："我妈看白天，您看晚上。这样白天您补补觉，晚上来的时候还能给小娜熬些汤。"其实还有句潜台词我没说——这样白天我在，晚上丈母娘在，小娜的习惯我们好把握一些。丈母娘连续折腾了两宿了，也不再坚持，交待了几句，回家了。

这次喂奶事件终于告一段落，但是一一黑白颠倒的作息习惯却因此持续了很长一段日子。事情还有一个结果，一向没有白天睡觉习惯的丈母娘事后说，那天回家她从早上八点一直睡到下午五点，从此，可以睡午觉了。

小贴士

奶瓶喂奶：用奶瓶给宝宝喂奶时，首先要让你自己坐得舒服，而且手臂下面要有稳妥的支撑。抱宝宝时，让他的头部靠在你的肘弯处，背部靠在你的前手臂处，呈半坐的姿态，这样，他可以很安全、很舒服地吸奶。要尽可能地将你的脸靠近宝宝，随时和他说话。注意，剖腹产的孩子尽量不要抱着喂奶。

1.给宝宝围上围兜或垫上小毛巾，手边还应准备一块细棉布，以备给宝宝排气发生溢奶时用。

2.先倒几滴奶在你的手腕内侧，检测奶的温度，以微温为宜。切

小贴士

勿由成人直接吸奶头尝试，以免成人口腔内的细菌带给宝宝。

3. 检查奶的流速：应该是每秒钟流出2~3滴。如果吸孔太小，婴儿吸起来很困难；太大，奶又流出来。

4. 给宝宝喂奶时，可以轻轻触碰宝宝靠近奶瓶那侧的脸颊，刺激其吮吸反射，然后小心地将奶嘴置入口中。注意不要将奶嘴放得太深，以免宝宝的嘴被塞住而无法吸奶。

5. 喂婴儿吃奶时，要拿稳奶瓶，这样，就不至于在宝宝用力吸奶时拉动奶瓶；奶瓶应斜着拿，使奶嘴充满奶，不至于让宝宝在吸奶时吸入空气。

6. 如果宝宝吃着奶就睡着了，可能是肠中有气，使他感到饱了。你可以将宝宝抱直，拍拍后背，帮他排排气，然后，再接着给他喂奶。

7. 当宝宝已喝完一瓶奶，一定要及时拿出奶瓶。如果他还想继续吮吸，你可以给他吮吸你洗干净的小指，如果他还用力吮吸，那可能就是还需要多吃点奶。吃完后，应轻拍孩子后背，让他打出奶嗝。

婴儿哭闹不睡觉：按照正常的情况，新生宝宝的睡眠时间是最长的，每天除了吃奶，换尿片，几乎整天都在睡觉。宝宝养成良好的睡眠习惯，有助于婴儿的健康成长。因此，需要注意以下几点：

1. 定时睡眠，睡前不要太兴奋。

2. 从出生就开始训练，每次喂奶后将婴儿放在小床上，让宝宝自己睡，尽量不要抱、摇、拍。

4. 如果是奶粉喂养为主，婴儿哭闹，应检查浓度是否合适。

5. 尽量远离噪音，避免大声喧哗，以免惊吓新生儿。但不是说绝对不能有任何声音，如果宝宝睡熟后，正常的说话走动都是可以的，否则宝宝对外界的环境适应能力会变差。

6. 白天不要睡得太多，以免昼夜颠倒，晚上不睡觉。

7. 卧室内保持空气清新。卧室光线不要太亮。

6. 爸妈真累——如何创造好的住院环境？

父母是无私的，父母是伟大的。如果你做儿女的时候没有感受到，那么你有儿女的时候一定感受得到，只要你还有良心。

因为喂奶出现的失误，孩子的作息时间出现颠倒。晚上哭，白天睡。上文说到，白天是我妈看，晚上是丈母娘看。这下可苦了丈母娘，冲奶的时候，严格按照刻度，多一点少一点都不行。晚上还不敢开大灯，本来就老花眼，一晚上下来更是晕头转向。她抱在自己的胸前，让孩子脑袋轻轻地靠在肩膀上，拍出奶嗝后也不放下，直到孩子睡着了。

到了初一的晚上，一一倒不怎么使劲哭了，吃饱了奶，跟她姥姥逗上闷子了。丈母娘困得上眼皮打下眼皮，她瞪着两个大眼睛看着你，你不理她，她就哼哼。等丈母娘被她搞得暂时精神了，她老人家眼睛一闭，休战了。丈母娘刚躺下一小会儿，她又开始哼哼，又饿了。等吃饱了，看见老太太又想休息，便鼓足了力气，尿上一大泡。尿袋太沉了，自己不舒服了，左右一转眼珠子，一听夜深人静，发现正是练声的好机会，放声大哭。丈母娘赶紧起来给她换尿不湿。换完了一一还不领情，继续哭，直到把隔壁那个婴儿哭醒。然后她休息，等隔壁那个哭累了，她再来。护士都说，大过年的本来没几个孩子，倒有两个夜哭郎。

同屋的那个男孩子，闷吃傻睡，一一再闹也不影响人家休息，羡慕死我们了。看他的那个月嫂有时候看不过去，也帮着我丈母娘哄哄。可惜他们家生得早，初二就出院了。丈母娘偷偷塞给人家300元钱，作为酬谢，月嫂开始死活不要，架不住丈母娘执着还是收了。有了月嫂的帮忙，丈母娘每天晚上断断续续可以睡3个多小时。

白天回去，丈母娘也睡不着，心里还惦记小娜，变着法熬汤，可惜小娜奶产量一直就上不来，有些对不起那些汤料。在一一晚上“敌疲我扰，敌进我退”的战略方针下，三天丈母娘瘦了10斤。

花开两朵，各表一枝。我爸妈晚上就睡在我丈母娘家，因为床小，老两口挤着睡也不舒服。我妈这点好，要是累了沾枕头就着。白天就趁一一睡觉的时候，赶紧睡一会。大体上我爸妈睡眠上还过得去，好歹晚上不看着，生物钟不算乱。白天，一一几乎不哭，特别老实，屋子里面再乱也能睡得着。气得丈母娘在晚上接班的时候打趣道：“到底是亲孙女，就心疼自己的爷爷奶奶。”

因为医院春节那些看门的工作人员和清洁工都回家了，卫生主要靠产妇的家属自觉打扫了。当然，护士有时候也会检查，太脏了她们也会打扫。我爸妈和丈母娘没睡觉还是小事，为了一一这个小家伙有个好环境。爸妈真是拼了老命，进行了5项改革措施：

第一项改革——洗衣三遍法。

一开始我和爸两个人轮流给孩子洗衣服，妈看了后嫌弃我们洗得不干净，自己又洗了一次。告诉我们用婴儿洗衣液洗一遍，看看如果有特别脏的地方，再用婴儿肥皂搓掉，最后再用热水烫一下消毒。这样洗衣液一遍粗洗、肥皂一遍精洗、开水烫一遍消毒。而且嘱咐我们严格按她的要求来，另外和大人的分开洗。洗护脐带布的时候，更是仔细观察，有时候还用酒精消毒。

旁边的产妇因为可以下地走了，在屋子里面来回走动，产后恢复，看见我洗衣服，惊讶地说：“还是男人洗衣服好，有劲。在我们那里，男人从来不做家务的。”我说：“下次带着我老婆去你们那里考察一下，让她受受教育。”她一说，我才注意，她丈夫每天就负责订饭，其他事情一律不做。那个月嫂也确实能干，喂奶、哄孩子、洗衣服全管，小两口几乎是甩手掌柜的。我扭头对娜娜说：“你看看，我模范丈夫吧。”小娜一笑：“有本事你也雇个好月嫂。也省得妈累着。”我爸说：“六个大人还看不了一个孩子？”我说：“是五个大人，两个孩子。”小娜笑骂：“讨厌。洗个衣服就把你美成那样。”

小娜的眼神里面透着满足，有时候，让女人感动就是这么简单，只要你努力亲手为她做点什么。

第二项改革：人工控温通风法。

老爸看书上说新生儿虽然娇嫩，即使是冬天也得注意通风。有条件的话，宝宝室内温度可控制在21度～24度之间。屋子里面的暖气很足，一般都能在26度以上。于是，老爸天天拿个温度计测室内的温度，温度太高了，就把窗户开个缝。没风的时候还好，有风的时候，老爸就手扶着窗户，穿个羽绒服用身体给孩子挡着点风。我和妈都劝他，风大就别开了。人家就是不听，温度不降到24度绝不罢休。

第三项改革：打扫卫生湿地法。

书上还说，要保持新生儿屋内的卫生，不要有太多灰尘，要保持屋内的水分，不要过于干燥。每次一一被推出去洗澡，老爸和我就开始打扫卫生，怕扬起灰尘，我用稍微蘸点水的扫把扫地，然后用湿墩布擦地。老爸自己拿个抹布，蘸着酒精东擦西擦。到了下午，老爸还用一条湿毛巾放到暖气上，尽量让空气湿润点。

护士每次都说愿意来我们这屋，干净，说有的屋子她们一天帮着扫两遍都不行。后来，有个新产妇住到我们这屋，她家里人以为这是规矩，抢着和我爸干活。屋子干净了，大家的心里也干净。

第四项改革：阳光交流法。

每天阳光充足的时候，爸妈就会让孩子多接触一些阳光，逗一一说话。据说这样一是补钙，二是孩子不容易得黄疸。老爸还看书上说：新生婴儿已有视、听、嗅、触等感觉和肌张力活动等表现，不舒服时常以哭泣的办法与外界沟通，吸引父母的注意。因此，父母要将新生儿作为一个会听话的孩子对待，多和他谈话，玩耍，并给予各种感官刺激，如抚摸等，使其有安全感、满足感，这样有助于孩子身心健康地发展。我说爸你是不是快把书背下来了。妈说：“可不是，在家天天看这方面的书，电视都不看了。”小娜说：“爸，你将来开个托儿所得了。”

第五项改革：偷学洗澡法。

有时候护士推一一出去洗澡，老妈就溜出去，趁着人少不注意，偷偷观察护士怎么给孩子洗澡。回来告诉我们，小护士挺厉害，一手拿着喷头，一手托着孩子，2分钟秃噜一个。后来有一次偷看，被护士发现了。护士态度倒挺好说："没啥新鲜的，出院的时候给你们发个光盘，上面怎么洗澡都有。"本来老妈想玩个潜伏，窃取点情报，结果被告知：情报是公开的。

白天爸妈尽量让孩子少睡一小会儿，改变一一的睡眠习惯，在初三的晚上，她姥姥终于算是睡了个好觉。

最近我看到一个故事，讲给大家：

上课了。老教授面带微笑，走进教室，对同学们说："我受一家机构委托，来做一项问卷调查，请同学们帮个忙。"一听这话，教室里轻微地一阵议论：问卷？比上课有趣多了。问卷表发下来，同学们一看，只有两道题。

1. 他很爱她。她细细的瓜子脸，弯弯的娥眉，面色白皙，美丽动人。可是有一天，她不幸遇上了车祸，痊愈后，脸上留下几道大大的丑陋疤痕。你觉得，他会一如既往地爱她吗？

A 他一定会　　B 他一定不会　　C 他可能会

2. 她很爱他。他是商界的精英，儒雅沉稳，敢打敢拼。忽然有一天，他破产了。你觉得，她还会像以前一样爱他吗？

A 她一定会　　B 她一定不会　　C 她可能会

一会儿，同学们就做好了。问卷收上来，教授一统计，发现：第一题有10%的同学选A，10%的同学选B，80%的同学选C。第二题呢，30%的同学选了A，30%的同学选B，40%的同学选C。

"看来，美女毁容比男人破产，更让人不能容忍啊。"教授笑了，"做这两题时，潜意识里，你们是不是把他和她当成了恋人关系？"

"是啊。"同学们答得很整齐。

"可是，题目本身并没有说他和她是恋人关系啊？"教授似有深意地看着大家，"现在，我们来假设一下，如果，第一题中的‘他’是‘她’的父亲，第二题中的‘她’是‘他’的母亲。让你们把这两道题重新做一遍，你还会坚持原来的选择吗?”

问卷再次发到同学们的手中，教室里忽然变得非常宁静，一张张年轻的面庞变得凝重而深沉。几分钟后，问卷收了上来，教授再一统计，两道题，同学们都100%地选了A。

教授的语调深沉而动情:“这个世界上，有一种爱，亘古绵长，无私无求；不因季节更替，不因名利浮沉，这就是父母的爱啊!”

五月的阳光温暖明媚，透过窗户，斜斜地射进来，照着一张张年轻的溢着感动的脸。

与大家共勉!

7. 小娜真棒——怎样处理产妇住院期间的困难？

作为故事的首席女配角，我老婆小娜在住院期间的表现简直令我惊讶。娇生惯养了20多年的她，动辄哭一鼻子的她，表现得一直那么坚强。这种转变令人费解，也许只有每个女人天生的那种母爱是唯一的解释。

一一刚推出产房后就被带走做检查和洗澡去了，我和丈母娘在病房等着母子两个。等到小娜被推进来以后，看得出来她很虚弱。我和护士合力把小娜挪到床上。小娜那时候下半身什么知觉都没有，像拖着一块大石头。也许是麻药的关系，不一会她就开始浑身发冷，甚至开始哆嗦。屋子里面28度，但小娜盖了一床厚厚的被子还是不行，我又让妈再给她盖上一床，但她还是冷得打哆嗦。我以为手术出了什么问题，但护士说等麻药过了就好多了。两个护士给小娜吊上吊瓶和止疼泵，四五个瓶子围绕着我老婆。小娜苦笑说真像葡萄架。

现在回想起来，产房的五天对女人来说真是不堪回首。特别是头三天，就是一个字：疼！四个字：疼不欲生。

麻药没过劲儿的时候，小娜说："只有被输液针扎的那个手腕有痛的感觉，下半身跟瘫痪一样。那时候小娜小便无法自理，导尿管插着帮着导尿，一个医用塑料袋作为它的终端。护士说等袋子满了，叫她们，说明排尿没问题。我左等右等，也不见有尿流出来，跟小娜说："都说便秘是大便干燥，你怎么小便也干燥呀。"但小娜说："老公你别逗我，不舒服，身上冷。"放屁尿尿平时这些听起来都肮脏的东西，这时候却显得是那么珍贵。等我从超市回来，小娜的尿袋都快满了——尿路正常！

等麻药劲儿开始慢慢退去，先是从脚开始，麻痒的感觉开始苏醒和扩张，真正的痛苦开始降临到小娜的身上。慢慢的腿开始有知觉了，伤口也开始蠢蠢欲动，好像憋足了的痛楚打开了阀门，一起释放了出来，腹部伤口的疼痛开始像神经血管一样弥漫小娜的全身上下。小娜的呼吸开始困难，呼吸的幅度大一些都会很痛。幸亏肚子上勒着腹带，好歹把肚子上的肉都拢在一起，也起到了一定的缓解作用。

那时候一一被放在一张可以活动的小床上，穿着医院统一的小衣服，盖着一床小被子，紧挨着小娜的床，可是小娜连坐起来看一眼都不行，稍微一动就疼得呲牙咧嘴。有一个吊瓶忘了输的是什么药水，痛得小娜左扭右扭，试图找到一个合适的位置，好让疼痛减轻一些。后来小娜在我的帮助下终于找到了窍门，侧身躺着，蜷成一团一动不动，小口小口的倒气。我讲一些故事给她听，分散一下她的注意力。但是还不能讲笑话，她一乐伤口就疼。本来小娜小时候因为肠梗阻已经在肚子上留了一个竖的刀口，现在又来了一道横的，这对爱美的她来说更是难以接受。

一个姿势躺久了，小娜半边身子都是麻的，不得不换一面了，可只要一翻身，腹部就像雷达似的把疼痛信号传到另一边，在开始的几个小时里她都是抽着凉气转身的。我盯着小娜手腕边上的止痛泵，开始怀疑这个止痛泵到底有没有用，这家伙可是身价五六百呢，咋就不能发挥发挥优良传统让我老婆少痛一会儿呢。但我还是边给她冲红糖水边说：知足吧，没有这个止不定有多痛呢。

后来小娜找到了翻身不痛的好办法，把全身的力气都用在胳膊肘上，脖子和肩膀向着想翻身的方向扭转，同时将小腿和脚跟做支点，动作要干净利索，尽量不让腰部和腹部受力，这样牵拉的肌肉少，就不会那么痛了。

对丈夫来说，出院前的这几天（一般剖腹产是五天），由于无法克服的疼痛，我们要帮助剖腹产的妻子克服三大困难，完成两大任务。

第一大困难，就是上厕所的问题。

对小娜而言，最可怕的就是起身上厕所。等恢复知觉后导尿管就拔掉了，虽然买了产妇专用的便盆，按理小娜可以躺在床上尿，但是她躺着就是尿不出来。可是要起来尿，就不得不动用肚子上的力量了。问题是起得慢了起不来；猛地起来，全身的重量一下子都压在了肚子上，当时小娜就疼得叫的力气都没有了。我用手扶着小娜下地，想扶她上厕所，可是小娜痛得寸步难移。

憋得面红耳赤的小娜站在床边，走也走不动，上床又会前功尽弃，时间长了膀胱可能就会有危险。濒临绝境的我和丈母娘忽然看到医院给家属用的小靠背椅，灵机一动，我们把那个专用便盆放到这个小椅子上，发现高度刚好够小娜坐下来——一个天然的坐便器形成了。谢天谢地，我和丈母娘一起扶着小娜，小娜一手捂着肚子，一手还要拿着止痛泵，注意着吊瓶长长的管子。已经憋得很难受的小娜终于畅快淋漓地尿了出来，尿水叮咚，我是如听仙乐。尿完小娜就只剩抓着床沿喘气的份儿了，连裤子都是丈母娘帮着整理好的。回到床上的过程还是痛，一看表，乖乖，在床边上个厕所竟然用了十多分钟，上得小娜一身的汗，主要是疼了一身汗。

后来那个咳嗽产妇走了，来了一个更年轻的产妇，最大的特点是有一张酱紫色的大嘴，她总是把中间的帘子拉上，和她婆婆两个人小声嘀嘀咕咕。小产妇总是说什么难受，出不来之类的话。我赶紧让丈母娘过去问问是不是也是躺着尿不出来，一问还真是这样。我们把这个方法告诉她们，那个产妇才尿了出来。完事我才发现原来那个产妇的酱紫色的嘴唇是憋出来的。

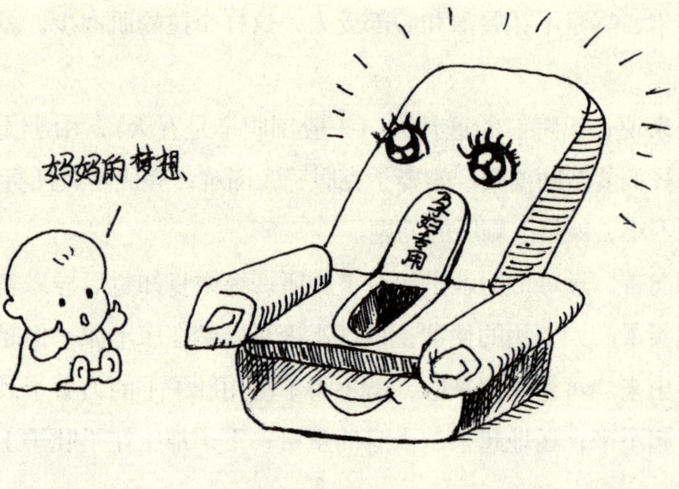

第二大问题就是排气和大便。因为产妇不排气就不能进流食，不大便就不能恢复正常饮食。我从护士那里领来一大堆药片，足有七八盒，瓶瓶罐罐堆了一床头，护士说什么时候产妇通气排便了就通知她，这些中药西药就是为了那个气和排便准备的。我对此非常担心，因为本来小娜就有便秘的毛病。

医院开的中药足有十多盒，足够小娜的牙齿和胃做运动了。一天三次的中药吃着，次次都是一大把，感觉小娜的肚子全都被药丸和水填满了，一动几乎都能听见药在肚子里和水在咕噜咕噜地晃。

出乎意料的是，小娜还算争气，产后第二天早上就排了气。到了第三天，能基本下地练习走路的时候，想大便，这时候我买的那个小坐便的椅子就派上了用场：医院的厕所都是蹲式的，这个椅子成了天然的马桶。等小娜大便后，我悬着的心才算放下来。这代表小娜终于可以正常吃些东西了，准确地说是可以吃些正常的东西了！

第三大问题就是喝水，因为有了网络，这个问题我们提前有了准备。早起的鸟儿有食吃，幸亏我提前准备了两个吸管。小娜不用起来就能喝到水，吸管是个好东西啊，直接插到杯子里，连欠身都不需要，头一歪，想喝多少都行。麦当劳大叔和肯德基爷爷毁了无数国人的饮食习惯，但他们的吸管确实为我们照顾产妇做出了不可磨灭的贡献。

两大任务第一就是帮助护士给产妇清洗下体，端屎倒尿。第二大任务就是催奶。很多老爷们儿不屑于做这些工作，但我告诉你，如果你做了，你的老婆会一辈子念你的好。

既然孩子是为咱们老爷们儿生的，这些脏活累活就得咱们干。每次护士给小娜清洗下身，都是我拿盆子接着洗下来的污垢。无论是这些药水混合物还是小娜的尿水，每次都飘着刺眼的血水。很多外国专家提出应该让丈夫亲自看着妻子生产的过程，想法我可以理解，但我不敢苟同。每次做这些工作，看到小娜布满了血块的下体，我都有一种深深的负罪感。同时，我觉得爱老婆，就应该在产后好好地照顾她，而不是搞那些陪产的花架子。据说已经有一些尝试陪产的男性有了心理障碍，严重影响了日后的夫妻生活。

第二大任务就是帮助催奶，好多爷们觉得这个问题更可笑，有就是有，没有就喝奶粉，我们男的起什么哄。错，大错特错。中国女人的体质，特别是城镇女人的体质，导致她们中很多都有出奶困难、奶水不足的问题。通俗地讲，如果不能及时保持奶路畅通，妻子乳房病变的可能性非常大。我姐生孩子的时候一个奶头不出奶，差点让庸医治出医疗事故。

每天护士都来进行检查，做清洗后按摩胸部，小娜管这叫胸部运动，说白了就是促进产妇尽快下奶。按摩虽然听起来不错，但是大力揉捏就没有那么舒服了，第一次小娜真以为护士对她有意见呢，感觉肉都要被按摩下来了。护士说：不用力能行吗，要早开奶就忍忍吧。这个胸部运动一直持续到快出院，后来护士一进来小娜就紧张，感觉上刑的时间到了。我怕她抵触情绪太强，便自己上手给她揉。按摩的方法大概是，洗净手，用纸巾包住手指沿着产妇乳房的周围，顺时针画小圈。一天三次以上，每次3分钟左右。

一天正给老婆做乳房按摩，没注意护士来了，我还很不好意思，结果护士说我做得很对，结果说得我骄傲情绪又上来了，觍着脸问护士，我是不是做得最好的。护士说斜对面有个丈夫，妻子的乳头发炎，长了很多脓包，流了很多脓水，那会儿必须有人帮忙把奶水吸出来，要不就很危险。那个丈夫二话不说，就亲自用嘴去吸，吸完就哇哇吐，吐完再吸，她老婆和护士们感动得直哭。

江山自有牛人出，我很惭愧！

好在也是第三天，护士在按摩的时候，猛地一个挤按，奶竟然出来了。虽然产量极其有限，但我已经很知足了。每天让一一轮流去吸，总算有些母乳喝。因为非常不畅快，一一不爱吸，我们只能在她饿的时候赶紧让她先吸母乳。实在嘬不动了，再喂她奶粉。需要注意的是，每次喂奶前后都要用热毛巾擦拭乳头，据说是为了卫生和不凝结奶块。

此外就是给小娜吃饭，这里我前面说过，我和丈母娘犯了一个错误，家里几乎没留东西。我前几顿只能在医院给小娜订餐，那些菜名字听着都挺好，又是恢复元气的蛋，又是下奶的鲫鱼，可看见真东西那叫一个没胃口，再吃一口，那叫一个反胃。小娜胃也全被上百片药破坏了，恨不得连打嗝都是药味。勉强吃一点感觉也是在吃药一样，一直到老爸带来家里熬的小米粥，小娜才吃了一些，所以以后最好找家近的医院，千万别订医院的餐，能家里送还是吃温暖牌的饭最好，起码从心理上踏实一些。

每个成功的男人背后都有一个成功的女人，每个孩子的背后都有一个坚强的产妇！

小贴士

剖腹产饮食：剖腹产的母亲对营养的要求比正常分娩的产妇更高。手术中所需要的麻醉、开腹等治疗手段，对身体本身就是一次打击，因此，剖腹产的母亲在产后恢复会比正常分娩者慢些。同时，因手术刀口的疼痛，会影响食欲。所以在手术后，产妇可先喝点萝卜汤，帮助因麻醉而停止蠕动的胃肠道保持正常运作功能，以肠道排气作为可以开始进食的标志。术后第一天，一般以稀粥、米粉、藕粉、果汁、鱼汤、肉汤等流质食物为主，分6~8次给予。在术后第二天，可吃些稀、软、烂的半流质食物，如肉末、肝泥、鱼肉、蛋羹、烂面烂饭等，每天吃4~5次，保证充足摄入。第三天，如果大便后，就可以吃普通饮食了，注意补充优质蛋白质，各种维生素和微量元素，可选用主食、牛奶，肉类、鸡蛋、蔬菜水果、植物油合理搭配。注意不要挑食，但也不要完全按照某些参考书上的那些精确定量，这样方能有效保证产妇的胃口，从而保证母乳的营养充足。

8. 光荣出院——新生儿有哪些出院检查

到了一一作息时间基本稳定，小娜奶水滴出（太少了，无法用涌这个词汇），基本不用人搀扶走动的时候，已经是初三了。全家人开始热烈讨论出院的问题。

出院后孩子谁来看护，这个问题在小娜怀孕的时候育婴委员会已经有了结论：

因为丈母娘的房子是个小两居，才50平米，暖气不热。而我爸妈的房子是四室一厅的房子，暖气比较热，条件相对好一些，所以小娜坐月子肯定是在我爸妈家。同时为了更好地照顾小娜的饮食，我丈母娘也跟过去协助我妈照顾母女两个。两个老太太开始你一言我一语讨论出院后的两人分工问题。一一在旁边听着，我对着她说：“你看看，六个大人照顾你一个。你老爹小时候就你奶奶一个。”一一好像听出来什么意思，脑袋一歪，看另外一个方向了。那意思：你活该没赶上好时候。

这天还有一个重要的任务就是让一一接待来宾，顺便挣钱。由于怕孩子体质弱，受到惊吓。愿意来探视的亲朋，我都安排到了那天。不是亲属和领导的我都说等孩子百天的时候再来，为了不打击大家的积极性，我说：“你现在来，就得给咱闺女一次钱，等我摆酒的时候你再来，你还不能空手，干脆，我替你省一次把。”其实大家也都理解，哈哈一笑作罢。

第一个来的其实是小娜的校长，她是前一天就来了。因为在学校值班，离医院很近。因为我经常去她们学校，和校长也很熟悉，所以一点也不生分。看到一一，她也是夸孩子好看，说像我，但是眼睛像小娜，结合优点长了。小娜笑着问：“他有什么优点？”据说校长每个老师结婚生子都是必到的，我挺感动。这一点，事业单位的领导就是比私企的有人情味。

第二拨是出院那天上午来的，我姐一家人，当然还有我的高参，她的婆婆。她的婆婆是个热心肠，两个儿子的婚事都是自己张罗的，两个儿子的孩子也都是自己一手带大的。最重要的是，她和我妈老家是一个地方，原来就认识。她的出现，使病房里面的气氛一下子到达顶点。欢声笑语不断，一一也很争气，昨天还是单眼皮，我姐她们一来，睁眼显摆了一下自己的大眼睛，双眼皮也变了回来。我10岁的外甥扒着一一的小床，羞涩地叫："小一一，小臭一。"原来我叫他小臭原，这下可有报仇的对象了。我姐临走的时候给了一一1000元钱。

下午，小娜的大姨和小姨来了，给小娜熬的乌鸡汤和红枣粥。因为我丈母娘不在，再加上临时有事，所以半个小时就告辞了。可能是没感觉到有自己什么好处，一一就知道睡觉了，自然没有笑。我妈和小娜说："和她爹一样，财迷。"

到了下午，也不见护士来通知出院的消息，大家心里有些着急。毕竟医院的床铺再空，医生和护士离得再近，也还是没有自己家里舒服。主要是，再这么熬下去，老人身体受不了。身体是革命的本钱，家里老人的身体是一一的本钱。这样一直等到下午四点多，值班的大夫在查房的时候，告诉我们：明天上午给孩子测听力，下午给小娜拆线，拆完线没什么问题就可以出院了。

各位看官一定要问，那个勤劳的爷爷在这一节哪去了。俗话说，兵马未动，粮草先行，老爷子已经提前潜回家中，采购去了。鸡鸭鱼肉、红枣阿胶、十全大补采购一齐。菜刀上下翻飞，把肉菜分成若干小袋。完后意犹未尽，又开始打扫卫生，虽然因为过年家里已经打扫一遍了。

用小学作文常用的语言就是期盼着、期盼着，我们终于期盼到了出院的那一天。

上午，护士带了一个小仪器，给我们屋的两个婴儿做听力测验。因为另外一个婴儿靠门，所以先给他测。护士把一个类似耳麦的东西放到婴儿耳边，感觉像是在调节音量，另外一只手里面连着一个类似MP3的东西，一些数字在显示。我看不明白，也没好意思问。结果那个孩子的左耳反复测了几次，都没有通过。那家人的表情一下紧张起来，问怎么办，护士说42天以后来复查。让他们不要紧张，说很多孩子复查的时候就恢复了。看着他们将信将疑的样子，我也紧张起来，心里祈祷，一一你得争气呀。

到了给一一检查的时候，“耳麦”往一一的耳朵上一放，一一就有了反应，那个“MP3”液晶屏上数字也欢快地跳动，两只耳朵都如此。护士说：“这个小丫头反应真灵敏，耳朵真好使。放心吧，正常。下午听通知，给产妇拆线，然后办出院手续。”

一一好像知道今天是个特殊的日子，几乎不哭不闹，也不是那么爱睡觉了。我们轮流看着她，让她晒太阳。除了上眼皮还有些红斑外，其他地方已经消退了。怎么看怎么有些漂亮妞的感觉了。最重要的是身上也没那么瘦了，看上去结实了不少。一家人欣慰不少，几天的疲劳几乎都不存在了。

下午两点，护士通知小娜可以去拆线了。小娜已经基本不用人扶，自己就去了。大概过了20多分钟，拆线回来了。我问，疼吗？她说：“还有点。”注意，越想离开这时候越要沉得住气，一定要先问自己老婆的感受。隔壁就有一个丈夫着急走，结果自己的老婆说先歇一下，两个人就吵了起来。他老婆觉得他光想着自己的儿子，不关心自己，伤心得直哭。我们做丈夫的要充分理解自己的老婆，因为她们一定程度上比孩子更虚弱。

拿到出院通知单，我去办手续。春节期间，一切从简，就是在花费单上确认签字。告诉我两周后来办正式手续，那时候再退款开票盖章。

回到病房，丈母娘和我妈已经大包小包地开始收拾了。这时候经常来我们病房的那个秀气小护士进来给我们光盘，说上面关于新生儿的护理几乎都有，特别是洗澡的，说完还看了我妈一眼，也挺逗。看到两个老人动手准备包孩子，孩子左蹬右踹，老人有些不得法。护士说：“我再给小美女服务一次，长大别忘了阿姨呀。”说完很麻利地把一一包好，一一看见是这个秀气小护士，一下子老实了不少。包完正好头上多出一块褥子，护士告诉我们出门的时候往回一折，正好给孩子挡脸。

看准备得差不多了，我和老丈人拿着几个大件先下楼把东西放车上，几乎除了人坐的地方都塞满了。等一一下来的时候，老丈人已经没地坐了。幸亏老丈人住得近，自己坐公车回去了。

到家已经快5点了，一推门，老爸就迎了出来。虽然是傍晚，但伴着灯光，屋子一尘不染，地面几乎反射出光来。我鼻子一酸，几乎掉下泪来。过了一会儿，一一醒了，左看右看，觉得挺新鲜。我告诉她：“闺女，咱到家了，你要听大人的话。”

一一哼哼了几声，仿佛在说：“听不听话一切尽在我的掌握。”老妈一副未卜先知的表情，悠悠然说了一句：小猪挤进门了。

小贴士

家中准备宝宝物品：

1. 两条大浴巾（换洗交替用），一个纯棉的褥子，宝宝洗完澡包裹宝宝用。

2. 三条小毛巾（洗脸，洗屁屁，擦干头发），婴儿洗澡用的海绵擦两个。

3. 大号浴盆。

4. 婴儿洗衣液，婴儿柔顺剂（揉过之后一定要用水投净，最新观点柔顺剂对皮肤也有害）。

5. 小碗小勺（喂钙和米粉用，早点熟悉小勺，以后好添辅食）。

6. 尿不湿初生装，柔湿巾，护臀霜，润肤油。

7. 儿童霜（不要迷信贵的品牌，国产的真的不错，对轻微湿疹也有效）。

8. 沐浴液、洗发露（婴儿皮肤嫩，三天一次即可）。

9. 奶瓶等（住院时应该就已经买好了，个人不建议用吸奶器）。

第四章 有苗真愁长

1. 我要睡觉——如何让宝宝有良好的睡眠

一一被我们抱着，简单地巡视了一圈。两个大眼睛，东看看西看看。丈母娘开玩笑说：“你能看见什么，就那么一点视力？”可能因为每个屋子的光线和屋内家具的颜色不尽相同，一一表现出极大的兴趣，眼睛明亮发光，表现得很安静。但现在的她还是过于娇嫩，不敢抱时间太长，让她的眼睛看得太花，毕竟据说像她们这些小家伙现在只有20公分左右的视力范围。

除了小娜，一家人轮流好好洗了澡，感觉容光焕发了许多。在一一睡觉的时候，开始商量分工的问题，决定延续医院的流程，白天我妈管做饭和帮着小娜看孩子，晚上丈母娘接班，我爸负责卫生和购物，我打杂——不是我偷懒，因为我很快就要上班了！因为害怕一一还像在医院一样，昼夜颠倒不爱睡觉，小娜、丈母娘还有一一睡在阳面的大卧室里面，我爸妈睡在隔壁阳面的小卧室里面，以便发生紧急情况，他们可以马上听见过去帮忙。因为我呼噜声太大，被发配到阴面的卧室里面。

大人的床铺分配完了，剩下主要问题是一一晚上睡在哪里？很多老爷们儿可能很奇怪，会说哥们儿你刚才不是说了小娜母女和孩子睡在大卧室吗？怎么还要讨论。其实这里面还是有学问的，睡大卧室不假，还有个具体位置问题。小娜说让一一睡在她和丈母娘中间，说这样的睡觉方式，最容易让一一有安全感，迅速建立母女感情，另外孩子有情况的时候，至少有一个大人可以感觉到。这个提议马上就被丈母娘否了，认为小娜现在身体也很虚弱，伤口刚愈合，需要静躺休息，用不着老翻身照顾孩子，万一伤口一疼支撑不住，倒下来再压到孩子，还是把孩子放在她旁边好一些。但是这个建议我和我妈马上又否决了，说虽然是一米八宽的大床，孩子放边上还是不安全，另外大人半夜起来也很麻烦，既怕碰到孩子，又不敢动作幅度大惊醒孩子。最后，还是让一一和在医院一样，睡在她的婴儿床里面，婴儿床紧挨着丈母娘。

当天晚上，基本正常，大家起来后很是欢欣鼓舞，精神大振后便警惕性大泻。哪知道一一用的是缓兵之计，因为是新来乍到，体力还未恢复，所以安静了一晚上。从第2天晚上起，一一开始大闹天宫，从此家无宁日，我们一家人过上了疲惫不堪的日子。看来医院晚上不睡觉只是序幕，出院回家不睡觉才是正戏。

第二天晚上我看电视看得比较晚，有些失眠，迷迷糊糊的半夜一点多，似乎听到丈母娘在轻轻地哼着歌让一一睡觉，一开始没当回事，以为孩子饿了，刚吃完奶而已。但是我两点上厕所的时候，发现那边屋子里面的灯还是亮的，伴着一一时断时续的哭声。我凑过去扒开门缝看，看见丈母娘把一一抱起来边摇边拍。小娜无比疲惫、双目无神地看着这祖孙两个，猛地看见我，用手指指一一，皱着眉头——那意思就是没辙！然后挥挥手，让我回去睡觉。快3点的时候，忽然一声惊雷，一一彻底爆发了，这下全家乱了套，我妈赶紧过去，我也跑了过去，因为不太方便，我爸在客厅里面干着急。千哄万哄，快四点一一终于睡了。大人们却都吓得一时间睡不踏实了。

第三天白天，大家总结经验教训。丈母娘说，小家伙抱着睡还行，一放下就醒。于是决定晚上多抱一会儿，等她睡踏实了，再放到她自己的床上。结果试验失败，第一次还行，第二次就又开始哭，比前一天晚上好点，晚上我妈倒是没有出动。但是一一三个小时左右得吃奶喝水什么的，又不爱睡觉，两天下来小娜和丈母娘的脸都绿了。小娜没人的时候和我说：“咱俩上辈子造什么孽了，生了这么一个烦人精，早知道不要她了。”我基本无言以对，几句干瘪的安慰话连我都觉得苍白无力。

继续开会研究，大家说这孩子会不会缺钙，有什么毛病？结果小娜看育婴的专业书上说：“主要依靠配方奶粉喂奶的孩子一般都不会缺钙。只要宝宝能吃能拉，宝宝不爱睡觉属于正常现象，因为从医院回到家里，生活规律渐渐被打乱，宝宝对外界刺激开始有体会，视力听力渐渐成长，周围陌生事物对他都是刺激，而他的生物节律还没有完全建立起来，还有小宝宝不会自已进入睡眠，他可能要很长时间才能学会自已进入睡眠状态。所以出现这种情况很正常。”看来不是缺钙，书上说可以白天让孩子多玩一会儿，慢慢调整。晚上屋子太黑或者太亮都不是太好。

既然有了教科书，我们就照本宣科吧。于是，白天一家人轮流逗一一玩，和她说一些不知所云的车轱辘话。至于灯光，大灯开开太亮，关上太暗，我灵机一动，上去把三个灯泡拧下两个，这下光线正好。又拿了一个立式床头灯放到小娜那一边，让她晚上看东西、喂孩子方便一点。小家伙白天一开始还给点面子不睡觉，慢慢就烦了，不管你逗不逗她都睡。到了晚上，基本变化不大，我妈凌晨又去了一次帮着哄。

因为丈母娘在我们这个军队小区里面不熟，另外还得照顾小娜母女两个人，所以不怎么出门。我妈就去别家聊天打听，听说洗完澡如果给孩子多做按摩，孩子会睡得好。于是，我们家又把孩子洗澡的时间调到了晚上，等洗完了给她的手脚、胳膊、脸部、前胸做按摩，然后把一一趴过来，给她捏脊。据说这样可以增加孩子皮肤的敏感度，促进孩子的睡眠。

说到军队大院，可能军队的房子比较实在，暖气足，家里的温度比较高。我发现一一很爱出汗，我自已也是穿着秋衣秋裤在家都热。一看温度计，快30℃了。问爸妈是不是家里太热了，医院不是要求别超过25℃吗？可能是孩子觉得燥热，所以睡不好。大家觉得有道理，于是，家里的大部分暖气都关闭，逐渐把温度调到了25℃。晚上一一睡觉似乎好了点，大人基本上可以睡4～5个小时。一天，我爸发现一一的嘴唇很干，又赶紧和我去超市买了一个加湿器，专门给一一用。

刚基本正常了几天，到了第八天，孩子忽然没完没了地哭，白天也是一样。做鬼脸，晃悠玩具，抱着哄都没戏，一家人的精神到了崩溃的边缘。这时候显出我一个男人的镇定，我一个人在客厅里面，一边玩手机一边冥思苦想，忽然冲进卧室，让老人把孩子放下。我把孩子衣服解开，打开包肚脐的带子，用手轻轻一抹，一块硬的象铁一样的脐带结被我取了出来，一家人忽然大悟。赶紧拿酒精在一一肚脐上消了一下毒，一一哼唧了几下，就悄然睡去了。老人们纷纷夸我，我才道出实情，原来我在手机里面设了一个提醒，内容就是检查脐带。

一一就是这么好两天、歹两天地和我们较劲。我有一天自作主张，把加湿器里面兑了醋，想着预防流感，结果满屋子醋味，被大家数落一顿。我的醋没熏成，丈母娘感冒了，估计是太累了身体吃不住了。为了让她赶紧修整，她也怕传染一一，连夜被我送回家休息了。晚上我妈陪着小娜看她，小家伙终于成功打垮了一个大人。

病急乱投医。有一天我妈给我姥姥打电话说起一一不睡觉这个事情，我姥姥说了一个农村的“迷信办法”，让我妈半夜12点以后，拿一件一一的旧衣服叫一一的名字，听上去就挺瘆得慌。我和小娜都不信，但是晚上我妈坚持“施法”，那天一一居然安睡了一夜！连奶都不吃了。惊得我和小娜无言以对，百思不得其解。好了没有一个礼拜，一一又闹，我妈再次施法，结果……嘿嘿，不灵了！

后来经过多方打听考证，我们觉得一一不睡觉的原因主要出在“抱”上，在医院的时候，丈母娘学月嫂抱着喂奶和哄她睡觉留下了隐患：说是如果经常抱着孩子睡觉，孩子睡得不深，醒后常常不精神，影响睡眠的质量；抱着宝宝睡觉，他的身体不舒张，限制身体各个部位的活动，全身肌肉得不到休息；同时，孩子习惯这种睡眠环境后，一旦离开就会觉得不安全，开始哭闹。小娜的一个同学从来不抱着他们家孩子睡觉，结果孩子睡眠特别好，每天都在20个小时左右。我们家一一最多18个小时，但是错误的习惯已经养成，改是不好改了，只能慢慢来了。

一一到了两个月的时候，睡眠基本正常了，但时间还是没有达到书上说的标准。去检查，发育一切正常，各项指标什么也不缺，大家才算松了一口气。大家到了那个时候就会知道，那时候不是孩子想睡觉，而是大人想睡，熬不住呀！

小贴士

新生儿睡眠参考时间：

0～1个月：20小时

2～5个月：15～18小时

6个月～1岁：14～16小时

除疾病外孩子不睡的原因：

1. 缺钙：缺钙的孩子夜间往往哭闹。过去，人们由于缺乏医学知识，认为孩子夜啼，在外面贴上一张“天皇皇，地皇皇，我家有个夜哭郎……”的字条，孩子就会好转。这种方法显然是不会有效的。缺钙的孩子除有夜啼外，还会有相应的表现，比如孩子会有多汗、枕秃、方颅、囟门闭合晚、肋骨串珠等等。为孩子补充维生素D和

小贴士

钙剂，并让孩子多晒太阳，孩子会好的。

2. 惊吓：孩子受到惊吓后，晚上常会从睡梦中惊醒并啼哭，孩子哭的时候常常伴有恐惧表现，在生活中，不难找到是什么原因让孩子受了惊吓。解决的方法是安慰孩子，告诉孩子没什么可害怕的，并暂时不要让孩子直接接触使他害怕的物体或人，慢慢孩子会安稳入睡的。

3. 衣被因素：孩子盖得太厚，会使孩子因热而烦躁，出现啼哭；被子盖得太少，冷的刺激也会使孩子啼哭。褥子铺得不平，小衣服过紧或衣服的系带硌了孩子，也会使孩子哭闹。此外，还应该查查床上有什么东西硌着或扎着孩子，只要找到原因，孩子感到舒服了，啼哭就会停止。

4. 饥饿：比较定时的哭闹同孩子饥饿有关。母乳喂养者，母亲不必拘泥喂奶的间隔时间，当孩子饿时就让孩子吃，孩子吃奶中睡着了，可以弹弹孩子的小脚心让孩子吃饱再睡。人工喂养的孩子，应考虑适当增加喂奶量，并查一下奶的质量，是否加水过多等。

5. 尿憋：新生儿大部分使用尿不湿，但是如果存尿太多，婴儿也会不舒服。父母只要摸到这个规律，为孩子换过尿不湿后，孩子便会继续入睡。

6. 昼夜颠倒：有些孩子白天睡得多，夜里便精神十足，当父母因疲倦不理他时，孩子就会用哭抗议。纠正的方法是白天减少孩子的睡眠时间，多逗孩子，晚上孩子睡眠会有所改善。经过一段时间后，孩子的生活有了规律，就会白天兴奋晚上安眠的。

7. 尽量不要抱着入睡：新生儿也需要培养良好的睡眠习惯，让宝宝独自躺在舒适的床上睡觉，不仅他睡得香甜，也有利于他心肺、骨骼的发育和抵抗力的增强。

2. 我要吃奶——产妇奶水少怎么办

俗话说：不能让孩子输在起跑线上，我们家的口号是：不能让孩子输在奶瓶的刻度线上。一一出生的时候5斤3两，体重还不到所谓的合格线。看她的胳膊腿比别的孩子瘦了好几圈，我就盼着她能好好吃奶，同时小娜的奶水再足一些，好迎头赶上其他的孩子。谁知道这小丫头生下来就知道世界女性的流行趋势，吃奶不是那么给劲，她妈的奶更是不争气，母女两个合伙玩起了婴儿塑型。

小娜住院的时候出奶时间倒是正常，但就是量太少了。原因也无从考证，也许是遗传：据说我丈母娘生小娜的时候奶水就一般，不够小娜吃的，老丈人托人弄到牛奶才算解决问题。小娜是好的不学，偏学这不好的。但也有可能是怀孕时营养储备不够，我妈还怀疑是刚生的时候没有及时吃上补品。

我姐生孩子后奶水也相当不足，我外甥饭量也大，但是我妈天天变着法的滋补，基本上可以达到母乳一半，奶粉一半。这次，我妈再度重操旧业，高压锅、紫砂锅、高汤锅这些老革命战士等等都从地下室给请了出来，重见天日。我爸是鲫鱼、老母鸡、乌鸡、猪脚、大红枣、排骨、黄豆、木瓜买了一大堆，成天就见三个老人加上我在厨房里面菜刀与锅铲齐飞，肉菜共案板一色。小娜这时候胃口还行，每次吃完了问她第二天胸部有没有涨的感觉，小娜不是说没有，就是模棱两可的说：“好像有点。”

为了让一一吃母乳能多一口算一口，都是等她比较饿了，先让她吃小娜的奶。可是因为小娜自身“装备”就不大，再加上奶水过于稀少，每次一一吃的姿势都非常难拿，一般产妇解开衣服，婴儿自然斜抱就可以吃上了。一一可没这待遇，几乎得整个脸贴在小娜的胸部才能叼上，有时候还得叼好几次，才能叼稳，同时还得防着孩子别把鼻子给堵了。因为出奶速度不够，每次每边都至少得分两次喂，一一才能吃完。吃完

——不是感觉有点底了，而是更饿了，奶粉一给晚了就哭得厉害。老辈人把产妇的奶分两种，一种叫做胸奶，就是说出奶的感觉仅仅是胸部有，这样的产妇奶水一般不足；还有一种叫做胳肢窝奶，这种产妇的奶多，感觉就是好像奶水从胳肢窝那里就要涌出来一样，如果婴儿不喝，不用挤自己都能喷出来。我问小娜这两种感觉是哪种？小娜说哪种感觉都没有。我笑着对小娜说："你这最多也就算乳头奶。"气得小娜罚我洗了两双袜子。

别看这小家伙也常饿，她妈的奶液非常不够，但是每次她都不怎么多吃。刚到家的时候不算母乳每天吃八次奶粉，每次30毫升，很少次次都吃完的。然后慢慢加，1个月左右的时候，每次冲60，但她也就吃50左右，每天喂她六到七次左右：早上起来一次、10点多一次、1点多一次、下午4、5点一次，晚上8点一次，23点左右一次，凌晨3点多一次。但每天的总量总是比书上建议的总量少几十毫升左右。

别看小娜产量稀少，还有人抢。事情是这样的，一天晚上都十点多了，大院里的一个伯伯给我爸打电话，说他们家女儿生孩子一直吃的是母乳，但是今天突然感冒发烧了，吃了药，不敢再让孩子吃母乳了，家里也没预备奶粉（太晚了也没地儿买去），问小娜的奶水富不富裕？我爸听了哈哈大笑，说自给自足都非常困难。后来我爸让我给他们家送了一袋奶粉。无独有偶，小区里面基建处的一个工人在施工的时候眼睛被电焊给"蛰"了，老人都说人奶涂上就好了，结果求到我们家。来电话的时候正好——费了半天劲刚吃完，可是又不好意思拒绝，毕竟救人要紧。小娜只好用吸奶器费了半天劲，吸出三滴，我爸生怕倒出来就没了，带着吸奶器就给人拿过去了。

后来那个哥们儿的眼睛治没治好不知道，但是自从那次以后，小娜基本就没有了收成。后来也试过其他办法，比如对孩子的饥饿疗法，就是饿孩子一段时间，然后让她使劲吃奶。虽然这种办法对有的产妇管用，但是对我媳妇——瞎子点灯，白费蜡！

我和妈商量，干脆断了得了，反正也催不出来了，别再把小娜吃得脂肪堆积，有个什么毛病就不好了。我妈看着小娜也是可怜，一个小人每天被迫吃那么多东西。一家人一狠心，小娜解放了——和我们一起正经吃饭了。于是一对儿不到两个月就断奶的母女正式诞生!

给一一喂奶还是个技术活，又过了一个多月，我们就把奶瓶换了一个大的，奶嘴的眼儿也稍大了一些。这样刻度比较清楚，一一吃起来也顺畅。需要强调的是，喝配方奶粉的孩子，由于配方奶粉不如母乳那么好消化，也比母乳更具饱足感，一般每隔3个半小时至4个小时喝1次奶即可。关于品牌我后面会重点讲，但原则上不必多考虑品牌的选择与转换问题，只要适合孩子的口味就行。有时候一一在喝奶的时候睡着了，我们就轻捏她的耳朵或颈后把她弄醒，尽量让她吃完。还需注意的是：不能一次性给一一喂得太多；时刻检查奶嘴的开口，不能奶嘴开口过小或过大；吃完了不能马上把一一平放，还是必须得轻拍一一的后背，让她打嗝儿，否则一一就会溢奶。

我爸和我还有一个任务就是每两天给一一所有的奶瓶消毒，现在孩子老讲究了，给一一刷个奶瓶也是有流程的。我们家奶瓶消毒的步骤是这样的：

1. 先用肥皂清洗双手，用干净的消毒锅加入八分满的水，准备加热。

2. 如果奶瓶内壁清水冲不干净，用刷子清洗干净待水热后放入锅中，再将奶嘴、奶盖、奶圈、钳子放入再煮5～10分钟。

3. 用钳子将奶瓶夹出，将水份滴干，再用钳子将奶嘴套入奶圈拴于奶瓶上，再将奶盖盖上。

4. 同法处理其他奶瓶，将消毒好的奶瓶放置于干净的地方，以备使用。

5. 每次给一一冲奶前，再用半奶瓶开水烫一遍奶瓶内壁和奶嘴部分。

一一就是这样，虽然吃得比别人少，但是相比她的原始体重，还是慢慢“丰满起来”，所谓的婴儿肥也逐渐与之结缘。从刚开始的每次30毫升，然后每天200毫升左右，到半年后每天接近500毫升，到一岁半一一饮食规律后的每天三次，每次150-180毫升。这些奶瓶就是这样熬着熬着，奶嘴换了一茬又一茬，终于熬成正果，一一可以自己抱着奶瓶吃了。

小贴士

减少宝宝溢奶的7大守则

1. 适量喂食，切勿过多。

2. 少量多餐，以减少胃部所承受的压力。

3. 每次喂奶中及喂奶后，让宝宝竖直趴在大人肩上，轻拍宝宝背部，这个动作可将吞入胃中的空气排出，以减少胃的压力。

4. 喂奶时不要太急、太快，中间应暂停片刻，以便宝宝的呼吸更顺畅。

5. 奶瓶开孔要适中，开孔太小则需要大力吸吮，空气容易由嘴角处吸入口腔再进入胃中；开孔太大则容易被奶水淹住咽喉，阻碍呼吸气管的通路。

6. 在喂食完毕后，不要让宝宝马上平躺，先上半身挺直坐一会儿，并轻拍其背部。在躺下时，也应将宝宝上半身垫高一些，最好是右侧卧，这样胃中的食物不易流出。

7. 在喂食之后，不要让宝宝有激动的情绪，也不要随意摇动或晃动宝宝。

正确区别宝宝的溢奶与吐奶

溢奶是新生儿比较常见的一种正常生理现象。正常新生儿出生后几周内常会有溢奶，一般表现为喂奶后的一种强烈的、无压力的、非喷射性地从口边流出少量奶汁。每天可溢奶一次或多次，但不影响生长，婴儿亦无其他不适或异常情况，新生儿溢奶一般不需要治疗，约在6～8个月时可逐渐消失。

小贴士

病理性呕吐与生理性溢奶则不一样，它是新生儿疾病的一种临床表现。引起新生儿呕吐的疾病众多，有一些是严重的先天性消化道畸形，需要及时做手术治疗。因此，要正确区别新生儿生理性溢奶和病理性吐奶。一般来说，先天性消化道畸形所致的病理性呕吐情况较严重，次数频繁，呕吐量大，常呈喷射状，呕吐物中除进食的奶汁外，还会含有胆汁，或呕吐物为粪样液。如果婴儿出生后唾液较多，初次进食，吞一两口奶后即有呕吐、呛咳、青紫甚至窒息，多为食管闭锁所致；出生后不排胎便或量少，1～2天后会出现肠梗阻症状：频繁呕吐，呕吐物中含有胆汁或呕吐物为粪样液，腹胀明显，腹壁发亮，有扩张静脉，经直肠指检或灌肠后排出大量大便，多为先天性巨结肠；出生后无症状，吃奶及大小便均正常，2～3周后出现呕吐，逐渐加重，直至每次喂奶后立即呕吐或不久即呕吐、常呈喷射状，则多为先天性幽门肥厚狭窄。先天性畸形一般需手术治疗，药物治疗无效。

小儿内科性疾病所致的呕吐，发病症状明显：呕吐一般不甚严重或间歇性发作，如新生儿窒息所致的脑水肿和颅内出血除呕吐症状外，常有呻吟、发绀、抽搐等症状；新生儿上呼吸道感染常有发热、流涕、鼻塞、咳嗽等症状；败血症和脑膜炎常有反应差、精神萎靡、拒食、不动、黄疸等症状；肺炎常有发热、呼吸急促、口吐泡沫、发绀等症状。

总之，婴儿出现了吐奶症状，如果呕吐严重或除了呕吐症状外还有上述的其他症状，则要考虑其并非正常的生理性溢奶，而是病理性呕吐，要及时去看医生，以免耽误治疗或错过手术机会。

3. 我要洗澡——产妇和宝宝如何洗澡

其实所谓我要洗澡准确而言应该是“我们娘儿俩要洗澡”。立志做一个好爸爸和模范丈夫的我，不能把笔墨全部放在女儿身上，要照顾孩子她妈的情绪。所以这一节她妈这一最佳女配角将再次登场。

自打住院前一天小娜洗过澡之后，直到出院就一直没洗过澡。住院的时候伤口疼得小娜直出汗，我也只能拿热毛巾或者干毛巾给她擦擦。等回到家，虽然是冬天，但是因为我们家里的温度太高，即使把除了洗澡用的卫浴室外的所有暖气全关了，也达到了25℃。丈母娘和我妈为了让小娜别着凉，晚上逼着小娜一定要盖着厚棉被睡，结果睡得小娜脖子汗流，每天早上都跟在油水里面捞出来一样，难受得目眦牙肿的。后来在我的强烈要求下，给小娜换了一条薄棉被，小娜才好受了一点点。小娜说她现在认为最大的幸福不是能睡个好觉，而是可以好好洗个澡。但是我和家里的老人都不同意小娜现在就洗澡。

没办法，我只能采取两个办法。每天让小娜去别的屋子待一会儿，我把她和一一的卧室窗户开开，换换空气，把温度降下一点来，让房间的味道清爽一些。另外实在难受了，还是用毛巾给她擦擦，特别脏的地方就用手把湿纸巾捂暖和了，给她局部擦擦简单降温消毒。小娜说我是隔靴搔痒痒更痒！我说我这是清洁油污。

我一般都会听从医生或者专业书籍的介绍，但在产妇洗澡的问题上，我和医生或者说现代医学有个小小的争议。老辈人所谓坐月子期间产妇是不能洗澡的，否则日后经常全身疼痛。因为产妇在分娩后全身皮肤的毛孔和骨缝都张开了，加之气血两虚，如果在月子里洗澡，就会使风寒侵袭体内，并滞留于肌肉和关节中，导致周身气血凝滞，流通不畅，日后出现月经不调、身体关节和肌肉疼痛。

现代医学则认为：所谓坐月子不能洗澡是以往生活条件较差，不能为产妇提供良好的浴室及取暖设施。而现在的生活条件与以往不可同日而语，能够为产妇提供非常良好的洗浴环境和设施，使她们不再容易受凉感冒。因此，千百年流传下来的这种习俗应该被破除，因为它并不利于产妇康复。产后会大量排汗，污染皮肤；下身产生的恶露及溢出的乳汁，也都会使皮肤变得很脏；多种液体混合在一起会散出很难闻的气味，使产妇浑身不舒服，精神状态不好；皮肤黏膜上积累的大量病菌会乘虚而入，引起毛囊炎、子宫内膜炎、乳腺炎等，甚至发生败血症。而如果产后及时清洁身体，具有活血、行气的功效，能帮助产妇解除分娩疲劳，保持舒畅的心情；还可促进会阴伤口的血液循环，加快愈合；使皮肤清洁干净，避免皮肤和会阴伤口发生感染；加深产妇睡眠、增加食欲，使气色好转。因此，月子里及时洗澡对产妇健康十分有益。如果会阴部没有伤口，只要疲劳一恢复就可开始沐浴。

书上罗罗嗦嗦讲了一大套，最后又来一句：因为分娩时为使胎头顺利娩出，在激素的作用下骨盆关节都打开了，身体的各个关节也会变得较为松弛，所以，产妇在月子里身体很虚弱，不慎着凉确实非常容易感冒，并由于体虚而不易痊愈。这不是前后矛盾吗？不负责任的说法吗？洗了没事就是现代医学正确，洗了出事就是你洗澡的时候没注意分寸。我们家就有惨痛的教训：我妈生我姐的时候条件不好，实在忍不住，自己烧水洗了一次，结果落下了风湿性关节炎，后来发展成风湿性心脏病。我姐生孩子觉得自己条件好了，轻易听信了所谓教科书上的意见，结果洗完第二天全身关节疼，呕吐了好几天，幸亏没落下大毛病。所以，这次我妈说什么也不敢让小娜随便洗澡了，何况小娜是剖腹产。

小娜难受得厉害，我和她讲："现代医学很大程度是以现代西医为基础，而西方人的体质确实和我们不一样，老辈人这几千年传下的经验不是平白无故的，一定是有N多血的教训，何况我们家两代女子已经实验失败，你还是别冒这个风险。"但是快两周的时候，小娜即使穿着刚换的衣服，也有一股子油烟味儿，全身黏得实在无法忍受。还是询问妇幼的邻居后，决定在第15天让小娜简单洗澡，迅速洗头后身上打一遍浴液冲掉后就赶紧出来，时间控制在8分钟，而小娜以前每次洗澡都在1个小时以上。这次怕她慢，丈母娘帮她，我在外面计时。虽然像行军打仗，小娜洗得是意犹未尽，但好歹算是身上没味了！到了满月，时间给小娜放开到15分钟，小娜洗了两遍，觉得身体轻快了不少，胃口也好了起来。但是在3个月时她不顾时间，洗了50分钟后的第二天，出现了低烧呕吐的现象，还是把家里人吓得不轻，也亏得那时候已经断奶，她吃药治疗的及时，总算没留下后遗症。因此我劝各位姐妹，将来对这个问题要慎之又慎，因为书是人家的，身体是自己的，不是每个写书的人都像我这么实在，哈哈。

比起她妈，一一在洗澡的问题上可是幸福得一塌糊涂！

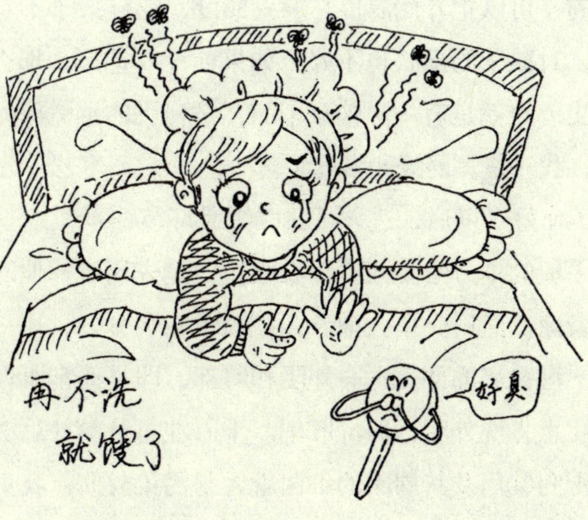

自打把她从医院接回来，就基本上天天给她洗澡。开始是两边妈给她洗，后来丈母娘因病回家，我和我妈给她洗，再后来小娜恢复后，我和小娜给她洗。和洗奶瓶一样，看似很简单的东西，都是有步骤和要求的。刚回来的时候，主要是用手托住一一的后脑勺和身体，用温水给她简单冲洗就可以了，说起来简单，但这个时候是最吃功夫的，时间不能

太长，又得注意不要让孩子鼻子呛水或者耳朵进水。一般医院都会给教学录像，大家认真看一下就行。

我这里主要说一一大一些，应该是两个月后，她可以在大人简单扶着的情况下给她洗澡的步骤和注意事项。首先，准备工作要做足。即使屋子里面再热，也务必使房间温暖，特别是没有穿堂风；把需要的一切都准备好，放在手边：澡盆、婴儿洗澡专用的“靠椅”、大毛巾、婴儿浴液和洗发水（如果用的话）、海绵擦（2个）、尿不湿、干净衣服和包裹孩子用的小褥子；最后是澡水的准备：有的书上强调一定记住先往澡盆里倒冷水，然后再兑热水。但是现在很多热水器都可以控制温度，我们直接放温水就可以了。记住在放水之前要把澡盆清洁干净。在把婴儿放入水中之前，先用肘部或手腕的内侧试试水温。水不应该太凉，也不应该太热，有的书上说30度左右。我觉得30度是个标准温度，但是洗澡是有时间的，可以把开始温度在34～36度，这样孩子不宜着凉，再高就会觉得热，对孩子的皮肤也不好。如果你没有把握，那么可以用温度计试一试。丈母娘就是有一次怕孩子凉，按自己的感觉放的水，结果孩子哭了半天，我一量，已经40多度了。

准备工作好了以后，进入正式的洗澡环节：

1. 在平坦的地方给婴儿脱掉衣服，但是先别脱掉他的背心，防止孩子前后心着凉。然后一个人抱着，把孩子的腿分开，用一点婴儿洗液流水清洗尿不湿包裹的部位——外阴和臀部，即是通常所说的“洗屁股”。清洗时应注意先洗外阴，后洗肛门。千万注意从前往后洗，而不能从后往前洗，否则肛门及其周围的细菌就容易污染外阴。我们为一一清洗外阴时，都用流水将内外充分清洗。

2. 脱掉一一的背心，慢慢把她放到水里，靠在椅子上，水可以漫到她的胸部。

3. 用海绵擦轻轻洗眼部、耳朵和鼻子后，将一一的头部抱在澡盆上方，给她洗头，彻底冲净后简单擦干。

4. 洗一一的胳膊、腋窝和脖子后，洗一一的身体和腿。

5. 对一一洗澡的态度要好，一一对洗澡不抵触，但也有时候不太愿意洗有些哭闹，所以整个过程中要一直保持微笑，和她说话。

6. 洗好后，用空着的手托住婴儿的臀部和头部，轻轻地将其抱到毛巾上擦干包好。

7. 给一一换上新的尿不湿、内衣后包上小褥子出洗澡间。最后，其他人逗一一玩，我给一一洗换下来的衣服。

需要注意的是，婴儿洗发液和浴液不要天天用，婴儿的皮肤很娇嫩，一般清水冲洗就可以了。我和小娜一般三天给她用一点浴液，一个星期给她用一点洗发液。在医院都是早上十点洗澡，为了让一一有个好睡眠，另外让她养成洗后即将吃奶睡觉的条件反射，我们家后来一般是晚上八点半给她洗澡。等一一作息规律，特别是一岁会走后，比较喜欢在水里闹腾，弄得大人一身水，我们就给她一些小玩具玩，这样她就老实多了。这时冬天就不用给她天天洗了，三天一次就行了。需要提醒的是，给孩子打防疫针后两天内不要洗澡。

每次抱一一出去，邻居们都夸孩子干净漂亮，我这个当爹的心里就一个字：美！

小贴士

产妇洗澡注意事项：

1. 如果产妇会阴部无伤口及切口，个人建议不要着急，10天后可简单淋浴，剖腹产应该15天以后。

2. 产后洗澡讲究浴室温度保持常温即可，天冷时浴室宜暖和、避风。洗澡水温宜保持在35℃～37℃左右，切忌用较凉的水冲澡，以免腹痛及日后月经不调、身痛等。

3. 六个月之前最好都是淋浴，满月前最好在家人帮助下进行，不适宜盆浴，以免脏水进入阴道引起感染。如果产妇身体较虚弱，不能站立洗淋浴，可采取擦浴。

小贴士

4. 每次洗澡的时间不宜过长，一般5～10分钟即可。百天后，可适当延长5～10分钟，彻底正常洗澡个人建议半年以后，这时候千万不要和欧美的大洋妞比，毕竟人家体质和我们不一样。

5. 冬天浴室温度也不宜过高，这样易使浴室里弥漫大量水蒸气，使本来就较虚弱的产妇站立不稳，缺氧产生意外。

6. 洗后尽快将身体上的水擦去，及时穿上御寒的衣服后再走出浴室，避免身体吹风着凉。

7. 剖腹产如果刀口愈合不理想，须等伤口完全愈合再洗淋浴，可先做擦浴。

4. 我要打针——宝宝如何打预防针

世俗名言“没啥别没钱，有啥别有病”。我把这句话放到这里有另外含意。首先是许多父母把孩子接回家，恨不能这辈子也不想孩子和医院有接触，不想孩子打针吃药，但我告诉你，婴儿几乎每个月都要挨一针。其次，要想让孩子身体好，家里头放心，孩子避免得传染病和慢性病，你这一针接一针的必须挨，因为这要打的是免疫疫苗。

说起一一打防疫针，一开始在地点上就被迫犯了一个无法避免的错误，导致后来三番两次地折腾。因为将来孩子肯定和我们一起住，所以在生她前，她的户口就确定随他妈，放到丰台。因此，给她办《预防接种证》的地点就选了丰台她户口所在地的指定卫生站。当时是为了办理方便，想着孩子八月底在小娜开学前一定会回来，就没往深了想，忘了小娜坐月子得在清河这边了。幸亏现在相关部门的制度管理都比较人性化了，注意了人口的流动性，说是只要带好一一的相关资料（户口簿、出生证以及出生时在出生医院接种的卡介苗和乙肝疫苗接种卡等资料），就能把她打针的关系转到清河这边。我和我爸开车找了半天，终于找到了清河这边的专门给孩子打防疫针的卫生站，把手续办好了。

一一在我父母这边时间长了，越来越离不开她奶奶，一方面因为我妈舍不得孩子，另一方面因为我新买的房子刚刚装修完，就决定等一一一岁后再和我们一起住。但是事与愿违，一一8个月大的时候我母亲突然得了糖尿病，身体非常虚弱。我们赶紧把孩子接了回来，丈母娘帮我们照看。这样，到了一一打针的时候，又犯了难，因为还得花一个多小时回清河去打。说到这里，还得感谢政府感谢党，我再次感谢相关部门的人性化灵活化的管理体系：我打电话给丰台这边的卫生站，告诉我们拿着卡临时在他们那里打也可以。谢天谢地，一一顺利在丰台打了一针。我们正考虑是否把一一打疫苗的关系再办回来的时候，我妈的病在住了半个月医院后，指标稳定下来。老太太想孙女，可是身体又不允许长时间带孩子。还是我爸想了一个好办法，让我每个月一一打针的时候把孩子送到清河，在清河住3～5天，这样打针就不用转关系了，他们老两口想孩子的问题也得以缓解。

说起一一打针的具体表现，可以用前后判若两人形容，开始英勇无敌，后来胆小怕事。

一一满月左右的时候，应该给她打第二针乙肝疫苗了。小娜出不了门，我和爸妈把一一包裹严实了，开车到了卫生站。可能因为刚过完年不久，人还不是特别多，领号排队后将近40分钟就轮到我们了。一一头一次见这么多人，也许没明白怎么回事，显得不是很认生。同龄的孩子哇哇直哭，一一好像很不屑的样子，在医生打针的时候也就是哼了一声。打完医生就在卡上写了我们下次打针的时间。出门没多久，一一就睡着了。小娜担心一一打针疼，在我们回去的路上来了电话问，听到一一这么“勇敢”都觉得很诧异！一路上，我们都很骄傲，就跟不是去打针，而是打了胜仗一样。

人就是这样，表现好了高兴，表现太好了就开始怀疑是否有问题。一一两个月打的是“脊髓灰质炎疫苗”；三个月是“脊髓灰质炎疫苗”（第二次）以及“百白破”（第一次）；四个月打的是“脊髓灰质炎疫苗”（第三次）、“百白破”（第二次）。这几次一一都不哭，结果我反而怀疑一一是否疼痛神经有问题，跟小娜说咱闺女是不是反应迟钝？结果一一为了证明自己不是“小儿痴呆”，后来再去打针都哭得山响。5个月到10个月之间，一一每次看到医院里面那些护士和医生，针还没打就开始哭。和其他父母交流，原来很多宝宝最初几次对打针还不是很明白，所以还没来得及感觉到疼，针就打完了，打完了刚要哭注意力马上就转移了，所以那时候很多宝宝不怎么哭闹。

有人问，宝宝哭闹得厉害怎么办，我告诉你，没有好办法！打针疼吗？疼！疼了怎么办？哭！哭是孩子的天性，父母不用着急。但是有些宝宝哭得歇斯底里，手蹬脚踹的，护士都无法下针，这时候需要父母狠下心来，用力把孩子控制住，让护士把针打完。有一次，一一闹得我妈下不了手，我和我爸只好把一一手脚“用力”固定好，护士赶紧下针，才算完成。结果一一气得半天不爱理我和我爸。等孩子10个多月的时候，她基本就明白些事了，你可以和她讲打针是为了她身体棒棒的，不发烧，不流小鼻涕，说得多了她也会点头表示明白，这样起码在路上她不会哭闹！打针后你多鼓励她真勇敢，是最棒的好宝宝。一一就是在我们的强制加鼓励下，一岁以后基本上就是打针当时短暂的哭几下，然后就没事了。

说到这里，我有一个心得和大家分享，就是三个不要：第一不要欺骗孩子，很多父母骗孩子说不疼，结果打的时候孩子疼得难受，下次不信任父母的话，会哭得更厉害！第二不要恐吓孩子，有些家长看孩子哭，就大声地斥责，动不动还假装扬手要打孩子，孩子吓得哭得直哆嗦，反而起到反效果。我去那么多次，就没有看到恐吓成功的。第三，在孩子大一点后，不要用物质去鼓励孩子打针不哭，很多孩子因此形成条件反射，每每用打针要挟父母买东西，结果一旦不买，立刻狂哭，弄得父母骑虎难下。这样久而久之，就成了溺爱。视频上有个破孩子因为母亲不给买玩具，对母亲拳打脚踢，最后母亲妥协，也不知道是孩子的

悲哀还是母亲的悲哀，大家引以为戒！

其实说到打防疫针，最难的不是打针而是排队。除了第一次，一一每次打针，都是汇集了很多婴儿，我们第二次去就排了一个半小时的队；还有一次一一19个月大的时候，我和我爸忘了排队，竟然等了三个多小时，出门直接就奔饭馆吃饭去了：一一早就开始哭了，不是疼，是饿的。对付排队有三个小花招：第一个叫作笨鸟先飞，这个技巧是个笨法子，就是家里派个人提前拿号。因为医院也是和银行一样，他们是七点半发号，然后按号排队八点半开始正式打针。我爸每次都七点一刻就去拿号，这样等我和一一到了，基本上只要等个十来分钟就打上了。但这个办法有个缺陷，就是家里得人多，否则如果一个人带孩子就无法兵分两路。第二招叫作李代桃僵，因为人多，很多没有耐心的家长也许因为有事就不打了，有的是因为拿了号就回家休息结果错过了，我爸有一次去晚了，听到医生叫了两遍8号，没人答应，就把一一抱了上去，说是8号，结果医生也没看就给打了。最后一招叫作瞒天过海，一一18个月的那次，我因为中午得赶回单位加班，冒充拿了号错过了时间，结果医生也让进去了。后两招不太地道，建议大家有急事的时候再尝试。否则医生会发现，前面说到一一19个月排了三个多小时那次，就是因为我和我爸以为还可以如法炮制，结果去的晚，冒充未果，被大夫识破。这里我深刻检讨，的确不应该这么做。

补充一点，一一在四十二天的时候，应该回出生医院复查。但是由于路途过于遥远，我们就和解放军306医院联系，在那里给她做了系统检查。一一那天丢了大人，检查倒是一切正常，就是在脱裤子的时候，一一大便拉了医生一桌子。幸亏带着湿纸巾，赶紧帮护士打扫了，医生说：“这个小美女，真一点也不见外，把医院当你们家厕所了。”一一在身高体重上已经达到合格线以上了，几个老人的心血算是没有白费。

这正是：打针之地颠来倒去跑断愁肠，排队使俩再一再二岂能再三？横批：就得熬着！

小贴士

关于新生儿疫苗：父母只要带好宝宝的户口簿、出生证以及出生时在出生医院接种的卡介苗和乙肝疫苗接种卡，到居住地点的街道医院儿保科办理《预防接种证》，街道医院就会定期预约打疫苗的时间。国家规定强免（强制免疫）的疫苗是必须打的，即强制免疫的，也是免费的（至少北京是一分钱不收的，外地怎么样就不清楚了）。还有一些疫苗不属于强免范围，如甲肝、麻腮风、风疹、腮腺炎、肺炎、水痘等，都要收费的，可自愿选择打或不打。记住一点，凡是收费的疫苗都需要家长签名认可，方可接种。不要不当回事，将来小孩日后入托、入学甚至出国都要凭打过的接种证办理的。

国家规定强免的疫苗及接种时间：

出生时：乙肝疫苗（第一次）、卡介苗

1月龄：乙肝疫苗（第二次）

2月龄：脊髓灰质炎疫苗（第一次）

3月龄：脊髓灰质炎疫苗（第二次）、百白破（第一次）

4月龄：脊髓灰质炎疫苗（第三次）、百白破（第二次）

5月龄：百白破（第三次）

6月龄：乙肝疫苗（第三次）、A群流脑疫苗（第一次）

8月龄：麻疹疫苗（第一次）、乙脑疫苗（非活第一、二次）、（减活第一次）

9月龄：A群流脑疫苗（第二次）

18月龄：百白破（第四次）、麻疹疫苗（第二次）

2岁：乙脑疫苗（非活第三次）、（减活第二次）

3岁：A群流脑疫苗（第三次）

4岁：脊髓灰质炎疫苗（第四次）

6岁：乙脑疫苗（非活第四次）、（减活第三次）、A群流脑疫苗（第四次）、精白破（第一次）

16岁：精白破（第二次）

5. 我要发言——如何听懂宝宝的哭声

作为本书的第一女主角，总是看见自己的老爸在描写这个说那个，发言的机会都被别人抢走了？镜头都是你们的，那这主角不是白当了吗？这绝对不是我闺女一一的风格呀！

一一两岁前的发言分成两个阶段，第一个阶段如果不是很严格的划分应该是10个月以前，这个阶段的发言主要是打出各种各样哭的组合拳。第二个阶段是动作、哼哼、哭泣加单词的全方位中国功夫了。

很多刚生小孩的父母害怕自己的孩子哭，其实这样想是不对的，新生儿的哭除了帮她表达自己的情绪外，还可以锻炼自己的呼吸能力和心肺功能。一一满月前比别的孩子睡眠时间稍微少一点，17个小时左右，清醒而保持安静的时间为两三个小时，清醒而伴有活动的时间也差不多3个小时，剩下的就是大约1小时左右哭的时间。

别小看一一这个小家伙的智商，自打她发现只要一哭，就会有“仆人”过来服务的时候，她就慢慢学会了用哭来指挥一切。但是她的智商够了，我们大人的智商可不够，天天都在猜测她哭的含义，做完判断题又做选择题。你还不敢做错，做错了一一就哭个没完，要不就不睡觉，看谁熬得过谁。

好歹我们是军队家庭呀，即使我们屡战屡败，我们也能屡败屡战呀。善于总结是我军的优良传统。我和我爸自打接一一到家，就准备了一个日记本。把她每天吃奶、喝水、睡觉、大小便用表格记录下来，表格边上再写上她一天的表现或者新闻。过了百天，一一的这些考题基本上就被我们一一化解了。她用哭主要给我们出了5大问题：

一一提问：我的哭声不高，不急不缓，有一定节奏，大一点后有时候还带着类似“妈姆”的声音，我要干什么？

回答：你是饿了！

解释：一一有时候哭得面带馋相，露出少有的祈求感，声音就像侯宝林大师相声里面婴儿吭叽一样，先是很短的一声，然后连续吭叽几下。如果距离上次喂奶时间不长的话，我们把手指放在一一嘴边，如果一一的小嘴立即把手指叼住，那就说明上次她没吃饱，饿了。但是如果随后的奶给一一喝晚了，这小家伙就会变成真哭。

一一提问：我的哭声还是不大，但是不是吭叽了，有些“呜哇”的感觉，两腿有时候会蹬被褥。这是为啥？

回答：小样，你多半是尿裤子了！

解释：别看一一拉撒不能自理，但是对自己屁屁的舒适度要求很高，如果尿不湿太满了，她就不干。她10个月以后，我们白天基本上不让她用尿不湿了。她想尿会有些反应，但不是很明显，真要是尿了裤子马上就会哭出来，让我们给她“清洁战场”。如果尿不湿且尿量不大的时候，一一两腿还是不老实，往往就是拉了。一般我们是用鼻子去闻，十次有八次是拉了或者马上拉。但有时候也是假信号。

一一提问：我的哭声有突然性，一阵一阵的，声音挺响，伴有烦躁揉眼睛的动作？我是拉了还是饿了？

回答：别忽悠你老爸，你这个表现用专业名字说是“闹觉”，通俗讲就是困了！

解释：这表示一一累了，但是因为其他原因睡不着，俗称闹觉。原因很多，比如声音嘈杂、受到惊吓、气温过热过闷等。有时候一一越累反而越不容易安静下来，哭声也一次比一次强烈，变着花样地嚎叫。因为刚生下来的时候，正好赶上过春节。有一次好不容易哄着了，楼上扔下来一个二踢脚，吓得一一再也不睡了，气得我在阳台上对外对着空气骂了半天。从此一一很害怕放炮，会走了以后一听到炮声都会挤到大人身上，一副很惊恐的样子。我和小娜每次都告诉她那是放炮，是大家高兴的时候才放的，有些炮放出的花很漂亮的，慢慢一一才逐渐适应了放炮的声音。

——提问：我有时候突然干嚎或者又哭又笑是怎么回事？哭的声音很高，但大多不会流出眼泪来。

回答：你在撒娇、耍赖。

解释：每次我们外出时间长了，回到家，她要是听见了就会大声哭。如果我们不理她，她就会觉得你和她关系不好了，哭得更厉害。当回来的人走到她跟前时，一一的啼哭就会停止，双眼盯着，小嘴唇撅起来，这就是要抱抱的信号。总体上一一有些黏人、易受惊吓，我们的拥抱能让她感到满足与安全。

干嚎是为了引起你的注意，我们家一一有表演的天分，慢慢就不干嚎了，变成真的哭泣了，眼泪一串一串的：有时候是为了要东西玩，有时候是我们总是不理她，她急眼了就哭。最有意思的是可能在她的心目中，所有的家人都是只能是和她有直接关系的亲人，别人相互“亲热”就不行，有时候小娜故意抱着妈或者我，就能把她气哭，眼泪止都止不住，说来就来。

——提问：我哭得比平常尖锐而凄惨，烦躁不安或者我持续不断地流泪哭泣，你们怎么哄我也无法搞定？哈哈，这是我的大招，看你能解释吗？

回答：爸爸这辈子都不想听见你这么哭，因为你这样哭百分之八十是你病了，宝贝，这可不是什么值得高兴的事情！

解释：我们经常看一一的大眼睛，如果眼角非常湿润，这可不是水汪汪的表现，而是她很可能要轻微感冒。当身体不适引起疼痛时，一一的哭声会特别尖锐或凄厉，往往是她磕着了、摔了、被蚊虫咬了或者自己抓流血了。如果这些都不是，我们就得摸摸她的额头或者看看她的屁屁，看看是不是发高烧、拉稀了，如果是，没别的赶紧去医院。

我们一定要注意，千万避免让孩子碰到桌椅的锐角。我们曾经把屋子里面的家具的"角"都用专门的软塑料包上了，结果都被一一自己给抠掉了。一一在刚会走的时候，往往自己磕着桌子，或者自己绊自己摔个大马趴。老人解决她哭的办法往往就是帮她打桌子，或者踩地，她自己也会对着这些"敌人"拍打，解了气一会儿也就不哭了。后来我受到尹建莉老师（《好妈妈胜过好老师》作者）的教育方法的启发，一一大一些的时候，再发生类似事件，我们就会鼓励她自己站起来，并让她意识到行为的危险性。有时她也会拍拍桌子说："我们都是好宝宝，不疼。"切忌孩子磕碰的时候大人大惊失色，集体围观，这样往往适得其反。如果不严重，不要理她，锻炼她自己克服困难的能力。

除了这些烦人的哭，一一也有让大人意想不到的哭。前面说到，十月份以后，我们就把她接回我们自己的房子住了，我爸经常过来帮忙，所以她能经常见到，但是她奶奶因为住院就一直没见到。有一次，我爸妈过来看她，一开门，一一正被她姥姥抱着。突然看见从小看着她的奶奶，一一先是愣了一秒，然后就发出了撕心裂肺的哭声，眼泪和鼻涕都出来了。一开始，我们以为是我爸妈进来得太猛，把她吓到了。仔细一看不是，那时候一一还不会走，只见她用尽全身的力气从她姥姥的怀里挣脱，双手向着我妈伸着。原来是让多日未见的奶奶抱，我妈衣服都没来得及脱，把她抱起来。一一的眼泪一会儿就把我妈的肩头打湿了，一边哭一边发出含混的“奶奶”的声音——要知道那时候她只会叫爸妈。感动得我妈也哭了，那一天一一都抱着我妈不放手，恨不能我妈上厕所她都要跟着。

这种待遇除了我妈，就是有一次我去上海出差一个礼拜回来后，也同样享受过。可能从小和她在一起的那种亲情和味道在一一心目中是根深蒂固的。

至于第二个阶段，所谓动作、哼哼、哭泣加单词的全方位中国功夫，基本上就不需要猜了。说白了就是一一真正学说话、学会用动作和语言表达思想的过程。

说起孩子学说话，有一个笑话：母亲训练孩子说话，每次都训练孩子叫爸爸。父亲很奇怪，就问母亲，母亲笑而不答，等到孩子学会叫爸爸了，每次晚上大家熟睡的时候，孩子只要醒了，就大声叫：“爸爸，爸爸！”爸爸只得起身照顾孩子，这时才明白老婆的用意！不幸的是，一一都不用她妈刻意的教，先学会的、叫得最好的、最常用的就是爸爸了！

一一大概7个月以后，可以发出类似“妈姆”的声音，听着很像是叫妈妈，据说这是婴儿世界的语言。我那时候也是贱，听到这种类似叫妈的声音，心里痒痒不服，没事就趁着一一醒的时候对着她说：“叫爸爸。”一一还挺争气，没多久就会叫“爸姆”了。小娜估计也是没听过那个笑话，开始和我比赛，天天让一一叫妈妈。有一天，我下班回家，我妈抱着一一，让一一叫，结果小家伙甜甜地叫了一声：“爸爸！”声音虽然不大，但是很清楚。小娜那天“气”得鼻子都歪了，说自己天天看着她，她还先叫爸爸太没良心了。乘着我上班，给一一加班训练，结果没过两天，一一就会叫妈妈了，小娜心里才算平衡。

我们还没有高兴几天，就发现，一一学会了叫爸爸妈妈以后，别的再也学不会了。据我妈说，我就语迟，家里人一开始以为我是个哑巴，结果一岁多才会叫妈，四岁左右才基本学会说话。一一左一个爸爸，右一个爸爸。别人问她家里人谁最胖？谁最瘦？谁最美？谁最丑？谁最好？谁最坏？……一一全都回答“爸爸”。快一岁的时候，有一天她在看动画片，看我出来，忽然叫了一声：“爸爸，喜羊羊！”当时激动得我鼻涕泡都出来了，抱着她亲了一口：“行，宝贝，比你爸爸小时候强多了！”

7个月以后，孩子的身体就不是那么脆弱了，大人可以把她立起来抱着了。这时，一一想要什么，一般会让大人抱着她，她拿手指着她想要的东西，但是我们经常给她拿错。快一岁的时候，我教会了她摇头点头，一开始她觉得好玩，乱用点头摇头，后来慢慢发现了这两个动作的好处，就基本不错了。她再要什么东西，大人用手一指，她就点头摇头来表示自己的意愿了，我们也轻松了不少。最后摇头的时候还跟我学了个“no”，说起来摇头晃脑的，煞是可爱！

“爸爸、妈妈、喜羊羊”一一靠这三个单词混了很长一段时间。本来我们还不着急，出门遇见一个比她小两个月的孩子，基本都会叫了。真是货比货得扔，大人比大人得死，孩子比孩子得急！我和小娜赶紧加班训练，总算一岁半之前，让她学会了家里主要人口的称呼，就是叫我姐夫还叫不好，姑父总是叫成“副V”，有时把姥姥叫成“高高”，但连起来的单词还不会说。在我的教育下，她慢慢学会了“爸爸抱”——这是让大人抱她；“爸爸班”——这是大人去上班了。慢慢一一的词汇就丰富了，一一、香蕉、果果、兔兔、小猪等词汇就学会了。有时候，你不用刻意教她，她也会说了，虽然这些只有家人才能听懂。比如有一次她说：“游弋”。我听了半天也没明白，结果一一急得直蹦，顺着她手指的方向我才知道，她说的是“巧克力”！

她19个月大的时候，每天晚上都要和我玩一会才去睡觉，一天我和她玩敲门的游戏。她嘴里说：“咚咚咚”，我问：“谁呀？”一一说：“王宜冉！”我一把搂住她，她咯咯地特别得意地笑着，也许这就叫生活！

6. 我要摆席——如何摆满月／百天的酒席

中国人讲究礼仪，一般家里有了喜事亲朋就会祝贺，主人就得摆酒答谢。家里有了孩子算不算大事？当然算！我们是不是中国人，纯得不能再纯的中国人。所以，这酒是一定要摆的。

过去生男孩叫“弄璋之喜”，生女儿叫“弄瓦之喜”。现在男人压力大了，生男孩的太多，逐渐女孩成了香饽饽，世道就慢慢变了。生男孩叫作“建行之喜”，生女儿叫作“招行之喜”了。有了一一以后，很多亲朋好友就打电话、发短信祝贺，询问满月酒什么时候摆？他们好去看看宝宝。我和家里人商量，满月酒摆不摆？两边老人的意见是一定要摆的，因为很多亲朋已经把礼物或者份子钱都给了，必须得回礼。但是满月的时候还是冬天，一一生下来体质又弱，小娜也才刚刚恢复，所以我和小娜都不太愿意满月办，因为要办的话亲朋肯定就要来看孩子，人多害怕孩子受惊吓。幸亏我们可以摆酒的日子多，满月不行，还有百天。我们就决定在百天的时候办，那时候就五月份了，天气正合适，孩子估计也结实了，小娜也恢复正常了。

到了四月初，我和家里人商量都请谁。我们家这边亲戚不多，就是我姐她们一家（包括她的公公婆婆），而我父母要请的就是大院里面的那些来看过一一的老战友老邻居们。我请了老同事一桌、朋友一桌、同学一桌，这样一共在清河请四桌。时间定在周六，丈母娘那边的亲戚也不少，要是来清河太麻烦了，就决定在周日丰台再摆三桌，我和小娜带着孩子的照片回去，一一就不去了，要不然照顾她太不方便。

因为要把一一的照片给小娜的亲朋还有我老家的亲戚看，变着法儿给一一照相就成了那几天的主要任务之一。服饰变化：一一穿衣服的，不穿衣服的，穿裙子的，穿裤子的，只穿尿不湿的；动作变化：吃饭的，睡觉的，放声大哭的，面带微笑的；场景变化：卧室、洗澡间、客厅甚至厨房；人员变化：单人的，双人的，全家福。大人忙得不亦乐乎，一一则是全看心情。照完了在电脑里面精挑细选，冲洗出三套，一套我们留着，一套寄回老家，一套拿到丰台。我姥姥在老家收到后，喜欢得不得了。

时间定好，就是请人了。关于请人，因为经常办会，我可是行家里手，方法大家可以参考。我每桌先拉出一个名单，一桌大概拉12个人左右，然后每个人在两个礼拜前电话通知。马上答应的做个记号，拿不准的做个记号，实在抽不出时间就划掉。每桌保证八个人一定来，两个人待定就行。这样即使那两个人都不来，这八个人也可以基本坐满，何况有些朋友不是一个人来。周六开席，我周三再给那些拿不准的亲朋去个电话，确定一下。最后周五把详细的地址用短信发给每个人，这个前一天的短信很重要，有两层含义：一是用短信别人记得住，还显得你很周到；二是提醒大家别忘了，你如果打电话通知，客人就会觉得你就是为了收份子怕别人不来，就不礼貌了。这样，你邀请的嘉宾一定不会出现空场的情况，出现了一是不吉利，二是没面子。我结婚的时候就是这么邀请的，结果三十多桌，桌桌满。我一个发小结婚，就是口头和很多人大概说了一下，没有确认，结果三十桌只来了十五桌，气得新娘差点哭了。

人基本请好，下一步就是订饭店。到了正日子的前一个礼拜六，我去订包间，原来想着因为这四桌客人各是各的圈子，每桌一个包间大家聊起来方便，还不拘束。结果饭店二楼的包间都满了，只好去一楼大堂，幸亏大堂有一排半封闭的包间，但是两个桌子一间，我只好暂时订了两个。到了周三，我同事突然来电话，单位要集体加班培训，来不了了。我赶紧去退了一桌，为了不妨碍在另外一个桌子上别的客人，我让他们给换了一个十六人的大桌子，我爸的战友邻居正好十个人，加上我爸妈和我姐一家正好十六个人（本来我姐她们不打算在饭店吃，说替我妈照顾孩子），算是解决了座位的问题。

大家会问，我为什么不换个饭店？除了地点离我们家近以外，还有一个隐情。我结婚的时候因为得三十多桌，加上为了方便接亲，就订了丰台带有政府色彩的一个酒店，这个酒店婚宴场地够大，但是由于主要经营会议和住宿，饭菜质量确实比不了很多酒楼。我的很多朋友参加完以后，都和我开玩笑说我就是为了收份子，饭菜也太难吃了！这次孩子百天酒来的都是平时走动多的，所以一定要弥补这些朋友上次的遗憾。我选的这家饭店做菜的质量在周边算是最出色的了。

头天晚上我和我爸把招待客人的烟酒糖果零食准备齐全。说起烟还有一个笑话，——满月前，别人送了我两条玉溪，我不抽烟，顺手就放在桌子上了。后来我的那个抠门领导看见了，说晓东你也不抽烟，要烟干嘛？直接把烟拿到他办公室了，天天抽着还挺带劲！摆酒的前几天，我到他办公室，问他烟抽完了吗？他说还剩一条，我直接找出来拿上，说："咱闺女满月，份子钱不要了，烟我拿走！"这个故事后来经过同事演绎，成了我们这个集团抠门案例的代表性事件！

组织工作就是这样，要细致，应变能力要强，我恰好是这样的人！

准备就绪后，有一个事情家里人意见不统一。按照老理，亲朋都到了家门口了，应该把孩子抱出去给大家看一下，再回家，但是，因为没有订到包间，那时候流感比较严重又害怕——被传染。通知大家到家里看吧，一是来不及，二是显得我们事情太多。最后决定，到时候人齐了，我开车把孩子接到饭店（其实走路也就5分钟）给大家"参观"一下马上再送回来。

没想到的是，我那些朋友同学真是善解人意。朋友们互相都认识，他们自己约好了时间，提前一起就来了，直接到家里看了孩子。同学则约好了饭后一起去看孩子，而我父母那桌的客人都是邻居，早就看过了，这样——就省得出来了，我担心一晚上的问题竟然自然化解！本来吃饭的时候我还准备了一些想说的话，但是到了现场，我发现说那些都太虚伪了，就说了一句："我的孩子就是大家的孩子，你们的孩子也是我的孩子，一家人不说客气话，大家为了我们的下一代，干！"……

一一还挺争气，那个阶段不稳定的双眼皮那天一直特别明显。这样，粉嘟嘟的小脸，配上两个大眼睛，还真是人见人爱。同学争着要认干爹干妈，有一个朋友带着他们家公子来的，直接说要预定这个儿媳妇！一一这孩子从小就有经济头脑，给钱多的她就笑，钱少的她就没表情，逗得大家哈哈之乐。说一一长大就是我搂钱的小耙子。

第二天更简单，我和小娜一早儿就过去了。小娜的干爹开了个饭馆，直接把这个事情承包了。她们家的亲戚虽然没见到孩子很遗憾，但是也都表示理解。大家来回传递着一一的照片，也是越看越爱！

许多人反对摆酒，我不反对，一个民族有一个民族的传统，联络感情，寄托祝福，收些奶粉钱，何乐而不为！

老贴士

孩子满月/百天酒的注意事项：

1. 一般而言，这个事情邀请的是亲戚或者走动多的朋友，也就是说夫妻都认识的朋友。

2. 在邀请的时候，如果对方有为难情绪，要懂得体谅，不要强求。

3. 因为一般规模较小，不用刻意准备什么仪式。

4. 天气不好，尽量不要让孩子长时间外出，特别是刚满月的孩子。

5. 一定要提前3～7天通知，头一天再短信提醒具体时间地点。客人的座位要和实际人数匹配，宁可稍微拥挤也不要过于空。

6. 有的地方风俗，孩子满月或者百天是个很重要的事情，隆重性甚至超过了自己的婚礼，如果有领导等重要嘉宾出席，这时候还是准备一些比较正规的发言。

7. 我要阳光——如何让宝宝晒太阳

许多人喜欢当老大，认为权力大，有威严！但是有一种老大在我们国家似乎不那么吃香，还得甘心奉献，这就是家庭中的老大！我们这代很不幸没赶上独生子女的政策，父母一般都不怎么娇惯。所以我们很幸运自生下来就有一个以上的真心伙伴伴你一生，这个人就是你的兄弟姐妹，他让你一路上不再孤单，有所依靠。我不是独生子，更值得庆幸的是我不是老大，我有一个从小就照顾我的姐姐。

虽然我姐姐给我讲述的经验我百分之八十都不会听，但是她的人生教训我百分之八十都会接受——特别是她养育我外甥的那些教训。在医院的时候，我姐来看一一时就提醒我们，一定要注意给孩子晒太阳，说这样可以吸收阳光中的紫外线，化为维生素D，预防维生素D缺乏性佝偻病。我问我姐怎么这么清楚，我姐告诉我我外甥就是小时候因为怕热怕冷的不敢出去，结果差点得了黄疸肝炎。等到满月的时候，我姐又电话提醒了一遍。晚上，妇幼医院的张阿姨来串门看一一，也说孩子要注意晒太阳，一一稍微有些发黄。

大家一定会问，怎么又是这个邻居，哈哈，用东北话说，这是我爸妈的铁子！

本来我觉得一一挺白的，但是张阿姨这么一说，我也越看越黄了。虽然这辈子没少受长得黑的苦，但是为了闺女的健康，心一横——晒！一一满月的时候，正是倒春寒的时候，气温还零度左右晃悠。家里人只能在阳光足的10点和下午2点前，关着窗户，把窗帘拉开，把一一抱到阳台上，每天晒一到两次，每次半个小时以上。这时，不用管她是醒着还是睡着。我每次都愿意她睡着的时候抱她出去，我坐在沙滩椅上，经常我自已也睡着了。我爸因为这个常骂我，整个拿孩子当个小暖炉了！

我们自已还觉得不赖，有一天小娜翻书，看到这么一段：宝宝有“三浴”都是很重要的，除了水浴、日光浴，还有就是空气浴。宝宝满月后就可以进行空气浴。所以风没有什么好怕的，只要室外温度不低于10℃，就可以抱孩子出去走走，空气浴主要就是利用气温与人体体表的温差刺激，锻炼身体，提高对气候变化的适应能力，减少呼吸道疾病的发生。北方的冬天不能到户外的话，也不能隔着玻璃，因紫外线是不能穿透玻璃的，可以把玻璃窗打开，让阳光照射到身上。冬天可以在暖阳下把宝宝的小手、小脚丫露出来晒，也可剥掉尿布，晒晒小屁股。

原来是这样，前十多天白忙活。赶紧在没有大风的时候开窗户，伺候一一日光浴和空气浴。

就这样，一一安然度过了冬天，体检的时候各项指标都很正常。在她3个月左右的时候，她成功解禁，可以推着她外出了！这时候，一一的抬头能力明显地进步了，出去玩的时候，头直立地待上半个小时也没问题。好像眼睛看东西的能力明显地提高，反正每次一一被我们一抱出屋，就表现得欢欣鼓舞，估计她还是觉得外面的花花世界精彩。

书上说，户外活动可以让孩子充分地享受新鲜空气和温暖的阳光，进而达到锻炼皮肤和呼吸道黏膜，促进新陈代谢的目的。但是，凡是一一的事情在我们家都是大事，第一准备工作要细致，第二要善于总结经验教训。

先是出门准备工作：把婴儿车调成卧式（我们家是坐卧两用的），因为现在她的发育还不行，身体不够硬朗，无法长时间坐立。然后检查垫的褥子是否平整舒适；带好备用的尿不湿和湿纸巾；戴上防寒用的衣服或者小被子，夏天戴上扇子驱赶蚊虫；带上一一喝的水，最好是白水，如果她不爱喝，就稍微给她加一点桔味的钙；会走穿开裆裤的时候，要带点纱布擦屁股，带换的裤子，防止一一尿裤子；最后带一块干净的小毛巾，给一一擦汗。

外出经验一：推车要平稳，不要图好玩快速地推拉。如果遇到不平的路面，要把孩子或者连车整体抱起来，以免躺着颠簸，震伤大脑。

外出经验二：一一5个月前，我们让她的头直立时间不能过长，控制在三十分钟以内。随着时间的推移，根据实际情况调整她躺在车里的时间，后来婴儿车只是一个代步工具了，或者大人累了用它歇歇。

外出经验三：为了让一一更好地欣赏外面的世界，我们在自己坐着的时候，一般让一一面朝前，背自然地靠着大人的胸腹部。我们一手托着一一的臀部，另一手护着她的腰部。据资料介绍，我们这样还是一种很科学的方法。另外是要注意每接近半小时就应该给婴儿变换体位，说是这样有利于血液循环和孩子肢体的运动。

外出经验四：夏天天气热的时候，不要在炎热和湿闷的环境带孩子外出，外出活动要给孩子戴帽子，抹防晒霜；我们都不长时间地紧抱着孩子，因为像一一这么大的孩子，基础体温高，这么抱不利于散热。可以尽量选择在阴凉的地方玩耍，同样可以获得紫外线。

外出经验五：冬天天气寒冷的时候，北京一般下午开始起风，中午一一会睡三小时左右的午觉，我们一般会在没有大风，阳光较好的上午十点左右带一一外出。很多资料上讲不要带孩子去商场等人比较多的地方，我们觉得也不要那么绝对，毕竟天天不见人，不接触更多外界事物，对孩子的发展也不利。我一般会选择天气持续寒冷大风的时候，下午一一睡醒后，带她去比较大的商场，这样既保证了她的活动量，又满足了她的外出接触外界事物的欲望，同时控制人口的密集度——比如四

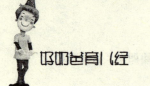

季青桥那边的金源购物中心（这不是广告）。

外出经验六：我们带一一出门的时候，水是必须带的，大家都说培养孩子喝白开水最好，但是一一刚开始白水几乎是不喝的，我们只能变着花样地给她：钙水、果汁什么的和白开水插着来。她不爱喝，我们就一口一口地喂。除了保持一一体内的水分外，还可以保持她小便的畅通，促进体内排毒，防止上火。

外出经验七：外出的卫生保健。一一不是神童，更不是哪吒，生下来就什么都会。水喝多了她就会尿，而且经常尿裤子。这样我们就得时刻注意一一的卫生。她的贴身衣服一定要保持清洁干爽，舒服些，洗的时候不要和大人的混洗，大人细菌太多。一一是个女孩，我们在抱她的时候，屁股我们都会用尿布隔开。一一外出大小便后，要紧换尿布，不要怕麻烦，我们都得用湿纸巾擦干，然后晒晒太阳，晾一会儿！一一小的时候，皮肤柔嫩，受潮后容易刺激臀部皮肤发红，红的地方我们就涂点屁屁乐，偶尔不是特别严重，我们就给她抹点香油。冬天她手腕和脚脖子容易涩涩的，像是皴了，我们就给她抹几天郁美净，效果不错。

外出经验八：一一外出的衣服选择。一一小的时候带着尿不湿出门，在冬天我们为她穿连体衣，这种衣服不仅让一一看上去像个洋娃娃，还能保暖不透风，保证小肚皮不受凉。大了，就穿分体的衣服，这样她活动方便，大人换起来也省时间。此外要及时穿脱衣裤，特别是春秋的时候。我的意思一一穿衣服应该少而精干，但是老人总是怕孩子着凉，所以我们只能给她穿基本适宜的衣服，然后再带一件外罩或者马甲，防止她前后心着凉。我的车上始终放一件我的夹克，当一一累了小睡一会儿时，这夹克就成了小盖被。

外出经验九：防汗。一一比较容易出汗，特别是颈背部还有头部出汗最多，据说是这么大的宝宝神经系统尚未发育完善的原因。春秋的时候，如果一一玩得大汗淋漓，我们必须马上擦干。有一次我们没注意，第二天一一就有点留清鼻涕。

外出经验十：外交礼仪。每次出门我们都要给一一带点小点心和小玩具，除了自己吃和玩以外，因为孩子都是觉得别人家的东西好，所以每当遇到小伙伴的东西一一都要抢，自己家里带点，大家换着玩都方便。有一个男孩的奶奶可能老觉得自己家有钱，自己孩子的东西好，她们家孩子玩别人的可以，别人玩他们家的就不行，结果他们家孩子一来我们就躲开了，弄得他父母特别别扭，和自己的妈还赌了一回气。

小贴士

及时更换女婴尿布的原因：尿布一湿就及时更换，这一点在新生儿期尤其重要。因为幼儿的皮肤柔嫩，经常受潮后容易刺激臀部皮肤发红，在炎热夏天，发红的臀部皮肤常伴有皮疹，甚至表皮浸烂、脱落，出现“红臀”(红屁股)，若并发霉菌或细菌感染，受损的皮肤会进一步向四周扩散。受到尿液或大便的刺激，疼痛会更加剧烈，婴儿常因此而哭闹不止，不思饮食。细菌及其毒素通过皮下血管进入全身，可引起败血症、毒血症，出现高热、低血压，甚至抽风、昏迷等症状。

值得一提的是，若女婴大便后没有及时更换尿布，排出的大便有可能污染会阴部。因为女婴的尿道短，大便中的细菌可以经尿道口进入膀胱引起膀胱炎，或向上蔓延引起肾盂肾炎。

此外，在冬季，有些妈妈担心勤换尿布容易使宝宝着凉。其实，时间一长湿尿布要比宝宝的体温低得多，会从孩子身上吸走好多热量，体温下降，抵抗力下降，更容易着凉感冒。

8. 我要长大——怎样给宝宝补充营养

女人都希望自己瘦，就拿小娜来说，94斤天天还嫌弃自己的腿粗，天天叫嚣要去美体塑形。但是她的女儿有些塑形过早，一一生下来就是骨感美，五斤三两。这可愁坏了一家人，小娜对着一一说："广告上的小孩儿，哪个不是胖乎乎，圆鼓隆冬的，你倒好，跟个没毛的小猫一样。"

瘦怎么办？——吃！

可劲地吃，变着花样地吃！于是各种食品纷纷被我们拿起屠刀，立案成佛了！

百天以前，你想变花样，科学告诉你：这个不可以！为啥？书上说这个时期婴儿的肠胃消化能力有限，主要依靠乳类喂养，母乳或者配方奶粉为主，不能乱吃。因为小娜奶水不足，一一两个月就断奶了，所以我们家一一主要是配方奶粉。虽然没有母乳营养好，也没有母乳省钱(此处不要扔板砖)，可是这些配方奶粉有个好处就是弥补了母乳内维生素B、C、D含量的不足，特别是铁质的补充是母乳无法比拟的。过去的那些母乳替代品，比如牛、羊乳，因为煮过，它们的维生素C遭到破坏，所以我没有给一一这些所谓的原生态奶喝！那些从小喝了狼奶、虎奶、羊奶后来成了王子英雄的故事我是压根不信，信了也没用，因为这些孩子都有一个共同点——被当国王或者英雄的爹遗弃，我不是国王英雄，我爱我的女儿，所以她不用原生态！

道理是这个道理，但不能喝了配方奶粉就一了百了。就跟学习上的差生一样，别人正常上课就能考九十分，你正常上课就只能考七十分，得开小灶，得补课。所以一一必须补充辅食，何况本来她奶粉吃的也不多。百天以前是鱼肝油、果汁、蛋黄，四个月以后是米粉、碎粥，7个月左右长牙以后给她菜粥或者碎肉粥，到11个月以后逐渐碎面条、"馒头花"、烂米饭什么的，她一岁会走之后，小饺子、包子、小蛋糕什么的就都能吃了，慢慢的就和大人上了桌。这里我介绍几款她常用的食品：

有争议的鱼肝油：关于这个鱼肝油过去没啥争议，现在因为配方奶粉的出现，很多人认为没有必要吃，因为他们认为鱼肝油主要是补充人体所需的维生素D，而维生素D除食物供给小部分外，主要是利用日光照射自身产生的，所以如果能晒太阳就不用吃鱼肝油丸。如果盲目补充，用量过大可引起中毒，出现食欲不振、呕吐、血钙过高等现象。而支持者则认为吃鱼肝油能促进钙的吸收，促进视网膜的发育，还建议不要吃人工合成的，应该挪威纯天然的！什么事情都不能全听，咱是共产党员，毛主席教导我们，要学会扬弃。一一生下来是冬天，太阳怎么晒也不可能达到要求，再说那么冷，谁敢长时间晒！挪威纯天然，算了吧，没那么娇气，我也没地方找去。我采取折中的态度，国产的隔一天给她吃一粒。这个时间没有持续太长，一一体检完了各项指标撵上其他孩子以后我们就停了。

粉身碎骨的水果：给一一“灌”现榨的果汁和蔬菜汁。蔬菜、水果、萝卜、番茄，据说这些玩意儿都含有较多量的维生素C。我和我爸人奶造不出来，造这些果汁还不在话下。天天菜刀翻飞，把水果蔬菜先切成小块，然后放进榨汁机里面搅拌，最后用纱布把汁液滤出来，放进

奶瓶备用。值得一说的是，这些汁液因为纤维比较多，容易堵住奶嘴，所以奶嘴可以适当开口大一点，注意清理。一一有时候不爱喝，我们就用小勺子哄她喝点。蔬菜汁有时候发苦，我们就加一点点葡萄糖。四十五天以后，一一每天可以喝三十到五十毫升。书上说每天一到两次就行，可是我们家一一不是善茬，几乎每次只喝一两口，我们就得多次喂。这些果汁是个常态，我们一直在给她喝，只是后来不是那么定期喝了，因为一一九个多月就可以自己吃切薄去籽的水果了——水果的命运也总算是好了点，从粉身碎骨变成千刀万剐了。

谨小慎微的鸡蛋：还有就是得给她吃蛋黄：第3个月开始，就得给一一蛋黄吃。我们一开始，不敢“大量”给她吃，用小勺把大约八分之一熟蛋黄碾碎后，调到奶水里给她喂。一一一开始比较抵触，但是吃后觉得味道还不错，以后也就慢慢接受了。看她大便正常，我们也就放心地喂她了，基本上两天可以吃掉一个蛋黄。有时候她实在不愿意吃，我们也不勉强，过两天再说。一一18个月以后蛋黄不用吃了，每天早上就能吃大半个鸡蛋羹了。

“坚硬”的稀粥：2007年以后中国最有名的厨子，某空军炊事班的小姜说过：“何以解忧，唯有稀粥。”粥这个东西中国人一辈子也吃不厌，要不街上那么多粥铺，10块钱一碗还那么多人抢。10个月以后的婴儿，各种各样的米放进锅里煮烂，各种各样的豆类放进锅里煮烂的都可以吃了。粥里可以放进各种各样的蔬菜，还有切碎放进的肉类。但是注意菜可以生着切碎放入，肉类最好煮熟后剁成碎末再放进粥里食用，这样容易消化，比如虾和鱼（注意去刺儿）。一一11个月以后，我们家就用一点点橄榄油，炒一些鸡蛋、青菜、火腿末，不放在粥里熬，单独配合粥给一一吃。但是这个三天一次，每次菜的比例要大，火腿一点点，特别要强调调料少放。

祖传的私家面食：我们家是山西人，山西面食冠中华。我们家包饺子、蒸包子从来都不用什么专用的面粉，一律自己醒，自己揉，饺子皮要求中间厚四边薄，有时候仅仅因为包出来的褶儿不漂亮而郁闷。一一整一岁的时候开始给她包放一点点虾皮的素馅小饺子，皮要求擀得比平时的厚度要薄三分之一，饺子大小相当于饭馆里面的一半大，喂的时候把饺子两头的面去掉，一半一半地喂。一一最先会说的主食不是饭饭(米饭)，而是饺饺。等一一大概14个月的时候，就开始锻炼她自己吃小包子。

另外就是面条，这个是每个家庭婴儿必备的食品，一开始必须弄碎，煮烂，慢慢孩子大了可以逐渐向大人靠拢，只是还是注意要弄碎一点。我们家的面条和买的不一样，是自己的手擀面，把面擀得几乎半透明了，然后撒些干面粉折叠，切成小手指甲盖大小的正方形下给一一吃，这样她不容易呛着。一次多做一些，每次一一大概吃一把面条就够，剩下的放入冰箱备用。做法更是不一样，我们在一一快一岁的时候，先用橄榄油把碎菜末、小肉丁还有一点点葱花炝锅，然后放入开水，水开后下入一把面条，和一只虾。虾半分钟基本熟后捞出，去皮切碎，再放入锅中。用半个生鸡蛋放入一点点盐搅匀后，打入锅中，等面条熟后捞出。别说一一爱吃，每次小娜都抢着吃剩下的。

最绝的就是炒“馒头花”：山西人的馒头种类多，做法也多。我唯一得了真传的就是这个炒“馒头花”。做法很简单：鸡蛋放一点盐和凉水(去腥）搅匀备用；然后把凉馒头切成小方丁（越小越好），倒入一半鸡蛋搅匀备用；选择三种以上蔬菜还有火腿切碎备用（我常用叶子菜、黄瓜、西红柿、胡萝卜等）；放少许油大火加热，油热后调成中火放入鸡蛋，熟后马上捞出；调成中火，放入菜和火腿（先放少许葱花），变色后马上放入馒头丁，翻炒，放少许盐后继续翻炒；最后放入鸡蛋，把鸡蛋翻炒成小块均匀后就可出锅了。做的时候，要不断翻炒，防止干锅。鸡蛋倒不净的也不要扔掉，放入些清水，可以在出锅前倒入锅中，这样“馒头花”会绵软一些。看似简单，要炒得外黄里嫩，满口生香也不那么简单，我丈母娘就是在练习了五六次后才达到我八成的功力——也就是说我做的一一能吃一小碗，丈母娘做的一一只吃多一半，哈哈。

疯狂的海苔：我也记不清一一什么时候开始疯狂迷恋海苔。每次看

见都会大叫，手舞足蹈地要吃。等她一岁多会走了以后，海苔我们都得满世界藏起来，生怕她看见。偶尔她不好好吃饭或者不喝水就拿这个勾引她一下。否则她看见了，一片一片地要个没完，不给她一天就缠着你哼哼。上网看了一下，发现迷恋海苔的宝宝还真不少，说是海苔可以给孩子补碘补钙。但是海苔有调料吃多了也不好，有的孩子过于贪吃还会碘超标。现在我们也很少给她吃了，一个礼拜也就一两片，而原来每两个礼拜得去超市补一次货。

说了这么多处心积虑研究的吃的，一一的涨幅如何，有没有赶上其他孩子！下面我给大家汇报一下成果：

刚出生的时候，新生儿参考体重和身高范围（女婴）分别是：2.7~3.6公斤和47.7~52厘米，一一是2.65公斤和49厘米，明显处于较低水平，体重甚至还不够！

一个月以后再测，参考体重和身高范围（女婴）分别是：3.4~4.5公斤和51.2~55.8厘米，一一已经达到3.9公斤和53厘米，虽然不是很出色，但是已经接近中等水平，我已经非常知足了；

到了三个月，参考体重和身高范围（女婴）分别是：4.7~6.2公斤和57.1~59.5厘米，一一是6.4公斤和59.5厘米，已经是最好的水平；

六个月参考体重和身高范围（女婴）分别是：6.3~8.1公斤和63.3~68.6厘米，一一是7.85公斤和67.2厘米；

到了一岁，参考体重和身高范围（女婴）分别是：8.5~10.6公斤和71.5~77.1厘米，一一是9.8公斤和74.3厘米。可见一一已经从刚出生时候的小可怜儿，变成了发育完全正常的小可爱！

现在一一每天三顿饭，早起、午晚觉前还能各喝150-180毫升的奶！

有苗真愁长，一一就是这么倔强地不爱吃东西，我们就是这么执着地喂她东西。不知道是我们的执着，还是一一的坚强，总之她是一口口地长起来了！

小贴士

满月前的基本成长知识：

婴儿体重：健康新生儿出生体重为2.5～4公斤（5～8斤），在此范围内都是正常的。出生后一周之内，体重可下降6%～9%称之为生理体重下降，是正常现象。近年来由于提前开奶，重量体重下降时间已缩短，体重下降程度已减少。一周以后体重迅速增加，每天约增加25～30克。宝宝在这个月的生长速度之快，实在是令人惊奇。满月时，宝宝的体重比出生时平均增加1千克左右。

婴儿身长：身长是仅次于体重的、反映婴儿健康状况的指标，必须定期测量婴儿身长，以了解婴儿生长发育情况。正常足月新生儿，出生时身长47～53厘米。新生儿第一个月身长增加4～6厘米。影响身高的因素很多，有喂养、营养、疾病、环境、睡眠、运动等。但这个月的宝宝身高的增长不受遗传影响。如果在医院进行了标准测量后，发现宝宝的身高增长明显落后于平均值，要及时看医生，查明原因，尽早调治。

头围和囟门：头围和囟门是反映婴儿是否有脑部和全身疾病的重要指标。头围就是用塑料软尺从后脑勺突出的部位量到前额眼眉上边的周长。新生儿头围男孩平均34.8厘米，女孩33.7厘米。新生儿时期一个月头围增加1～2厘米。头围过大或过小，长得过慢或过快，都是不正常的，应到医院去检查。婴儿头的前额上部有一菱形发软的无颅骨区叫作前囟（俗称囟门），前囟隆起或凹陷都是不正常的，应到医院检查。

小贴士

婴儿体重身高对照表

年龄	体重（kg）		身高(cm)	
	男	女	男	女
出生	2.9~3.8	2.7~3.6	48.2~52.8	47.7~52.0
1月	3.6~5.0	3.4~4.5	52.1~57.0	51.2~55.8
2月	4.3~6.0	4.0~5.4	55.5~60.7	54.4~59.2
3月	5.0~6.9	4.7~6.2	58.5~63.7	57.1~59.5
4月	5.7~7.6	5.3~6.9	61.0~66.4	59.4~64.5
5月	6.3~8.2	5.8~7.5	63.2~68.6	61.5~66.7
6月	6.9~8.8	6.3~8.1	65.1~70.5	63.3~68.6
8月	7.8~9.8	7.2~9.1	68.3~73.6	66.4~71.8
10月	8.6~10.6	7.9~9.9	71.0~76.3	69.0~74.5
12月	9.1~11.3	8.5~10.6	73.4~78.8	71.5~77.1
15月	9.8~12.0	9.1~11.3	76.6~82.3	74.8~80.7
18月	10.3~12.7	9.7~12.0	79.4~85.4	77.9~84.0

这个表只是一种对照参考，只要宝宝健康，没有什么标准的说法。生长发育既是一个连续过程又有阶段性，既有一般规律又有个体差异。就是说生长发育是连续进行的，但有时快些，有时慢些；有时这个系统发育快，有时那个系统发育慢。因此，一定要全面衡量生长发育情况，才能做出生长发育是否正常的结论。

9. 我要健康——如何处理宝宝感冒发烧

一一无论是不睡觉、不吃饭还是不打针，操心归操心，我们熬一熬也就过去了。那我们最怕什么？有孩子的父母用脚都能想出来，怕孩子得病。比孩子得病更怕的是什么？是怕婴儿得病。他们不会说话，拒绝吃药，病情反复，让大人寝食难安。一一2岁前最严重的发烧有两次，这两次令我确定一定以及肯定地终生难忘！

自打一一生下来，特别是小娜断奶以后，我就天天有一种不祥的感觉，就是害怕孩子发烧感冒。因为书上说孩子半岁后，母体内吸收的自然抗体就消耗殆尽，外界的细菌病毒风寒都极易引起孩子得病，特别是吃奶粉长大的孩子抵抗力更弱。每次我去医院，路过儿科的时候，都会听到那些宝宝撕心裂肺的哭嚎。特别是有的像一一这么大的婴儿，因为找不到血管，输液都得在头上用针，那些孩子家长的眼神更是让人心存不忍。

就这样，忐忑的到了八月份的夏天，一一已经半岁多了。和一一差不多大的院里很多孩子都没有跨过半岁这个坎，不分母乳与否，一律病倒！我们更是担心一一的身体，结果夏天都过去了，一一还是活蹦乱跳的。我和小娜击掌而庆：别看我们家一一长得小，身体就是好！

是福不是祸，是祸躲不过！病毒风寒这些缺德玩意儿，就像足智多谋的战士，在你精神松懈，战术战略上都开始鄙视它们的时候，它们就拉帮结派地偷营劫寨而来！那天是10月12日，挺风和日丽的。我和小娜，上午九点半抱着一一出去运动，晒晒太阳！那时候一一已经八个多月了，大人扶着可以直立地蹦跳了。我们先是抱着她在小区里面的健身器械上玩了半天，有个阿姨过来还问："一一才多大，你们就让她在这些铁架子上玩，凉不凉呀！"我还挺自豪的说："没事，阿姨，我们一一结实着呢！天天都这么玩。"我们忘了，平时这么玩就一小会儿，这次我们玩了50分钟。那天是个星期天，结婚的人多，看一一精神头挺好，我又出主意把一一带出大门去看别人结婚，结果直到十一点半才回来（平时一次外出最长一个小时）。我爸一见我们回来就埋怨我们带孩子出去时间太长了，我还不屑地说："您就是太小心了，不经常活动，不接触空气，一一怎么有抵抗力？"

一一还真给我"露脸"：是有抵抗力，但是没抵抗住！到了晚上八点，一一吃完米粉没多久开始吐，前后吐了三次，精神头一下子开始萎靡起来，凉了一下体温，还算正常。我爸一边埋怨我，一边自己出去去同仁堂药店询问了一下药店的坐堂医生，医生说可能是消化系统受凉引起的。我爸买了点中药拿回来备用，因为仅仅是类似轻微吐奶的症状，大家一商量，暂时先不用药。晚上我们给一一加了一层小褥子保暖，一一吃了100毫升的奶，在十二点的时候还算正常地睡了。

我夜里跟小娜说："老天保佑一一没事，没事，要是病了我这当爹的罪过可就大了。"小娜说："哪那么娇气，人家外国小孩得病都不吃药。"一晚上我辗转反侧，到了第二天（十三号）早上六点三十分，一一就醒了，起来就开始拉稀。因为以前一一偶尔大便也有些稀，家里人还是抱着一丝侥幸，让一一多喝了些温开水。到了十点半，一一肛门再度失守，又拉了一次，还是很稀。中午吃饭睡觉还算正常，快两点的时候，我偷偷用温度计给一一又测了一次，到时间拔出来一看，37.9℃——传说中的小儿发烧终于与一一牵手！我爸一下子就急了，也顾不得再埋怨我们，又连忙去了同仁堂药店，一口气买了四种药。一种是"小儿健脾颗粒"——主治消食止泻；一种是"退热贴"儿童装；第三种是"小儿清解颗粒"，也是用于小儿外感风寒引起的高烧；第四种就是传说中的美林，但药店的人强调，这个药必须是宝宝发烧38.5℃以上，才能使用。

很多人说婴儿普通的感冒多喝水就行了，不用吃药。但一到自己孩子身上，就麻爪了。因为开始拉稀，所以我们对给一一吃"小儿健脾颗粒"都没有意见，可是吃不吃退烧药大家意见就不一样了。我爸着急，力主要吃，我和小娜比较犹豫，觉得婴儿基础体温高，不到38.5℃没必要吃。于是先给孩子吃了“小儿健脾颗粒”，喝了点水。到了四点多，一一已经发烧到38.2℃了，这下，我妈表态：“不行，不能光听书上的网上的，每个孩子情况不一样，一一本来体质就弱，又拉稀，不赶紧退烧可不行。”因为刚过38℃，所以先给孩子用了“退热贴”。

我妈这下晚上根本就睡不着了，凌晨两点给一一换尿布的时候，用手摸了一下，感觉退了烧，大家的心才放下来。四点我给孩子冲了100毫升的奶吃了。早上六点半起来，一一好像精神好了一些，也不烧了，也没继续拉稀，大家以为风暴过去了开始安排倒班补觉，就把药停了。结果到了下午一点半，一一又开始拉稀，体温又回到了37.8℃，赶紧又给她吃了那两种药。晚上八点多，一一的体温直线上升到38.5℃，一举突破我和小娜的心里最后一道防线。赶紧用“美林”，拿勺子给一一灌了1.25毫升。我妈连忙给他们医院儿科主任的家里打电话。主任说：“不用慌，这两种药可以用，应该是腹泻引起的发烧。小儿腹泻很常见，一般孩子不拉了，也就慢慢退烧了。重点是防止孩子脱水，最好熬点小米粥，里面加一些糖和盐。如果孩子有脱水的迹象，就得赶紧去医院。”

这个美林还真管用，晚上十点半，一一出了些汗，温度就下来了一些。晚上十二点整，降到了37℃；15号早上量36.8℃，继续吃了点止泻的药，下午不拉了，温度37.2℃，但没有再用药，尽量让一一多喝水。直到十七号一一病情就基本稳定了。这时候我妈的糖尿病已经到了必须住院的时候，我和小娜只得把孩子接回了丰台她姥姥家。我这边担心我妈的病情，那边又不放心孩子在新的环境是否适应，整个人那些日子都处在极度紧张的状态——真是明白了什么叫作祸不单行。谁知道，一一仅仅是暂时的安定。

一一17号才到北大地，18号就又发烧了，晚上就烧回了38.3℃。要是从12号算，一一已经病了六天了，赶紧开车带一一去了附近解放军301医院看急诊。一一流着鼻涕，时而清醒时而昏睡，大夫询问了一下病情看了我们的育儿日记，夸我们做得对，告诉我们这应该属于另外一次得病，和上次关系不大。我们带着一一抽了血，一一开始没明白，等

抽完了，开始使劲哭，但是又没那么大力气哭，可怜极了。等结果的时候，一一可能觉得每换个人就会舒服一些，我和小娜还有丈母娘三个人轮流抱她，她情绪才算渐渐平稳。结果出来，大夫说没什么大问题，就是轻微的病毒性感冒，吃点消炎药、用点美林就好。让我们不要孩子一退烧就马上停药，减半再坚持迟一天。果然到了20号，一一就彻底好了。我也终于抽出时间去看了我妈，我妈听说一一没事了，心情也好了不少，她的指标也稳定了。我爸想一一，中间去丰台看了一次，一一搂着他爷爷亲热了半天，晚上我爸就赶回去照顾我妈了。

301的医生告诉我，婴儿感冒发烧不要着急，病好了，孩子的免疫力也会随之提高，从这个角度上，孩子得病反而是一件好事。

我估计一一将来要是当演员，绝对是个电视演员，因为干什么都喜欢来个连续剧。到了11月13号，我们打算把她接回清河打预防针，结果临走前，丈母娘告诉我们一一有点流清鼻涕。我们一摸额头，感觉问题不大，就还是按原计划开车到了清河。到家她奶奶一摸，孩子的额头已经有些烫手。用温度计一测，38.1℃了。我和我爸又马上开车带一一去了解放军306医院，这次一一知道抽血是怎么回事了，哭得哇哇的，怎么哄也哄不好，甚至远远地看见医生都不行。结果还是老毛病病毒性感冒，给开了些消炎的“依托红霉素颗粒”。

到家我赶紧用勺子喂给一一喝，但是这个药比较苦，一一不喝，我趁她不注意给她灌了进去，这下捅了马蜂窝。一一喉咙上下翻动了两下，哇的一声，连中午饭都吐了出来。我妈一下子急眼了，说我们太着急，孩子到家就去医院，去了医院回来就吃药，太折腾了。把我们都轰走，她自己抱着一一哄。本来一一就和奶奶最亲，再加上感觉奶奶不让她吃那些苦东西，更会撒娇了，我们几个只要一露头，她就哭。这时候已晚上十点多了，我妈给她吃了点面糊糊。十二点又喂她吃了点奶，一一终于睡着了。

我和小娜商量，孩子要是明天发烧用不用去儿童医院？小娜可能是因为我妈刚才对大家态度不好，脸有些挂不住，说不给孩子吃药，这病怎么好的了。第二天早上，一一起来就没精打采的，看见我，小声叫了一声："爸爸。"我把她接过来，孩子的头无力地靠在我的肩膀上，我觉得一一仿佛一下子轻了不少，我眼睛和鼻子直发酸。温度计一量，38.5℃了，病情不轻反重——这病毒不会心疼你。我妈也顾不上礼貌，一大早就又给他们的儿科主任打电话，主任说："这病毒性感冒，主要是消炎，美林等退烧药治标不治本，它们只起降温的辅助作用。消炎药必须吃。"我妈听完觉得是自己把孩子的病耽误了，自己抱着一一哭出声来，我连忙又去劝我妈。说孩子得病是好事，化验结果说很轻微的，让我妈别放在心上。

一一看见盛药的小勺子就哭，闭着嘴晃着脑袋不喝。我灵机一动，出门买了一个带吸管的药。用吸管把一一的嘴唇轻轻拱开，那时候一一只有四颗牙，顺着一一牙的缝隙，我们把药挤了进去。就这样，吃了两天消炎药和美林，一一第三天就正常了，我们把消炎药用量减半又早晚各喂了一次，因为不怎么烧了，美林就停了。一一的感冒发烧终于好了。

真完全好了？你信我都不信。就像电视剧都有个尾声一样，一一过了两天从后背开始起疹子，直到脖子和大腿，原来是发热后的小儿急疹。幸亏我外甥小时候也出过，据说这些疹子出来就好了。我一开始有些将信将疑，一一三天没敢出门，那些红点果然慢慢就下去了。这次大病一一瘦了不少，圆脸向她妈的尖脸靠近了。

后来一一14个月大的时候又发过一次烧，我们已经有经验了，三天一一的病情就控制住了。我们发现每次一一比较严重的发烧，大多会出现呕吐或者腹泻的症状。这可能是和婴儿消化系统的功能还不是很健全有关，另外逐渐添加的主食也会令孩子食火较大从而引起孩子不适。自14个月以后，每个月我们都会给一一吃一次"妈咪爱"，调解一下一一的肠胃消化功能，直到一一22个月为止。

后来与同学聊天，一个在香港外派两年多的同学说，他们家孩子感冒去看医生，香港的医生说没事，就让喝水，也不给开药。第二天孩子没好，他们又去了，医生还是那样。第三天，再去医生反而急了，说他们不信任医生的职业操守。结果过了几天，确实好了。大家七嘴八舌，有个去过德国的同学说德国更是夸张，一般发烧也不给孩子吃药。这时，一个老婆是澳门籍的同学插话说，他们家孩子就是按照资本主义的方式感冒发烧也不吃药，结果才半岁就转成了肺炎。

最后，大家一致决定——中国孩子比不了那些吃生肉的老外的孩子，这药该吃还得吃！

小贴士

婴儿感冒：

国外看法：孩子的免疫系统是逐渐建立起来的，适当的感冒从某种程度上可以增强孩子的体质。最近美国食品和药品监督管理局（FDA）发出警告，感冒类非处方药对于2岁以下的宝宝是不安全的，所以药厂纷纷召回了各类治疗婴儿感冒发烧和咳嗽类的药物，以确保儿童的安全。很多临床试验也表明，这类药对于生病孩子的父母起到心理安慰作用，但是对于二岁以下孩子的恢复起不了作用。有的甚至还有副作用。从这则新闻里可以看出欧美等国家对治疗小宝宝感冒的态度和方法：就是在无特殊情况下，避免使用治疗药物。更多地提倡和推广孩子靠自身的抵抗力来对抗病菌。

我的看法：如果仅仅是流清鼻涕，体温在37.5℃左右，没有其他明显病症，个人不建议吃药，一般情况下，孩子可以用温毛巾擦拭进行物理降温，有条件的也可以快速地洗温水澡降温。然后辅以传统的食疗就可以。如果是病毒性感冒，持续发烧38℃左右，建议适当吃消炎药。特别是孩子退烧后不要马上停药，建议减半服用消炎药，再观察一天，以免孩子病情反复。要注意的是，美林确实是退烧的特效药，但必须是宝宝烧到38.5℃以上再服用。在宝宝感冒发烧期间，要给宝宝喂食清淡的食品，多给孩子喝水，促进孩子排

小贴士

毒去火。

幼儿急疹：有一种病叫幼儿急疹，确实是热退疹出，病情会跟着好转。幼儿急疹也叫婴儿玫瑰疹，是由病毒引起的一种小儿急性传染病。临床上以突起发热，热退出疹为特点。这种病主要发生在冬春季节，好发于2岁以下的婴幼儿，尤其是1岁以内患病者最多。病情有以下特点：小宝宝突然高烧，几小时内就达到39～40摄氏度，发热持续不退，用药效果不佳，但宝宝的精神状态却挺好，仅有轻微的感冒症状，经过了3～4天，体温突然下降，但并不出大汗，就在热退时或之后数小时内全身出现玫瑰色的皮疹，1～3天后全部消失。因此，如果确诊为“幼儿急疹”，一旦孩子出了疹子，医生能断定说宝宝“出疹子后病就好了”。宝宝得了幼儿急疹，一般不用用药治疗，让患儿休息，病室内要安静，空气要新鲜，被子不能盖得太厚太多；要保持皮肤的清洁卫生，经常给孩子擦去身上的汗渍，以免着凉；给孩子多喝些开水或果汁，以利出汗和排尿，促进毒物排出；吃流质或半流质食物，我们家就给一一吃小米粥或者面汤；不要外出受风。

10. 我要运动——如何训练宝宝的运动能力

夸孩子的词用的最多的就是活泼可爱、聪明伶俐。在我看来，要想可爱和聪明就得活泼和伶俐，意思就是孩子的运动能力得好。自打有了一一，老婆就从医生的交待、育儿的书籍、网友的议论中知道，不要让孩子闷吃傻睡，要培养孩子的运动平衡能力。她就开始担心一一的运动能力了。

听丈母娘说：老婆小时候就省略了爬和翻的过程。那时候家长的老观念，都怕孩子的腿长不直，用布带把孩子的腿齐齐地捆在一起，根本没有自由运动的机会。再加上那时也都是双职工，孩子学会了爬，家长看不住就会从床上摔下来。怕出危险，所以干脆不要学爬了，百年大计，安全第一。老婆对体育不感兴趣，运动动手能力差也许是因为这个吧。而我小时候，在农村都没有人管，爱怎么折腾就怎么折腾，满地乱滚都无所谓，现在运动细胞自觉很好。有了前车之鉴，老婆的担心也不为过。

孩子最早的锻炼应该是学会趴着。有的父母不能掌握技巧，往往抱怨自己的孩子总是不会趴着。其实这里面有一个技巧，就是训练的时候大人要帮忙把孩子的两个胳膊摆在胸前，这样孩子才能自己支撑，练习在趴着的时候把头抬起来。一一学会趴着抬头很快，大概不到一个月就会了。我就夸这孩子有运动天赋，将来是她霞姐（伏明霞）、晶晶姐（郭晶晶）的接班人。老婆就笑话我："不是看上这二位的运动天赋，而是看上人家有钱的老公/男朋友！"

老人们常说三翻六坐，可是都过了百天了，一一翻身翻得还不是很好，每次都要费很大的力气，往往还要大人帮忙才能翻过来。这可急坏了他老爹我，我虽然身材不好，但是对于运动几乎样样会玩。虽说样样稀松，但好歹有模有样，自然不希望自己的闺女心灵手却不巧。

老婆这时候主动出来帮忙，办法就是疯狂地采买婴儿玩具。她那时刚能出门，就拉着我开车，到处淘回一堆铃铛小鼓之类的东西。她老人家的理由就是这些可以锻炼孩子的反应能力和运动协调性。没事的时候老婆就拿个铃铛手鼓之类的东西在宝宝的脑袋左边摇摇，右边摇摇，让宝宝来回地转头。有时候一一还很配合，但是时间长了就根本不理你了。老婆一计不成，又生一计！只见她嘿嘿谄媚地笑着凑过去，哄一堆好话，无奈这是对牛弹琴。软得不成，就来硬的。老婆不甘心，扒开一一的小手把铃铛塞进手里，边说："摇呀摇呀。"一边说一边强行帮孩子翻个身，在孩儿他妈地强制下，一一虽然不想，但也无力反抗，只能哼哼着被她妈掉个个。看着小娜把孩子当个玩具似的翻来翻去，我妈不放心地说："宝宝该在哪个时候变化她自然会变的，有的慢有的快，不用非得按书上长，再把孩子给窝着。"老婆听见就撅起嘴，只好停止对一一的自创式运动调试。

撅嘴归撅嘴，该练我们还是偷偷练。其实孩子这时候想翻，每次她快功亏一篑的时候，我就稍微推她一下，这样她就翻了过来。帮一次两次成，问题是次次我都得帮，一一每次都差那么一点。这倒给了小娜报复一一的机会，有时嫌弃一一"烦人"，为了惩罚她，就把她翻过来，背朝上，一一左晃晃，右扭扭，就是翻不过来。小娜看了哈哈直笑，说像个小乌龟，真可爱。我看见了就笑骂："有你这样当妈的吗？一个小小孩，一个老小孩，我的命怎么这么苦！"

丈母娘回家一趟也没闲着，听说鲜艳的颜色能锻炼孩子的视觉，买回一大堆彩色气球。我自然是充当打气筒的角色，把吹气球这个力气活当成充分锻炼自己肺活量的机会。不一会儿，屋里各个角落都挂满了彩色的气球，老婆把气球三个五个地捆在一起吊在大卧室的吸顶灯上，小家伙张着两只小手依依呀呀地抓，在床上翻来滚去，兴奋极了。大概到了七八个月左右，一一的翻身才比较利索。但是这时候是最容易出现安全问题的，孩子容易在无意识的情况下翻下床。我们就把床的四周都用被子叠成窄条，垒成一座被子墙，防止一一滚下去。丈母娘买来许多泡沫拼板，说是铺在地上，就算孩子掉下来也不至于摔得太严重，但是包装打开后气味太大，只能放在阳台散味，但是刺鼻的味道挥之不去。这些东西直到一一十个月左右才重见天日，当然这是后话。

尽管大家把能想的都想到了，还是不可避免地出现了意外情况。在老婆歇产假刚开始上班的几个月，一一和我们回到丈母娘家暂住了一段时间。一天夜里孩子闹得狠了，老婆和丈母娘睡过去没有注意小一一，孩子翻身时竟然越过了枕头墙，从床边摔下来了，虽然没有大碍，但是头上被划了一个青印。我心疼得不得了，但也不能说什么，毕竟老婆和丈母娘太辛苦了。倒是丈母娘则一个劲地说："怪大人怪大人啊。"我只能返过头来劝老人，别放在心上，说哪有小孩不磕磕碰碰的。经过这次历险，也给我们敲响了警钟，后来的堡垒墙又被垫高了，在一一不会站之前都应该超越不过去。

哪里有压迫，哪里就有反抗。为了不再受她妈的虐待，一一通过自己不懈的努力和她老爸我的指导，不知道到了什么时候，小家伙翻身的动作就越来越熟练了。也可能是孩子穿的衣服越来越少，方便了翻身。每当一一轻松地骨碌过来，全家人就像中了彩票，高兴得手舞足蹈。老婆虐待不成，经常挂在嘴边的口头禅就是："一一的运动能力这么好也是归功于她老妈的刺激!"——无耻的样子颇有我当年的神韵!

过了几个月，老婆根据书上的讲解，认为宝宝该会爬了。她指着书上的例子说这个宝宝什么时候会爬的，那个孩子什么时候爬得很好，越比越觉得一一比别的孩子发育晚。父母的心态，总是觉得不能让自己的孩子落后，自己的宝宝应该是最棒的。于是不甘心的老婆就会不辞辛苦地不管一一乐不乐意，强行把一一来个乌龟翻身后让她练习爬行。老婆翻腾出各种会亮的、会叫的、能响的玩具，拿到孩子的前面连舞带跳，想吸引孩子自己爬过来。我说："像个跳大神的神婆，你别把孩子吓着。"老婆双眼冒火："我有那么吓人吗。"接着继续跳大神。

八九个月的时候，一一的翻身没问题了，会左翻翻右翻翻，还会把脚丫子扳过来吃，两个小手分别抓住两个小脚丫在床上翻来翻去的，自已玩得高兴的时候还会笑。有时候一一自己翻身趴下，偶尔一个小手会压在肚子下面好一会才能抽出来，觉得不舒服就会嗷嗷叫。这个时候小娜就逗她，鼓励她自己往前面爬，可惜小家伙腿脚乱蹬，胳膊胡乱划拉，就是不动地方。不过看着她有如此积极的变化，可能很快我们家一一就会往前爬了。

等一一向前的意识比较强了，我就用手顶着她的小脚，锻炼宝宝向前练习爬。一一就像一条小青虫，顶一下往前爬一点。我们在一一前面经常放一些玩具，让孩子自己伸手去够，但是宝宝还只是肚皮贴地地蹭，不是真正意义的爬行。急得我亲自上阵，在床上给孩子示范，无奈体型硕大，起不到充分的演示效果，被老婆一脚踹下床去。姜还是老的辣，妈把孩子的肚子抱离地面，这样让孩子学习怎样往前爬，可是一放手又不行了，唉，慢慢来吧。老婆说多爬的孩子聪明，为了一一的聪明脑袋，我们在床上的时间远远超过了下地的时间。可能是一一她妈没有爬行细胞吧，一直到十个多月一一才爬得很熟练。也不算白费她妈装神弄鬼的一片苦心。

东边不亮西边亮，虽然一一翻身爬行比书上说的都晚了一个月左右，但是小家伙的腿很结实，支撑和跳跃能力很强，这点我很欣慰。

我和老婆都是超级音盲，不知道一一为什么对音乐那么感兴趣。书上说音乐能刺激孩子的大脑，促进脑部发育。于是一一很小的时候，我们开录音机放磁带给她听，一一听见后小身子就会扭呀扭，小手张牙舞爪地乱晃。后来一一会翻身、特别是会爬以后，每当电视里响音乐的时候，一一就会激动得不得了，我们掐住她的胳肢窝，一一的两条腿就会在我的大腿上使劲地蹦呀蹦。

我妈是个喜欢运动的人，院里有专门为老人开办的活动室，大院的大爷大妈们经常凑在一起跳个交谊舞或扭个秧歌什么的。天气好的时候，妈就把一一抱到舞场里，大爷大妈们看到小一一光临，这个夸长得漂亮，那个拿手绢逗逗，无奈一一怕生，严肃得很。为了博得美人一笑，邻居大妈经常会使用一些“蜜糖”引诱法，每次舞场遛弯回来，一一的车里经常会有几颗栗子、一把糖果甚至一把小折扇，这些都是大爷大妈进贡给一一的战利品。慢慢地一一熟悉了舞场的环境，也认识了经常逗她的爷爷奶奶们，在音乐的伴奏下，小胳膊小腿一甩一甩的。我们喜欢抱着一一的腰，上下帮助她跳，每当这时小家伙就高兴得不得了，跳得可卖力了，当然也累得我们一脑袋汗。一一小脑袋一晃一晃的，笑得咯咯的，看见一一笑，大爷大妈也跳得更卖力了。如果哪天一一没去，这些老人们就互相问小美妞哪去了，仿佛跳舞的动力少了不少。

后来一一会走了，就经常到收录机跟前啊啊啊地叫着要听音乐，还特别喜欢刺激的音乐，一听到快节奏的乐曲，就蹲着屁股蹦呀蹦。要说她最喜欢的就是喜羊羊的主题曲《别看我只是一只羊》，一到这时，一一就会一边大叫着：喜羊羊，一边随着音乐跳自己独创的扭屁股舞，把地板夯得咚咚响。

如果将来一一跳舞得奖，或者真的成了新的跳水女皇，我希望她的获奖感言是：感谢喜羊羊，感谢小区里跳舞的大爷大妈！

小贴士

婴儿爬行的重要性

“三翻六坐九爬”，这是人们对婴幼儿成长发育规律的通俗概括，不过，现在有很多宝宝还没有经历爬的阶段，就已经开始学习站立走路了。有些家长认为，会不会爬不重要，甚至认为先学会走路说明宝宝更“硬实”，但育儿专家们却普遍认为，虽然孩子跳过爬而直接走，其动作发展和智力发育是没有问题的，但是宝宝经过爬行，会对未来的平衡感以及手眼脚协调能力、粗细动作发展等都大有好处。

爬行促进脑部发育：虽然没有数据表明经历过爬的孩子一定比没有经历过的孩子聪明，但爬能促进宝宝脑部发育已被医学界公认。爬行训练可以使身体感觉灵活，促进脑的发育。当宝宝爬行时，左右肢体交替轮流运动的冲动通过脑桥交叉，从而整个大脑都在活动，特别是可以锻炼小脑的平衡能力，并且运用手眼脚协调，促进动作技巧，将来有助于书写、阅读和运动技能；爬行必须通过感官信息和手眼脚配合，才能了解周遭环境和前进，这些刺激可发展幼儿的空间概念及距离感，幼儿也可借爬行知道身处何处，以及如何避开障碍物。

爬行促进身体全面发育：另外，宝宝在爬行时，头颈仰起，胸腹抬高，靠四肢交替轮流抬起，协调地使身体负重，从而锻炼了胸腹、腰背、四肢等全身大肌肉活动的力量。因此，爬行是一种综合性的强身健体活动，并且为宝宝的站立和行走打下基础。

宝宝学爬要点提示：首先要给宝宝开辟一个适合“摸、爬、滚、打”的场地，这个地点不能只是狭小的床，而应该是一大片铺有地毯或软垫、除去所有危险物品的空间。在帮助宝宝练习爬行时，先让宝宝趴下，成俯卧位，把头仰起，用手把身体撑起来，家长把宝宝的腿轻轻变弯放在他肚子下面；在宝宝的面前，放一些会动的、有趣的、色彩鲜艳的玩具，引逗他爬行。有些宝宝一开始会出现倒爬现象，家长可以用手在宝宝脚掌上轻轻推一把，帮助宝宝理解如何向前运动。有的宝宝爬行时腹部无法离地，家长可用毛巾提起宝

小贴士

宝腹部，让他练习手膝爬行，待宝宝四肢肌肉结实，能支撑身体重量时就能渐渐学会爬了。至于宝宝爬行的姿势，在爬行初期都不是很协调，如踮着脚爬、匍匐爬、横着爬、拖着一条腿侧身爬等，这些都是正常的，经过一段时间的训练，动作就会变得比较标准。

孩子不爬怨家长：实际上，现在的城市中，有相当一部分孩子在发育过程当中没有经历过“爬行”，就直接开始学走路了。城市家庭一般房间狭小，很多宝宝都只能在床上活动，再加上很多父母对孩子呵护有加，担心在地上爬“太凉”或“太脏”或是磕碰着，没有刻意让宝宝学过爬。还有的家长由于无暇照顾孩子，老是让孩子坐进学步车中，让他们自己学习走路，宝宝根本没有学习爬行的机会。但是健康的宝宝只要经过训练都能独立爬行，有的孩子不会爬，是家长有意无意间剥夺了宝宝学爬的机会。

第五章　有苗不愁长

1.“抓周”谜案——“抓周”的起源和发展

小时候有篇作文可能大家都写过，叫“我的理想”，我们一个个把自己都描绘得简直就是国家的“擎天白玉柱，驾海紫金梁”；等到了上班找工作，面试官或部门领导常问的一句话就是：“你觉得你适合干什么，你理想的位置是什么?”人这一辈子，理想这玩意儿就时刻萦绕着你。中国人可能是最早就接触理想的人，因为我们有一个习俗，叫作“抓周”。

“抓周”的由来很多，民间比较流行的是“三国外传”：说是三国时孙权称帝没多长时间，太子孙登就得病而亡，孙权只能在其他儿子中选太子。有个叫景养的好事者建议孙权，选太子不仅要看看皇子是否贤德，而且要看皇孙是否有这个天赋，并称他有识别皇孙贤愚的办法。孙权便让各皇子将各自的儿子抱进宫来，只见景养端出一个满置珠贝、象牙、犀角等物的盘子，让小皇孙们任意抓取。众小儿或抓翡翠，或取犀角。惟有孙和之子孙皓，一手抓过简册，一手抓过绶带。孙权大喜，遂册立孙皓为太子。然而，其他皇子不服，各自交结大臣，明争暗斗，迫使孙权这个没主意的废黜了孙和，另立孙亮为嗣。孙权死后，孙亮仅在位七年，便被政变推翻，改由孙休为帝。孙休死后，大臣们均希望推戴一位年纪稍长的皇子为帝，恰好选中年过二十的孙皓。这时一些老臣回想起先前景养采用的选嗣方式，不由啧啧称奇。其后，许多人也用类似的方法来考校儿孙的未来，由此形成了流传江南的“试儿”习俗，也就是“抓周”。

如果这件事情属实的话，在我看来，“抓周”只是一个托辞。皇子们选不出来，就选皇孙，以保皇家三世江山，这才是孙权的真正目的。著名作家二月河在他的康熙大帝这部书里面，指出康熙就是因为看上了乾隆的潜质，才选上了他的爸爸雍正当皇帝。话说回来，我小时候就抓过周，抓了一支笔，结果长大了就是从文案策划做起，业余爱好美术——仅属巧合，绝非宣讲迷信。当年在长春念大学，有一位半仙在商场门口拉住我，问我是否胸口有一块大胎记，我闻之大惊，连忙撩衣示之。半仙观后言道：“此乃你子女之官印，观之大小，令子女至少官拜侍郎，也就是现在的副部长级别。”喜得我连忙奉上二十元午餐，自己空腹回校。

眨眼就到了2009年，按照我们老家的风俗，孩子一岁的生日家里人必须重视。虽然不必大宴亲朋，但是直系亲属必须到场。这年的春节是1月26日，如果按照一一的阳历生日（2月5日），大家就都得上班了。所以我们把她的生日定在了阴历，1月24日，也就是腊月二十九那天。

“抓周”的东西其实是有规矩的，传统是：印章、经书，笔、墨、纸、砚、算盘、钱币、帐册、首饰、花朵、胭脂、吃食、玩具，如是女孩“抓周”还要加摆：铲子、勺子（炊具）、剪子、尺子（缝纫用具）、绣线、花样子（刺绣用具）等等。如果小孩先抓了印章，则谓长大以后，必乘天恩祖德，官运亨通；如果先抓了文具，则谓长大以后好学，必有一笔锦绣文章，终能三元及第；如是小孩先抓算盘，则谓将来长大善于理财，必成陶朱李嘉诚事业。如是女孩先抓剪、尺之类的缝纫用具或铲子、勺子之类的炊事用具，则谓长大善于料理家务。反之，小孩先抓了吃食、玩具，也不能当场就斥之为“好吃”、“贪玩”，也要被说成“孩子长大之后，必有口道福儿，善于‘及时行乐’”。总之，长辈们对小孩的前途寄予厚望，在一周岁之际，对小孩祝愿一番。

现代“抓周”就没那么死板了，毕竟时代变了，职业也变了。我参考了一些朋友的意见和网上的看法，跑了几个亲戚家，给一一淘换了不少玩意儿。最后选定了以下物品：

1. 英汉大词典：希望一一学贯中西。

2. 钢笔：子承父业，最好是文豪。

3. 警车：将来国家的行政机器。

4. 金猪存钱罐：代表一一是金融家。

5. 人民币（钱）：代表富有之意，有钱人。

6. 印章：行政高官。

7. 小电子玩具琴：音乐家等艺术家。

8. 小衣服：代表服装设计师或者模特。

9. 乒乓球：代表体育相关职业，最好像伏明霞、郭晶晶一样。

10. 玩具枪：孙承祖业，像她爷爷一样，当军人。

11. 手机：科技精英。

12. 救护车：代表医生。

13. 蝙蝠侠玩偶：孤胆英雄。我爸不喜欢也不认识这个，说这个像是黑社会打手。

14. 玉米玩具：农民。

15. 木鱼：最好别抓，阿弥陀佛。

“抓周”的过程在我们老家也是有讲究的，早上起来必须给孩子换上新衣服。摆上供品，祭拜祖先，告诉祖先孩子一岁的消息，祈求祖先保佑孩子健康成长。在孩子中午吃“长寿面”之前，让孩子端坐在床上，前面摆满“抓周”物品。抓的时候，大人不能有任何暗示，最后看孩子把哪个抓到怀里紧握。然后是佩戴长命锁，在各位长辈的祝福声中完成整个仪式。

当天早上六点，我妈就起来了，把祭祀用的水果点心还有一种像面包圈一样的烧饼摆在阳台上，双手合十，口中念念有词。我也没问我妈具体说了些什么，毕竟这些日子太不容易了，自己也心中默念——保佑一一健康快乐，保佑我们全家平平安安。然后我妈用红绳子把那些烧饼串了起来，串了一个十一个的，串了一个一个的。我问我妈，这是干什么？我妈说一个烧饼表示一岁，多的那个等我外甥来了给他，一个那个是一一的，挂在孩子脖子上，吃饭的时候摘下来可以吃。我爸小声嘟囔：“母子一对老封建！”我和妈都用白眼看我爸，我爸也只能把后面的话咽回去。

到了八点，一一醒了。好像知道今天是什么日子，特别兴奋。以往穿衣服洗脸都得半天，今天一小会儿就好了，一点也不闹。我扶着她站在镜子前，她看着镜子里面穿着新衣服的自己，乐得眉开眼笑。小娜说：“一看长大了就爱臭美！”到了九点多，我姐她们一家三口还有我丈母娘一家陆续都来了。外甥脱了外衣就跑到小一一那里，撅着肥屁股逗一一。你说这事也奇怪，我姐和我外甥去哄孩子，一一就不哭，我姐夫一去，一一就哭。弄得我姐夫只好自嘲道：“没有血缘关系还是不行。”

十点整，“抓周”仪式正式开始。我自己一个人先进屋，把物品在床上摆成一个半圆，开始想把好的都放在正面，后来一想那样岂不是作弊，就随机摆了。等我摆好后，我叫小娜把一一抱进来，大家也跟着鱼贯而入，我老丈人和我姐夫负责照相，抢拍镜头。小娜把一一放到床上物品圈的中心，我先用红布挡着一一的眼睛。等一一坐好，我喊一二三，把红布一下子拿开。

一一猛地一下有些发懵，扭头看了我和小娜一下，眼睛就被那些“玩具”吸引了。说实在的，虽然知道也就是个娱乐，图个吉利，但是大家心里还是有些紧张。一一迟疑了几秒，把手缓慢地伸向了那个金猪。这时候意外出现了，我爸抑制不住内心的激动，喊了出来：“对，抓!”结果事与愿违，一一受了惊吓，反而把手缩回去了。大家对我爸是“怒目而视”。

一一又看了看，手碰碰这个，碰碰那个，就是不抓——难道这个小家伙长大了要啃老，啥也不干?！正当大家面面相觑不知所措的时候，一一忽然身体向前一探，右手抓着警车，左手拿着“黑社会”(蝙蝠侠)，同时两个胳膊把金猪存钱罐搂在怀里，三样东西牢牢抱住。大家是目瞪口呆，谁也没想到是这个结果。

我只能解释：将来一一是黑白两道通吃的大银行家。

小娜说：“臭美，我看你们家一一就是一个野心家。”

我忽然想起一个笑话：一个银行家父亲把一个美女照片、一本圣经和一摞钱放在桌子上，看自己年轻的儿子回来拿什么？如果拿照片，就是酒色之徒，如果是圣经就是传教士，拿钱就是和自己一样是个银行家。结果儿子回来，看四下无人，把照片放进衬衣口袋，把钱揣进大衣口袋，然后双手捧着圣经出去了。银行家大喜道，我儿子是个天生的政治家。

长春半仙的话在我耳边骤然响起，我大叫：“我知道了，我闺女是个副部长!”

那天吃饭我都没吃出什么味道，我一直在想着她“抓周”的奇举。一一对蛋糕上的蜡烛很感兴趣，蛋糕上的奶油玩了一嘴。我外甥对蛋糕不感兴趣，脖子上的烧饼吃了不少。至于准不准，大家和我一起等待吧!

小贴士

现代“抓周”风俗：又叫“试儿”，这种习俗，在民间流传已久。它是小孩周岁时举行的一种预测前途和性情的仪式，是第一个生日纪念日的庆祝方式。它与产儿报喜、三朝洗儿、满月礼、百日礼等一样，同属于传统的诞生礼仪，其核心是对生命延续、顺利和兴旺的祝愿，反映了父母对子女的舐犊深情，具有家庭游戏性质，是一种具有人伦意味、以育儿为追求的信仰风俗，也在客观上检验了父母是如何带领的，如何进行启蒙教育的。现在，随着生活水平的提高，“抓周”这种习俗，越来越多地被许多家庭所重视，许多地方也在有组织地集体举行“抓周”活动，以此来庆祝宝宝的生日。很多专家预测“抓周”会和十二生肖那样形成中国的又一大文化产业，给中国的宝宝带来更多的快乐和美好记忆。

2. 痛苦的照相——如何给宝宝照艺术照

要问男人举办婚礼前，在不考虑经济条件的前提下，最怕什么？什么最累？估计十个有八个会说："照婚纱照！"我在这个问题上比一般人有发言权，因为我算是照了两次。您可别瞎猜疑，我不是二婚，也不是婚前历史问题没交代清楚，而是我和小娜结婚前照的那一版，小娜认为我太胖了，效果也比较土。在我减肥成功的时候又被她拉着照了一次，算是弥补了她的遗憾。第一次七套衣服从早上八点（还算是去晚的）照到下午五点收工，到家我累得都不想吃饭。第二次正好赶上我晚上加班刚从单位赶回来，五套衣服，从上午九点照到下午六点，那天太阳晃得我这双困眼根本就睁不开。收工上了出租车我就睡着了，到家我竟然睡了16个小时。

过后我就发誓，这辈子退出演艺界（压根儿也没进去过），再也不进棚（照相）了！

——12个月后，听说万达在石景山新开了一家超市，里面奶粉可能打折，我和小娜趁着一一睡午觉就杀了过去。买完奶粉，发现里面还有一个万千百货的商场，一看时间还早，就顺便逛了起来。在二楼发现一个比较知名的连锁儿童摄影，小娜说进去咨询一下，我说一一还不会走，天气这么冷，折腾孩子干嘛。要说还是人家店门口迎宾的小姑娘机灵，听见我们的对话，立刻说："没关系，现在是新店开业，特价优惠，现在不照没关系，可以先预订，一样享受我们现在的折扣，不然过几天这个活动就没有了。"

有便宜不占这不是我们两个的风格呀！进去看看他们那些样片，还有他们的服务流程以及设施，感觉还不错。里面有两个孩子在照相，我也在门口旁听了一下，感觉还挺专业，孩子也没哭。坐下来谈价格，选了一套四十张的：包括一套数码大画册、十张全家福、一个大油画、一个小画架、一个数码小画册、两个宝宝卡什么的，一共一千五百多。交钱的时候，开始我们想就交500元押金就行了，但是她们店长说如果交全款，可以再送我们一个小挂历。我心里想，反正得照，全款就全款吧。但是做出犹豫的样子，又和店长讨价还价了半天，说小挂历远了根本看不清日子，最后店长答应送我们一个中号的挂历。

到了四月份，春暖花开，一一几乎天天都外出两次，也算是见了不少生人。我觉得她应该可以去照相了，便和小娜商量周六去照相，结果小娜早就想去了。打电话预约，上午人家安排满了，只能下午四点到六点有时间。我想也没啥大问题，一一午觉一般三点半就醒了，开车二十分钟就到了，便一口答应了。

到了照相那天，一一和小娜的午觉都睡到三点五十了，还没有醒的迹象。我着急了，先把小娜叫起来，让她赶紧洗脸收拾东西。我在一一旁边小声地叫一一，用手挠一一的脚心，一一扭了几下，不是太情愿地醒了。本来想哭几下，我赶紧抱着她举了几下，让她老人家高兴一下下。五分钟给她洗完脸，穿上纸尿裤，换好衣服出门。丈母娘不放心，也一起跟着来了。

到了店里，店长让我们去给宝宝挑衣服，告诉我们先照三、四套室内的，然后下一次照三套室外的。摄像助理，一个挺可爱的小姑娘，这时候带着一一，拿一些玩具和一一提前沟通感情。我和小娜都不是很喜欢那种特别欧化的蕾丝边的公主裙，因为我们觉得一一就是一个传统的中国美女小娃娃。选了两套可爱的，一套背带裤的。选好后，交给工作人员消毒。等待摄影棚里面清理准备工作完毕。整个过程大约一刻钟，我们终于脱鞋进了摄影棚。

一一进了这个貌似童话世界的小屋子，表现得可一点也不童话。一进去就显得怯生生的，不敢撒开大人的手。大人一放开，她的头就朝向大人，看几秒，发现我们还不过去，是她一个人在孤军奋战，一咧嘴就哭了。我们赶紧过去哄，摄像助理和我们几个大人在她的周围围了一圈，逗了半天，一一才算稳定一些，基本上可以独自在中间活动了。这时候，助理赶紧叫摄像师进来，打算正式开始拍摄——刚才仅仅是熟悉环境，消除孩子对陌生环境的恐惧感。

摄像师是个年轻帅气的小伙子，近来先检查了一下设备，没问题后，端起相机，告诉我们先让一一站着拍几张，大人稍微离开一点，别挡了镜头。结果一一一见大人散开，又没了主意，开始左顾右盼，还弱不禁风地想往地上坐。助理赶紧跑到镜头后，给一一唱歌做鬼脸，吸引一一的注意力。一一表情呆滞地看了两秒，鼻子一紧，准备开哭。助理赶紧让小娜也跑到镜头后面帮着她哄。也就坚持了十秒钟，一一就开始哭了。摄像师算是抢下了几张。

助理拿来了大小两个小熊毛茸玩具，本来打算给一一抱一个小的，自己拿一个大的哄她。谁知道，一一两个都要，要完了大人们不陪她玩也不行。丈母娘自告奋勇用手把着她，感觉一一老实了，让摄影师赶紧照。我说："妈，你离那么近，还抱着一一，人家没法照。"丈母娘只能悻悻地放手。这时候，一一是离开亲人就哭，亲人来了看见摄像师手里的大炮筒子也哭，让坐下站着，让站着就扭着，让趴下就歪着，永远不配合镜头。一一不满的情绪发展到了极致，就是一个字：哭，鼻涕眼泪横飞，感觉都要背过气去，特别是她一个人面对摄像师的时候哭得最厉

害。摄像师只能左躲右闪地抓拍了十来张。

我首先提出，暂时让一一休息一下，我们给一一吃了些海苔。孩子情绪平稳了一些，摄像师赶紧拍了几张孩子吃海苔的照片，一看一一又要哭，就赶紧出去避避风头。这时候，助理让我们给一一换一套衣服，说孩子看来太认生了，先换上，能拍就拍，不能拍就再等些日子过来。我们给一一换好衣服，助理拿来了吹泡泡的玩具，给一一吹泡泡。一一看见这些肥皂泡觉得新鲜，咯咯地乐了起来。助理一看有门，赶紧再把摄像师叫进来，一一还是不给面子，看见摄像师就哭。助理赶紧再吹泡泡，一一注意力在泡泡上，摄像师就赶紧拍。后来助理不吹泡泡，一一就哭。助理坚持了十来分钟，等到泡泡吹没了，腮帮子都吹疼了，一一便开始肆无忌惮地嚎了起来。没办法，只能作罢。

和店长商量，店长分析说孩子一是不适应这种狭小的空间，二是可能害怕男性摄影师。建议我们下一次先拍外景，让孩子在自然的环境里面放松警惕，可能效果会好一些，他们店里争取再派一个女性摄影师跟着，万一真是害怕男摄影师，就换女的来。我们看一一哭得可怜，也只能如此，何况人家安排得也算周全。于是约定下个礼拜六上午去拍外景。

好事多磨，可能是一一照相折腾得太厉害，周二开始有些轻微感冒，我们赶紧取消了预定。这下一直过了一个月，我们才再次预约，约了一个周日的下午去老古城公园照外景。在这一个月里面，我爸经常抱着一一到我们小区门口的一家照相工作室去“串门”，里面的人开始以为我爸是未来的客户，非常热情，后来发现不是那么回事——老爷子就是带着孙女来熟悉这些设备的，态度就一般了，好在一一大功基本告成，不再害怕那些长枪大炮了。

照外景那天天气还真不错，对方来了四个人，还真是重视，两个助理，一男一女两个摄影师。一一表现得比上次好多了，也可能这些绿草红花分散了她的注意力。虽然有时候还想哭，但是基本都没真哭出来，顶多眼泪打了几个转。因为一一头发刚剃完不久，像个小男孩，就给她换了好几顶帽子，确实很可爱。围观的游客看见她都凑过来，纷纷夸一一漂亮。有个小男孩还主动跑过来陪一一玩，他妈怎么叫都不愿意走，周围的人就起哄说小帅哥看上小美女了，弄得男孩他妈哭笑不得。这次一共照了四套衣服，后来时间长了一一就扛不住了，我一看都快下午六点了，赶紧叫停，和摄像团队告别，带一一吃饭去了。

又过了两个礼拜，我们把室内的补齐，这次我爸自告奋勇，跟着来了。结果一一还真给她爷爷面子，三套衣服下来，一点都没哭。照的时候我无意间打了一个喷嚏，一一听了哈哈直乐。这下可不得了，大家集体学喷嚏，此起彼伏，相当壮观。可是我们光顾着别让一一哭了，忘了让爷孙俩儿照几张合影，甚是遗憾。我爸后来知道可以照合影，气得和我们怄了好几天气，我赶紧自己借了个好相机给我爸和他这宝贝孙女合照了几张，算是对付过去。最有意思的是，那个男摄影师为了预防一一看见他害怕，用一个大毛巾把自己盖了起来，就露出一个镜头，结果差点把自己捂中暑了——那时候都快六月了。

十天以后，我去挑照片，本来一一就漂亮，他们也觉得照得不错，以为我会多挑几张。没想到我是个“二进宫”的人，经验太丰富了，筛了两遍，就挑完了，还差点不够我挑。工作人员一看是个老手也没有多劝。唯一有点不愉快的是，店里新来了一个小孩，还挺死板，本来我和小娜跟孩子合照的就很少，一共才10张，还有几张效果不好，我就提出在全家福那个合影里面放几张孩子单人的照片，这个小姑娘竟然不同意，说是规定必须是合影，我就有些恼火。这时那个女摄影师过来，问了一下情况，说得考虑客人的特殊情况，让那个小姑娘尊重客人的意见。小姑娘还有些不服气，打电话问店长，结果被店长给说了一顿，讨了个没趣。

又过了40天，我把成品取了回来。丈母娘看了直夸好，我爸看了说一般，认为没有一一本人漂亮。我说：“您的孙女在您眼里就是天仙，这人间的机器照不出来。”十月份我父母回山西老家，带了30多张一一的照片给我姥姥他们看，结果一下子轰动全村，一抢而空，差点连我姥姥那张都没留下。

小娜在开心网上看转帖，有个人贴了个个性婚纱照，结果看得小娜心里又痒痒了。对我说：“老公，咱们哪天趁着年轻再照一回个性化的婚纱照吧？”我非常温柔地回了一句：“古妲尼！”小娜问我什么意思，我说维吾尔语，让她自己上网查去，结果她还真去查自然什么也没查出来。快睡觉的时候小娜终于明白了。冲着我大叫：“什么维吾尔语，原来是‘滚蛋你’的谐音。”

当晚我遍体鳞伤！

老贴士

给宝宝照相注意事项：

1. 挑选环境干净，消毒设备齐全的正规地点。

2. 照相前先带宝宝适应类似的环境，条件允许最好先照外景。

3. 要给孩子带上吃的喝的，还有他喜欢的玩具。

4. 时间不要太长，换衣服要迅速，别让孩子感冒。

5. 幼儿最好穿上纸尿裤。再带一条备用。

6. 空间有限，大人要穿干净袜子，以防“污染环境”。

7. 带一包湿纸巾，给宝宝简单消毒，另外以防宝宝大便。

8. 选照片的时候一定要火眼金睛，不要受营业员的教唆，否则你的费用将会飞涨。

3. 一一到底像谁——宝宝遗传谁的长相

民间有个传说，说生男孩像妈妈，生女儿像爸爸。小娜怀孕的时候，我就担心是个女儿。上文也说过，不是不喜欢女儿（喜欢得要命），而是怕生下来像我这么难看。我已经因为集中了我父母长相上的所有劣势，经历了太多生活的“磨难”，我的女儿就不要再重蹈覆辙了。好在一一算是争气，皮肤比我白，眼睛比我大，还是一个双眼皮，有这两点我就很满足了，起码不难看了。

刚生下来的时候，一一的双眼皮有时候有，有时候没有，再加上是个小圆脸。很多人在她单眼皮的时候看见她就说她像爸爸，双眼皮的时候看见她就说她像妈妈。等她长大一点，大家的口风有所转变，都说结合了我们两个人的优点。小娜琢磨半天也没看出我有什么优点，我只能说嘴巴有些像，耳朵像。小娜一撇嘴说：“都是无关紧要的零件。”等到一一会走了，经常外出的时候，没看见我的时候都说这孩子像妈妈，等看见我的时候，就说也有点像爸爸，然后再捎上一句——就是比爸爸好看多了。

我们同学的话最经典：“我们想象不出一个像老王的小美女长什么样！”等他们见到真人，抱着一一说：“你能冲破你爸的重重阻力，长成这样真是奇迹！”然后又拍拍我的肩膀安慰道：“别说，神态挺像你的！”

发展到现在，分成两派，我们家的亲戚大部分说孩子像我，小娜她们家的亲戚说孩子像小娜。我说：“像我们两个谁都行，不像别人就行！”一一到底像谁，我查阅了一些科学资料，结合我们家的实际情况，在遗传这个问题上和大家分享分享。

1. 眼睛：

科学观点：孩子的眼形、大小遗传自父母，大眼睛相对小眼睛是显性遗传。父母有一人是大眼睛，生大眼睛孩子的可能性就会大一些。双眼皮是显性遗传，单眼皮与双眼皮的人生宝宝极有可能是双眼皮。但父母都是单眼皮，一般孩子也是单眼皮。眼球颜色：黑色等深色相对于浅色而言是显性遗传。也就是说，黑眼球和蓝眼球的人，所生的孩子不会是蓝眼球。睫毛也是显性遗传的，父母只要一人有长睫毛，孩子遗传长睫毛的可能性就非常大。

一一实际：小娜眼睛大，但相对长得长一些，不是杏核眼。我是小眼睛，两只还不太一样，有一只现在已经呈现三角的趋势。一一是个大圆眼睛，大杏核眼，倒是有点像她奶奶。小娜双眼皮，我单眼皮，一一双眼皮。小娜的眼珠子一般黑，我是发黄，一一介乎于我们两个之间，不是很黑，但是很大。我的睫毛短，小娜正常，一一与她妈基本一样。小娜常说："一一要是眼珠儿再黑一点，睫毛再长一点就更漂亮了。"丈母娘就会生气地回应："这么漂亮了还不知足。"

整体相似度：随妈妈85%，随奶奶15%，随我0%！科学准确度：95%。

2. 鼻子：

科学观点：一般来讲，鼻子大、高而鼻孔宽呈显性遗传。父母中一人是挺直的鼻梁，遗传给孩子的可能性就很大。鼻子的遗传基因会一直持续到成年，小时候矮鼻子，成年还可能变成高鼻子。我外甥小时候是塌鼻子，大了就长起来了。

一一实际：小娜的鼻子很正点，又直又高，算是标准的悬胆鼻。我的鼻子也不矮，但整体方方正正，算不上标准。一一的鼻子因为她年纪太小，还不大看得出来，但看鼻梁应该是高的，鼻头有些小娜的雏形。我害怕她长得像我妈的塌鼻子，没事就用手轻轻地揪她鼻子玩。

整体相似度：随妈妈>85%，随我<15%！科学准确度：90%。还有待观察！

3. 嘴巴和牙齿：

科学观点：未找到关于嘴巴的科学观点。但网上议论像妈妈的多一点。

——实际：小娜嘴巴相对她的锥子脸，比较大，上嘴唇微翘，显得很俏皮；上牙床较高，牙齿很齐。我的嘴很小，樱桃小口，说话基本看不见牙床，牙齿严重不齐，目前凑合能看是因为做了矫正。——嘴型像我，很小，但是上嘴唇也有些俏皮地上翘。——上牙床有一点点高，但不明显，很可爱。牙齿不好说，目前很好。

整体相似度：随妈妈<50%，随我>50%！科学准确度：无从考证。

4. 耳朵：

科学观点：大耳朵相对于小耳朵是显性遗传。父母双方只要一个人是大耳朵，那么孩子就极有可能也是一对大耳朵。

——实际：小娜耳朵不大，两个耳朵向两侧支楞着，没有耳垂，算是一对小招风耳。我的耳朵适中，耳垂不小，两个耳朵几乎向后紧贴着脑袋的两侧——所以自认自己耳朵长得好。——耳朵小时候完全像我，也是有耳垂，贴着脑袋长。但是后来长大了就稍微向两侧象征性地开了一点。据说招风耳的女孩长头发好看。

整体相似度：随妈妈5%，随我95%！科学准确度：95%。

5. 肤色：

科学观点：遵循“相乘后再平均”的自然法则，让人别无选择。若父母皮肤较黑，绝不会有白嫩肌肤的子女；若一方白一方黑，大部分会给子女一个“中性”肤色，也有更偏向一方的情况。

——实际：老丈人白，丈母娘肤色发黄，小娜皮肤比她爸还白；我爸年轻时候也是相当白，我妈一般，我的皮肤比较黑；我和小娜都属于偏过了劲了。——脸和脖子白，手脚也可以，然后往中间集中渐渐变黑，直到屁股最黑，别人都夸这小家伙会长——露外面的全白，整体比我白多了，没有超过她妈，白的程度中上。

整体相似度：随妈妈80%，随我20%！科学准确度：100%。

6. 身高：

科学观点：在营养保证的前提下，孩子的身高有70%的主动权掌握在父母的手里，父母的遗传是决定孩子身高的主要因素，因为决定身高的因素35%来自父亲，35%来自母亲。假若父母双方个头不高，那就要靠宝宝后天那30%的努力了。

一一实际：都说母亲高了长大个，丈母娘身高接近170cm，小娜只有160cm。我妈也有164cm，我也不高，173cm，和我爸差不多。所以我们担心一一的个子小，目前她的个子处在一些幼儿身高指标的正中，就看她将来后天的努力和造化了。

整体相似度：父母准确度暂时无法判断，科学准确度暂时准确，个人希望她像姥姥的个子。

7. 性格：

科学观点：性格是父亲的遗传大。性格的形成固然有先天的成分，但主要是后天影响。比较而言，爸爸的影响力会大过妈妈。其中，父爱的作用对女儿的影响更大。一位心理学家认为："父亲在女儿的自尊感，身份感以及温柔个性的形成过程中，扮演着重要的角色。"另有一位专家提出，父亲能传授给女儿生活的许多重要教训和经验，使女儿的性格更加丰富多彩。

一一实际：我的性格比较温顺，轻易不发脾气，小时候我妈说我很文静。小娜从小也是乖乖女，现在虽然有些小脾气，但是整体知书达理，而且是个慢性子。一一却是个急脾气，按照五行八卦的说法，她属于"霹雳火"，什么事情达不到目的，就着急上火，不达目的决不罢休，倒是有些像我妈。

整体相似度：随妈妈20%，随我30%，随她奶奶60%，科学准确度：0%。但是科学的这句话我喜欢："父亲在女儿的自尊感，身份感以及温柔个性的形成过程中，扮演着重要的角色。"

8. 智力：

科学观点：妈妈智力有一定的遗传性，同时受到环境、营养、教育等后天因素的影响。据科学家评估，遗传对智力的影响约占50%～60%，就遗传而言，妈妈聪明，生下的孩子大多聪明，如果是个男孩子，就会更聪明。这其中的原因在于，人类与智力有关的基因主要集中在X染色体上。女性有2个X染色体，男性只有1个，所以妈妈的智力在遗传中就占有了更重要的位置。男生是XY，所以男生的智商全部都是来自母亲的遗传，女生是XX，所以女生的智商是父亲跟母亲各有一半影响。因为女生的智商是父亲母亲都有影响，所以会有中和的效应。所以女生智商的分布会呈现自然分布，就是倒钟状，中间最多，两边较少。然后男生因为是完全只受一方影响，所以男生智商分布会呈现在偏向两个极端。也就是说，男生天才比较多，但是同时，蠢材之中也是男生特别多。从中我们总结出：你要判断一个男生聪不聪明，看他妈妈就知道了。

——实际：我算不上特别聪明，有些小智慧，要不然也不可能从事广告策划这个职业，有些朋友说我聪明绝顶——这是在骂我，因为我有

些谢顶。小娜虽然是个慢性子，很勤奋执着，但做事不会拐弯，所以丈母娘老说她是个傻丫头。一一现在看来鬼主意挺多，什么事情都爱自己琢磨。比如教她什么事情，当场她不学，你没注意的时候她就忽然会了。有个邻居说："你们家一一太精了，看眼睛就知道一脑袋鬼主意！"

整体相似度：暂时看来随妈妈5%，随我95%。科学准确度：10%。只是我希望一一将来找一个疼她的笨老公。为什么？找一个聪明的，那说明这个男孩子他妈太聪明了，我闺女嫁过去受气！

至于以后的身材什么的科学上说：父母都是大胖子，会使子女们有53%的机会成为大胖子，如果父母有一方肥胖，孩子肥胖的概率便下降到40%。这说明，胖与不胖，大约有一半可以由人为因素决定，因此，父母完全可以通过合理饮食、充分运动使自己体态匀称。一一还是随她妈吧——这点我决不拦着。

通过以上八大点的分析，大家可以看出，虽然科学上说很有道理，但大部分是比例问题，遵从大多数原则。现实中孩子和父母一方长得非常像的也不少，隔辈像的也不少，我外甥和他爷爷就像一个模子里面刻出来的。

至于男孩像妈，女孩像爸这个传说嘛，不要迷恋传说，那只是一个传说！

4. 让人又爱又恨的学步车——宝宝如何学习走路

上一章说过，一一从小就喜欢在大人的怀里蹦来蹦去，两个小腿特别有力。有一次丈母娘在睡午觉的时候被一一一脚踹在肋骨上，疼得丈母娘呲牙咧嘴了两个礼拜才好。可见一一的脚力之强。我妈就说这孩子将来走路一定会早，结果却让我大失所望。原因就是我们使用了一个"高科技"武器——学步车！

会爬以后我们就期盼着一一什么时候能走，当看见小区里其他孩子在院子里蹒跚走路的时候，总是凑上去问：您家孩子什么时候会走的？得到的答案不一而足，但是最早会走的孩子九个多月能走路了。这下大大刺激了我们，决定在一一10个多月的时候开始训练她走路。这时候丈母娘的超大型泡沫拼板终于发挥了作用，我们拿出这个尘封已久的板子，让一一扶着床沿练习走路，一一开始胆子小，不敢放手，只能蹭几步。有时候会腿一软，一屁股坐在地上。慢慢一一自己可以扶着床沿走上两步，每次她两只脚都能挪动的时候，我就会鼓掌叫好："加油，一一；一一，你真棒；一一，你真是爸爸的棒闺女！"害得小娜说我是日本励志连续剧的蹩脚演员。每次我夸一一的时候，一一总是把小屁股上下撅几下，兴奋得不行。

到了一一11个月大的时候，她已经可以不借助外力一个人在地上站一小会儿，虽然还不敢迈步，但是我们觉得离成功已经很近了。但此时我爸就不能老在丰台这边了，他要回清河去打扫卫生，准备过年。再加上那时候一一的生活已经相当规律了，我们就决定别让老爷子来回跑了，这样白天看一一的压力就落在了丈母娘一个人身上。一一已经尝到了运动的甜头，不愿意在她的婴儿车上待着了，中午不陪她走几步她还不干，害得丈母娘连饭都做不了吃不上的。我想到了我外甥的学步车！开车到了姐家，取出了这个我外甥小时候的看家法宝。

这个法宝虽然已经有十年的岁数了，样式比较老旧，就是两个方形的框子，上边的框子垂下一个类似尿不湿的带子，孩子就坐在这个带子上。下面的框子安了四个小轮子，可以滑向任意的方向。样子土，但是感觉很皮实。特别是这个框子的大小很合适，一一如果想抓什么，因为它挡着，基本抓不到。有时候一一刹不住车，也是这个框子先撞到家具，安全系数挺高。

这个法宝一拿回家，不用教，一一就会了：刚把她放到学步车里的时候，她对这个东西还有些陌生和胆怯，但是没多久，胆子就大多了。一开始还老老实实地走两步，后来对车的性能完全掌握后，就变成驾车御风滑行。先是猛地快走加速，然后双脚拖地，任尔滑行。每天只要一听见屋里轰隆隆的声音，就知道是一一从客厅这头以电闪雷鸣之势“哗”地一声滑到了那头，真可谓“叫嚣乎东西，隳突乎南北；哗然而骇者，虽鸡狗不得宁焉！”

有了这个法宝，我们算是解放出来，有事的时候就可以把她放进去。而且这个车比较安全，虽然有时候家里的东西被碰得东倒西歪，但是一一毫发无损，而且比起扶着床边茶几要保险得多。本来我们挺高兴的，可是时间长了我们就发现不对劲了。当我们把一一从学步车里面抱出来，让她正经练习走路时，一一非但没有进步，反而停滞不前了。每次我们手挪开，一一就非常恐惧，连站都站不住了，有时候扶着床边都不敢走了。这下我们慌神了，除了丈母娘一个人在家做饭的时候，其余时间基本不让她再用学步车了。看见同龄的小朋友很多会走了，我不禁对这法宝有些恨意：这哪里是学步车呀，整个一个滑步车！

为了迎头赶上，那几天没事我们就会带着一一到院子里学走路，心里着急：这家伙什么时候才会走路啊？好在这种担心没有持续太久，一一是在整一岁（阳历）的时候会走的，好像头一天还走不稳呢，第二天就突然会走了，真是给了我们一个大惊喜。会走的那个瞬间我不在，听家里老人说，一一突然看见她没见过的一个玩具，一兴奋就直接走两步过去抢了——看来还是物质刺激管用。

自从会走路，一一的活动空间就大了，小家伙也开始不老实了，尤其是吃饭的时候，根本不老老实实在座位上坐着，一会儿扭过来，一会儿扭过去，能把屁股底下的坐垫和沙发巾扭成麻花。问了一些邻居，她建议我们买家庭用的宝宝椅，这样孩子吃饭的时候就不会来回乱动了，我们也买了一个，确实方便了不少，而且在她吃饭的时候尽量不要有外界的事物刺激她。有的父母可能为了孩子能多吃一些，让孩子边看电视边吃饭，这样一次两次还行，时间长了就养成孩子吃饭不专注的毛病，还会消化不良。所以一到一一吃饭的时候，我们就把电视关掉，留下我或者丈母娘一人主喂，其他人都不在饭厅待着。

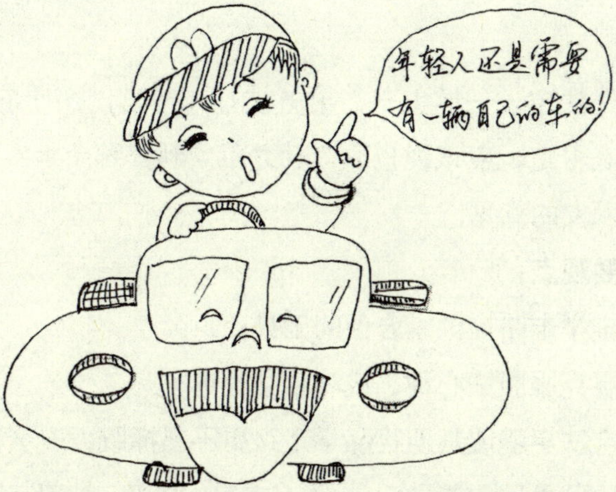

自打学会走路，我们外出就比较勤了，每天都带一一出去走一会儿，一一也走得越来越远。有一天我发现一一走路有些内八字，心里一惊。赶紧问了问有关专家，又上网看了看，发现不管内八还是外八，都是正常情况，慢慢就好了。都说孩子学会走路会有很长一段时间不愿意让大人抱。我们家一一这个时间非常短，后来干脆刚一出门就让我抱。那时候正教她说话，让她说一个字，她就说：“抱。”三个字她说：“爸爸抱!”五个字她说：“爸爸抱宝宝。”别的不学。15个月左右的时候，一一

虽然还不会正经说话，但大人的话她基本可以听懂了，她不愿意走的时候，我们就鼓励她，给她设置一个目标，走到了再抱她。就这样一段走，一段抱，一一就慢慢走得平稳，逐渐又学会了小跑。

还有一个关于训练孩子克服晕车的小办法，大家可以试一下。因为孩子会走了，我们开车带他的次数就多了，但是我们发现孩子经常会晕车呕吐，特别是比较拥堵、起步停车比较频繁的时候。我们有两个措施，一是出发前不要让孩子吃得太饱，二是让一一在床上练习走路的时候顺便练习原地转圈。一开始一一只会逆时针转两三圈就倒了，慢慢就会向两个方向来回地转圈，有时候可以转七八圈也不会倒。到了她一岁半以后，就基本不晕车了。这个办法是否治晕车我没有找到科学的依据，但是可以供大家参考，起码可以锻炼孩子的平衡能力。

至于那件法宝——学步车，早就被打入冷宫。至于它的功过是非，我也不好彻底否定，应该说也算有功之臣。利弊哪个大？让我们模拟辩论赛，看看网友的意见。

正方主要观点：

1. 为宝宝学走路提供了方便的工具；

2. 使宝宝克服胆怯心理，成功独立行走；

3. 比宝宝扶桌腿或其他物品学走路更不易摔跤，安全性好；

4. 在某种程度上解放了家长（不必夹着、扶着、拉着宝宝学走路等）。

反方主要观点：

1. 把宝宝束缚在狭小的学步车里，限制了自由活动空间；

2. 减少了宝宝锻炼的机会。在正常的学步过程中，宝宝是在摔跤和爬起中学会走路的，有利于提高宝宝身体的协调性，让他在挫折中走向成功，会使宝宝有一种自豪感，对增强其自信心很有好处，而学步车没有这一功能。

3. 不利于宝宝的正常生长发育。宝宝的骨骼中含胶质多、钙质少，骨骼柔软，而学步车的滑动速度过快，宝宝不得不两腿蹬地用力向前走，时间长了，容易使腿部骨骼变弯形成罗圈腿。

4. 许多宝宝不具备使用学步车的协调、反应能力，容易对身体造成损害。另外，在快速滑动的学步车中，宝宝会感到非常紧张，这不利于宝宝的智力发育和性格的形成。（这点在一一身上没有体现，学步车就是她的宝马车）

5. 离开学步车，很多宝宝反而显得恐惧，延缓学会走路的时间。

双方辩手精彩发言：

1. 我觉得当家里人手不够的时候可以用，毕竟有了宝宝家里人都会很忙碌，在很忙的情况下可以把宝宝放到学步车里，不忙时就不用，我家宝宝小时就是总用，现在很好。（这个观点没说明学步车的基本功能，就是孩子学走路有没有进步，完全是为了大人方便，属于自私型发言）

2. 学步车弊大于利，如果你不想让宝宝的腿呈“X”或者“O”型，最好少用或者不用，毕竟现在大多数都要一个孩子，健康是最重要的。（拿孩子健康说事，缺少实例，属于理论夸张型）

3. 我家已经在用学步车了，那个方向就是东南西北。（立场不清，属于搞笑派）

4. 7个多月的时候给宝宝开始用，可能有点高，后来牵着他走路时他就用脚尖走路的，自那以后就再也不给他坐了；前两天又试了下，发现学步车调到最高他都嫌矮，腿在里面蹯曲的，所以彻底死心。（7个月就用，这属于激进派）

5. 我家宝宝9个月开始用，但每次使用不超过30分钟，11个月宝宝就会自己走路了。（成功人士！）

后来我总结，学步车其实是个好东西，如果方法和时间控制得当的话，还是可以起到很大作用的，特别是解放大人的功能是学步带等工具无法替代的。正所谓：小车本无错，大人心太急。方法不正确，妙招变臭棋！

小贴士

使用学步车5点注意：

如果确实需要使用学步车，爸爸妈妈需要谨慎对待。

1. 不能过早使用：在宝宝满10个月之前，最好不要尝试使用学步车。过早使用学步车，会使宝宝跳过“爬行”的自然生长发育规律，造成以后身体平衡和全身肌肉协调差，容易出现感觉统合失调，表现为手脚笨拙、灵活性差、多动、注意力不集中、性格问题（冲动、任性、脾气暴躁）等。同时，过早使用学步车，还有导致走路步态异常的危险，如脚尖走路、八字脚和弯曲畸形等。

2. 尽量购买正规厂家生产的学步车。

3. 认真阅读装配使用方法，随时进行调整：注意宝宝的身高要求，每次乘坐的极限时间、场地等安全要求；座位的装卸与高低调节的有关说明等。同时，零部件应定期检查维修。

4. 宝宝使用学步车时，环境如果有意外可能性时，爸妈一定要在旁边看护，避免发生意外。

挑选学步车3项注意：

1. 底部面积越大越好：选择正规厂家生产的学步车；学步车的底部面积越大，使用起来就越稳定，在宝宝行走的时候车体不易摇晃。

2. 座位可调整高度：座位部分可任意调整高低，避免宝宝脚部过度弯曲或出现悬空的现象。

3. 轮子能止滑和固定：当轮子具有止滑和固定功能时，才方便家长固定车体，或将宝宝局限于不易摔倒的场所等。

5. 一一到底爱谁——老人带宝宝好不好

宝宝如果会说话了，大人们最爱问的一个问题就是："你喜欢爸爸/爷爷/奶奶，还是妈妈/姥爷/姥姥呀?"这时候，中国人的语言智慧就体现出来了。孩子如果不回答，问的人就会说："看着孩子，多聪明，谁都不得罪。"如果孩子明确答案，答案是那个老看着他的家人，问的人就会说；"看这孩子多多有良心!"如果答案是不怎么陪他的那个家人，问的人就会说："看这孩子多会拉拢人!"其实，我觉得别看孩子小，他是有自己的思维和原始感情的。

这一节，我主要讨论两个问题。首先是一一和谁亲的问题，然后我们探讨孩子是否应该在父母身边的问题。

关于孩子和谁亲的问题。有人说谁第一个抱宝宝就和谁亲（估计护士除外）；也有人说谁带的时间长就和谁亲。从一一的角度来说，加"最早"两个字这两个答案都基本正确。一一两岁前整体分成三个阶段，大概每八个月一个阶段：前面我说过，一一从出生到8个月左右，是在我父母家，主要是我妈晚上陪她睡觉。丈母娘因为犯了比较严重的鼻炎，那段时间让她回丰台休养了。小娜休产假加上她们老师的暑假也有7个月，所以那时候我们两个也基本都陪着孩子。原则上说，一一八个月以前是她爷爷奶奶看大的，以奶奶为主我们夫妻作陪。

后来我妈得了糖尿病，再加上心脏不好。就把孩子接到了丰台卢沟桥我们新买的房子里，那时候我和小娜已经上班了，主要是她姥姥看。开始想请保姆，但是没找到合适的，我爸也对保姆不放心，所以一一16个月以前，我爸每周一到周五都住在我们这里，帮着丈母娘照顾一一。这段时间，一一是姥姥为主，爷爷为辅，我和小娜继续作陪。

16个月以后，一一行动就很自如了，也基本听得懂大人的话了，我和小娜就商量别让老爷子来回折腾了，就让我爸回去了。每过一个多月，把一一送过去，和爷爷奶奶亲近几天，我们再接回来。这段时间，姥姥为核心，我和小娜晚上和周末多陪孩子。

三个阶段下来，我和小娜整个就是三陪。这么分析的话，她奶奶是最先抱一一的，我这个抱就是长时间陪睡的意思，陪了八个月。要是按时间长短算的话，她姥姥是最长的，目前十六个月。小娜第三，一一刚生下来长期陪睡，大概陪了五个月不到。然后是我爸，我爸刚来卢沟桥住的时候，和丈母娘倒班陪孩子睡觉，后来因为呼噜声太大，就自动下岗了，大概有两个月。在数下来是我，满打满算，一个月不到。当然，最少的是她姥爷，因为她姥爷有自己的事情，所以几乎没怎么陪过孩子。

有了这个历史过程，那么就出现两个集团的比拼。第一集团，奶奶和姥姥谁亲？有句老话说的是：养外孙不如养猴孙。就是说外孙总归是外姓，血浓于水，总是和自己一姓的人亲。其实这句话不对，我小时候就和我姥姥亲。主要是大人对孩子付出的多少，孩子是有感觉的。现在看来，她们的感情是不会逊于大人的。为什么有这句话，我分析过去坐月子一般都是在婆婆家坐。这时候的孩子处在最缺乏安全感的幼儿期，对于照顾她给她安全感的人感情最浓，最是依赖。所以这个时期谁看她时间长，她就会跟谁亲。

一一小时候，离了她奶奶都不睡觉。八个月之前，我们带她回丰台姥姥姥爷家住过几天，头两天看不见她奶奶根本不睡觉，就是哭。后来住到卢沟桥和姥姥熟了以后，虽然好多了，但是一看见奶奶，立刻就不要姥姥了，恨不得黏在奶奶身上不撒手。就是现在，姥姥有时候拿些吃的逗一一，问她送给谁？一一都会说给奶奶，气得她姥姥假装生气打她的小屁股说：“外孙就是姥姥家的狗，吃完他就走。”可见，孩子是天真无瑕的，她的表现直接坦白，不会像大人一样隐瞒感情，喜欢谁，想和谁一起，会表现得更直接，我想这也正是宝宝最可爱的地方吧。

但是也有令她姥姥欣慰的地方就是，虽然比不了奶奶，但是姥姥的江湖地位也是一人之下，万人之上。一一18个月以后，一到晚上九点多，看不见她姥姥就不干了。一边哭一边找姥姥，如果这时候小娜看着她，她就会说：“妈妈走，妈妈走。”这意思，打这个时间开始，这个空间是属于她和姥姥的，外人勿扰。

第二集团的比拼就惨烈多了，也就是我、小娜还有我爸的比拼。这个排名可谓不断变化，时刻更新。一开始我爸领先，因为我爸陪着孩子在卢沟桥住了很长一段时间，工作日的白天都是我爸带着孩子出去玩。小区里面的人几乎都不认识我和小娜，但是很多人认识小美女一一和她爷爷。老爷子疼孙女疼得厉害，我抱一一最多走二、三百米，腰就不行了，我爸能抱着她走三站地。我和小娜一看这哪行，好歹我们是孩子的父母，而且是亲的。就商量怎么可以把自己的江湖地位提高一些。于是，节假日还有天气好的晚上，都是我们带着孩子出去玩。小娜又是当老师的，拿出自己的看家本领，给一一讲故事，语调非常夸张，经常逗得一一咯咯直乐。随着我爸来的次数逐渐减少，小娜终于成功挤掉了我爸，进入江湖三甲之列。

作为立志当一名出色奶爸的我，怎甘人后。苦思冥想，决定利用我策划人的功力，找准市场定位，投机取巧。每次和小娜一起回家，小娜动作慢，我就赶紧自己先洗手，第一个抱孩子。时间长了，孩子就觉得爸爸最重视她，一回家先和宝宝玩。第二招，借花献佛。每次小娜给一一讲故事，讲完了，我就开始表演故事情节，有时候和一一互动表演。没有故事我就发明故事情节，把自己的身体当成道具，有时是小兔子，有时候是老虎。现在当得最多的“电动摇摇车”——让宝宝坐在我的肚子上，我的鼻子就是按钮，她一按我的鼻子，我就开始晃动。这下，小娜再声情并茂，也没有我这个人肉大玩具管用。我最“无耻”的一招就是“蛇打七寸”，我发现，一一之所以和奶奶姥姥亲，是因为她们和一一在一起睡眠时间长。我就主动提出，周末孩子的午觉我来陪，除了增加和我的宝贝闺女感情外，还有一点就是——中午睡觉不用把尿！开始小娜还没发觉，觉得我是为了让丈母娘休息。时间长了，发现自己的地位直线下降，一一言必称爸爸。为了夺回自己的江湖地位，小娜有时候下班顺路给一一带些小玩具和小点心贿赂一一，结果为时已晚！现在我的江湖地位直接威胁到孩子她姥姥，一一有好吃的，一定只给我吃，她姥姥都不给。为啥，奶奶给她原始的感情安全感，我给她的是精神的快乐感！——这就是市场的机会学，哈哈。

下面我们进入研讨时间，孩子是否应该离开老人，单独和父母生活在一起。现在的年轻夫妇动辄拿外国的教育方式说事，一个地方有一个地方的习惯，我们国家讲究阖家团圆，天伦之乐。我个人认为，过于把父母和老人对孩子的爱对立起来，既不科学，也不人道。外国人认为养孩子是你们自己的事情，和他们关系不大，而我们国家是隔辈亲，孩子是她们生活的一大乐趣，甚至是一大动力。你光顾着学习外国，把老人的乐趣和动力给剥夺了，是否有些矫枉过正?

支持孩子自己带主要有三个原因：首先他们认为自己一手带大的孩子这份感情是任何东西代替不了的。孩子长期由老人带会和自己产生隔阂。等到孩子性格或行为出现了偏差，想再弥补就太晚了。其实这样的例子很多，新闻都经常在报导，孩子发生身体上的伤害和一些不良习惯的形成基本上都是父母长期不在身边、缺少关心和管教的结果。

其次，老人知识比较匮乏，而年轻的父母相对来讲文化程度比较高，接触面广。孩子在父母身边，能接触到许多在老年人身边接触不到的东西，这样可以培养孩子多方面的兴趣。年轻人接受力强，思想开放，虽说育儿经验少，但现在科学育儿方面的书籍很多，可以边学边育儿，并且能对过去不科学的育儿方法加以辨别、改进。年轻父母精力充沛、充满生气，经常带孩子出去活动，有利于孩子形成良好的性格，开阔视野，增长知识。

第三，老年人容易娇惯小孩，养成胆小骄蛮等不好的习惯。父母再想纠正就很困难，孩子也会觉得有了靠山，不听父母的话。老年人怕出事，不敢放开让孩子跑、跳、玩。而年轻父母能从锻炼的角度出发，放手让孩子去跑、跳，有利于培养孩子勇敢无畏的精神。

从我带一一的经验来看，具体问题得具体分析。有条件的话，孩子在自己身边最好，但不一定就那么武断地不让老人插手管理。毕竟老人的经验是我们无法比拟的，我的一个邻居就是妻子在家辞职照顾孩子，按照书上说的放开锻炼，结果孩子三天两头得病，感冒都转成了肺炎，身体反而不好。而且因为老公一个人挣钱，压力太大，孩子的性格因为受到母亲的影响，反而显得很不开朗，郁郁寡欢的。我觉得那种鼓励为了自己照顾孩子做出牺牲，失去一份工作或少赚点钱的建议纯粹是放屁！

另外，如果你家父母能够很好地照顾你家儿子，而且也不惯他，我觉得那留在他们身边也没有什么不好的。相反，如果你家宝宝跟着你们，但你们却没有足够时间来教育他，照顾他，而让保姆来照顾小孩，与其这样，还不如不要接过来。我有个姐们儿，本来老人看得好好的，非听信“谗言”，让自己的父母回去了，白天保姆，晚上自己带。结果每天晚上都睡不好，一天太困了，就用个绳子把孩子系上，自己拿着绳子另一头。结果直到半夜孩子哭得惊天动地的才醒过来，原来孩子已经掉到床底下，屎尿拉了一身，加上是冬天，孩子大病了一场。大夫说这样太危险了，万一绳子绕到了孩子的脖子，后果不堪设想。

其实现在很多人觉得不让老年人带小孩，是因为觉得老年人容易惯小孩，养成不好的习惯，但想想咱们不也是他们带出来的吗？在我看来，关键在于沟通，很多年轻人一看到老人的方法和书本上介绍的不一样，就大惊失色，指责老人。每次我们和老人意见不一致的时候，我们都会先听父母的意见和原因，然后把科学的方式告知老人，结合一一的特点，让老人帮着拿主意。这样既科学，又能不伤害老人，毕竟他们都是为了孩子好。

至于孩子和老人亲，害怕将来和自己不亲那就有些杞人忧天了。只要你是真心地爱自己的宝宝，多抽出时间来陪她。总会有办法让宝宝和你亲近的，比如我那些“无耻”的方法！

6. 尿尿是个大问题——如何让宝宝学会自己尿尿

世间本来没有争议，专家多了争议也就多了——比如孩子的纸尿裤。

纸尿裤这个东西，支持的专家指出：纸尿裤有利于孩子休息，而宝宝的大脑发育全靠有充足的深睡眠时间。频繁尿湿、频繁换尿布，宝宝的睡眠始终处于浅睡状态，会不时哭醒，影响脑细胞的分化和增殖。国外的孩子到3岁还穿着纸尿裤满屋跑呢！只要勤换，选择超薄透气的品牌就行。至于有些人认为经常使用纸尿裤对婴儿生殖器官发育不太好的说法，这些专家认为：对于男孩，他们要到青春期开始发育的时候，阴囊里储存的精原细胞才会慢慢转化为成熟的精子，现在还在休眠、蛰伏着呢。对于女孩，避免局部湿冷、外阴免受尿液的浸泡，纸尿裤也是最好的选择。

这个观点往往被一批人视为圣经，特别是一些年轻夫妇。虽然这个观点救了一大批“懒人”，但是也惹恼了另外一大批专家。这些专家指出：长期使用纸尿裤因为不透气会导致局部湿疹，尿路感染；髋关节发育受到影响，严重的还可能导致蛙臀。男孩有可能影响睾丸的发育，女孩容易引起尿路和外阴感染。此外就是会严重影响小孩排尿功能的训练。宝宝习惯大小便全在纸尿裤里面解决，进而造成对纸尿裤过强的依赖性。贪图一时的方便，日后是一大麻烦。这一观点被大多数家里有老人的家庭热捧。

对于善于总结和和稀泥的我而言，以上两个观点都对但都不准确。首先我们要肯定纸尿裤是个好东西，在婴儿的早期是与奶粉齐名的两大婴儿伴侣。但是大家要注意，这个东西早晚要被抛弃的，这是有时间节点的。什么时候白天黑夜都用，什么时候只是夜里用，什么时候偶尔用，什么时候不用，都是要根据宝宝的实际情况来引导的。也就是说，用纸尿裤这没有错，总用就是你的错了。

给一一脱去纸尿裤的过程真是让我和小娜煞费苦心的过程。一一半岁以前还好说，因为生下来的时候是冬天，为了保温和保证她的睡眠，所以我们开始几乎一整天都给她用纸尿裤。后来发现，一一的下面还有尿道口经常红红的，就不敢用那么狠了。每次纸尿裤快满的时候，我们就及时给她更换。然后给她简单清洗一下，让她自然晾干，玩一会儿后再给她换新的。

到了一一4、5个月的时候，天气热了，小家伙喝水吃奶后大小便的时间我们也基本有了把握，白天的时候，我们就开始逐渐使用纯棉的纱布代替尿不湿。六个月以后，一一腰杆子硬了，可以坐起来了。那时候也到了夏天，尿了裤子也不怕了，我们就开始在一一外出的时候，完全不用纸尿裤：开始给她把尿了。把尿也是个学问，这里面有个经验和手感的问题。有时候一一一两个小时也不见得尿一次，有时候恨不得5分钟不到就尿一次。这取决于一一喝了多少水，喝水少，一一就不爱尿尿，我们一般会40分钟到一个小时给她把一次。如果喝水多，一旦有了第一泡尿，第二泡会很快，我们一般10分钟给她把第二次，然后15分钟给她把第三次，这样才能基本跟得上一一尿尿的速度，否则这些尿袼子又是我的事情——小娜是不愿意洗的。所谓手感，就是我们在抱着一一的时候，忽然手感觉一一臀部有了温热的感觉，那就表示她快尿了。一般这时候把她，她都会尿。如果是你的大腿感觉到热了，那可对不起，一定是已经尿出来了。当然一一也没有我说的那么简单，经常你把她的时候她不尿，刚把她抱在身上或者放到床上她就尿了。孩子都这样，受着吧！这个阶段，晚上我们不会给她喝太多的水，临睡前把尿一次后给她换上纸尿裤，一般她都会睡个安稳觉。

到了一一1岁的时候，小家伙已经基本可以理解大人简单的意思，嘴里能蹦出几个单词的时候，我们就开始教她说“尿”这个词。外出的时候，有意识地锻炼孩子自己蹲下尿。一开始，一一一点也不买账。有时候一一好不容易蹲下了，歪着头看着我们，我朝着她喊：“一一尿尿，嘘嘘。”人家嘎嘎一乐，自己就尿起来了。大部分时间一一根本就不蹲下来，压根儿就不理你那个茬。这段时间我们还是以把尿为主，虽然越把越有心得，但此时也是我们最心急的时候，因为小区有两个比我们小一个月的孩子都会自己蹲着尿了。没办法，我们只能是说服教育与“暴力”相结合。先锻炼孩子自己说“尿”，然后我们把她。一一好的不早学，坏的天生就会。经常给我们谎报军情，她嘴里说尿，其实根本就不尿。也有的时候，你问她尿吗？她给你摇头否定，然后马上就尿你一裤子。这时候，我就会训斥她：“小美女尿尿要告诉爸爸，知道吗？不告诉要打你的小屁股。”下一次，她再尿裤子，我就会把她横着抱起来，象征性地轻拍她屁股几下，告诉她尿裤子不对。有一次，我发现她蹲在客厅地上玩，半天不起来，地上还亮晶晶的，走过去一看，原来是尿了。再一摸她的裤子，竟然没湿。我连忙把她抱起来，说：“呀，一一会自己蹲下尿尿了，真棒棒，爸爸举个高高奖励一下！”不要以为孩子小，听不懂，其实这时候她们已经喜欢大人的表扬了。没多久，一一就过来找我哼哼，用手指着一个方向，我过去一看，又尿在地上了——哼哼就是想让我再表扬她。慢慢地，一一有尿就自己蹲下尿了，虽然有些反复，但整体上是在进步。这孩子有一阵子还喜欢玩尿，尿完后，把手和鞋都弄湿了。这样做的目的有时候她是图新鲜好玩，有时候就是为了看大人们着急的样子。我们一开始还大呼小叫，后来发现了她的小阴谋，她再玩尿就把她马上抱走，不给她好脸子，一一发现我们对这个完全没有兴趣后，也就不玩了。但是我们去商场或者去饭店的时候，为了人家场所的卫生，还时不时把一下。唯一不好的就是，一一在家里满地乱尿，擦都擦不过来，就算是墩布经常洗，屋里也是臊气冲天。有时候从外面猛地进来，以为到了猴山。

到了一一1岁6个月的时候，一一基本上就自己尿了，在我们身上或者床上玩的时候想尿尿了她也会说“尿”；有时候她玩得兴奋，我们问她尿不尿的时候，她也会如实禀报。本来我和小娜这样就很满足了，谁知道丈母娘还是不尽兴，自己在家又把一一锻炼出了在她自己的婴儿专用尿盆里面尿，这样每次一一想尿尿了，她就会自己找那个尿盆，坐上去尿。一开始得注意，她往往坐不好，次数多了，也就自如了。这样就解决了屋子里面气味的问题。俗话说，强中更有强中手！一一快1岁7个月的时候，我妈又利用把她接过去打防疫针的两个礼拜，强化训练了她晚上尿尿的问题。一一晚上一般10点半睡觉，我妈12点到1点之间把她一次，3点半左右再把一次，这样一一晚上就彻底抛弃了纸尿裤！开始一一有些不适应，哼哼唧唧的不愿意，但是有一个多礼拜，她就适应了。这样，在她1岁8个月的时候，我们终于完全解放了她的小屁屁。就是大人晚上辛苦一些，得起来两次。

本来一一大便我们一直是凭借经验和感觉给她把，因为一天也就一次，没有像尿尿的问题那么大，也就随她去了。但令我们自豪的是，一一还会举一反三，有一天一一对我们说拉粑粑，我们把小尿盆给她，她自己坐上去，真的就拉了。这次真是让我们激动不已，也顾不得屎还没倒，臭气熏天，抱着孩子亲了半天。

恩威并施，鼓励为主，循序渐进，当断则断。这是我总结的十六字真言，有一次朋友聚会我说了这十六个字让他们猜，朋友们大多认为这是我的工作管理哲学。我微微一笑，身子向后一仰，说：“年轻人记住了，此乃小孩尿尿之至理名言！”

小贴士

孩子尿尿注意事项：

1. 宝宝六个月前，每天要注意保持孩子尿道口和小屁屁干燥，纸尿裤扔掉后不要马上更换，清洁后晾一会再换。纸尿裤要勤换，选择超薄透气的品牌就行。

2. 六个月后，记录孩子的喝水量和排尿时间，掌握大概规律后定时给孩子把尿。孩子水喝多了的时候，头几次每隔10分钟左右就要把一次。晚上继续用纸尿裤，保证孩子的睡眠。但是外出时，要注意天气，天气寒冷又要长时间在外面的时候，出门先给孩子把一次尿，然后要给孩子穿上纸尿裤，防止外出尿裤子受凉感冒。

3. 宝宝6个月能够长时间坐立后，白天除午睡和外出外尽量不要再给孩子用纸尿裤。

4. 孩子1岁前后，经过一段时间的训练，孩子排便时开始想要憋住一段时间，排便的意识同排便的行动开始区分开了。懂得了不能有尿就尿，这时，家长要表扬、鼓励孩子有尿先说出来然后再尿。家长要有耐心，如果斥责孩子，他就会产生逆反心理，把他不尿放下他马上就尿了裤子，这就是他反抗的表现。

5. 1岁孩子走路、下蹲站立很自如的时候，要锻炼他自己尿尿，特别是女孩，要练习下蹲尿尿，这时候孩子只要是下蹲尿的，不要强求地点。过了一两个月宝宝就基本不会尿裤子尿床了，有尿自己会下地尿。外出去商场的时候，随地尿不方便，可以在她想下蹲的时候，把她抱到垃圾桶去尿。我逛街会随时带着几张报纸，附近找不到垃圾桶就让孩子尿到报纸上，我收拾干净后扔到洗手间。

6. 孩子自己下地尿习惯后，鼓励引导孩子坐在便盆上尿。便盆要放在明显地方，不要随便变换位置。提醒一下，每次坐尿盆时，如果孩子不尿，坐盆时间也不能太长，否则会影响孩子身体健康。

7. 喝水不是问题　问题是不喝水——宝宝不喝水怎么办？

我记得我小时候，胃口好得很，吃饭喝水都不是问题。问题是吃不上好的，喝不着好的，我到现在都记得我小时候刚来北京喝第一口北冰洋汽水的感觉——原来世界上还有这么好喝的东西！到现在别人问我爱喝什么饮料，我就说“老北京的北冰洋汽水”，可惜现在停产了。平时就是自来水，家里也不怎么管，渴了就上水管子那里灌几口就行，您还别说不卫生，我小时候几乎没得过病。这大了，讲究了，病倒多了。

现在当了爹，生活水平提高了，自己的闺女却没有继承自己“吃喝不愁”的好传统，不爱喝水。一一生下来就不爱喝水，前面也讲了，医生让在每两次喂奶之间给她喝点白开水，一一每次都是浅尝辄止。好在一一百天之前，不爱喝水问题不大，因为据说母乳和配方奶里都有水，如果孩子大便很好，比较软，就说明没问题。我那时候几乎天天看一一的大便，大部分时间都很正常，才放下心来。爱女心切，一点也不觉得臭。即使是这样，我们也用一个专门喂水的奶瓶，经常给宝宝咂咂嘴。一一有时候为了赶紧图个安宁，象征性地咂巴两口。

两个多月小娜断了奶，三个多月我们带着孩子就可以外出了。一一活动量大了，阳光晒得足了，光靠冲奶粉的那点水肯定是不够了。本来我想给她喂点超市里面卖的100%果汁，但是家里人都反对，说最好喝白开水，商场里的东西都可能有防腐剂，要喝也最好喝鲜榨的果汁。大人的意见是坚决的，一一的反抗是彻底的。你把白开水的瓶子送到她嘴边，开始她不知道是什么，还喝一口，后来知道是白水了，瓶嘴你塞都塞不进去。有时候一一的嘴唇就是干干的，一点也不水灵。我爸着急就开始玩命地给孩子榨果汁。什么苹果、梨、橙子，凡是水多不上火的水果让一一尝了个遍。有时候一一大便不好，很干很硬，可能是有了食火，我和我妈又给孩子把一些通便的绿叶子菜切碎了煮成菜水，给孩子喝。那些果汁还可以，菜汁就很难喂进去了，有时候往里面稍微加一点点盐调味，用小勺“勾引”一一，才能喂下去一些。

但是总是给喂果汁和菜汁也不是长久之计，首先毕竟这只是临时的替代品，长期下去水就彻底不喝了。二是老这样太麻烦了。总之一句话：小样儿，不能惯你这毛病！最开始我想起一一刚生下来的时候，护士给的葡萄糖，就尝试往白开水里面加一点点葡萄糖。一一喝这个也是一点点，嘬吧几下就又开始拒绝了。我就给她放了些冰糖，这次一一倒是不太抵触，但我妈和丈母娘都反对，说过早让孩子接触糖，对孩子的牙床不好。我当时还有些着急，说：“这也不行，那也不行，喝冰糖水总比啥也不喝强吧。”一一这个家伙听见她爸爸发牢骚，两个大眼睛一眨一眨的，嘴角泛着笑意，估计心里说：“老样儿，你不让我喝甜甜水行吗？”

一筹莫展的时候，只能三个臭皮匠再商量。现在的问题是：白水这孩子根本就不喝，甜水又有害处，果汁不能老喝。我就说：“要是有一种对孩子有利、副作用很小的甜水就好了。”正好想起一一那时候稍微有一点点缺钙，我就说能不能冲些小儿的钙水看看。我们去药店买了一大盒“劲得钙桔味泡腾冲剂”，冲了半小包，一尝，嘿，酸酸甜甜的正好。一一当天喝的水创造了历史纪录，有180毫升。可是紧接着问题就来了，丈母娘认为这个东西可以天天喝，小娜查了些资料也说没问题。我妈认为不能老喝，否则钙补得太多，孩子不容易长个。我建议先这么喝着，过一个月拿一一的头发去化验一下。过了一个月化验结果出来，一一的钙正常，小娜底气就足了。我还是不放心，老觉得这毕竟有药的成分，也不能见天儿给孩子吃药呀。我上医院咨询了儿科大夫，大夫说幼儿的含钙量维持在正常范围中等偏下的水平就好，虽然劲得钙这种桔味的产品没有什么副作用，但不必总喝，不要一味地给孩子补钙，还是应该喝白开水为主！

得，又绕回白开水了。

要说还是我主意多，想到了一个既尊重丈母娘、小娜，又打消我老妈顾虑，同时又能兼顾大夫意见的主意：定量淡化法，隔天喂养法。所谓定量淡化法就是每天固定只给一一喝半包。一一一次肯定喝不完，水一会就凉了，下一次喝直接往里面加白开水，这样，味道慢慢变淡。一一虽然到最后喝起来不那么畅快，但是看到颜色还是黄的，就没那么抵触。这样坚持了小两个月，一一对白水就没那么抵触了，我们就隔一两天给她喝一次钙水，这就是隔天喂养法。

好在那段时间一一还算争气，大便一般还都可以，我们算是没白辛苦。

到了一一一岁多的时候，小家伙故技重施，风云再起，又不喝水了。除了直接拒绝外，还跟我们斗起了心眼。有一天上午我喂她喝水，每次她都很听话，跑过来喝几下，我当时还挺高兴。快中午了，丈母娘过来给加水，一看就问我孩子到底喝了吗？我说喝了好几次呢。丈母娘说那怎么水不见少。我赶紧先看了一下刻度，然后又让一一喝水，一一继续神态自若地喝，边喝还边翻着眼睛向上看我和丈母娘，等她喝完一看，还是那个刻度——好家伙，一家人都让她耍了。

我们只好再次全家总动员，四处打听，上网查询，遍访名家。最后终于把一一再次泛起的恶习给压制下去。归纳起来有几大方法：早晚糊弄法、游戏法、运动法、鼓励讲解法、换瓶法。

早晚糊弄法：一一睡觉醒后，先给她喝几口白开水，因为这个时候她很乖，也迷迷糊糊的，很容易接受她平时不爱接受的事情。晚上吃完奶，用白开水给她漱口（不吐咽了也没关系），这样据说对牙也好。

游戏法：游戏的方法很多，但是常用的就是比赛游戏。找来两只杯子，一只杯子给一一，一只杯子我拿着，然后我们来玩儿“喝美酒”的游戏，我喝一口假装特别好喝，张大嘴发出“啊”的声音，然后摇头晃脑地装出陶醉的样子说：“真好喝！”一一看见了也学，喝一口，也摇头晃脑的。互相喝几口一一有些腻的时候，我就赶紧把我的喝完说：“真好喝，我要喝一一的。”一一怕我抢她的，每次都连忙再喝几口。一一挺喜欢这个游戏，但也不能老用。

运动法：天气好的时候，我就带着一一多走，给她随身带着水，玩一会就喂两口，喝多少算多少。有时候一一玩渴了，自己抱着瓶子一次就能喝大半瓶。

鼓励讲解法：每次让一一喝水，我们都说喝了水一一会健康，不得病，皮肤好，长大是个漂亮宝宝。一遍一遍，不厌其烦。一一慢慢就知道做漂亮宝宝好了，她有时不爱喝水，我们就问她是不是想做一个没人喜欢的丑宝宝，她就会再喝几口。每次她主动喝水之后，我们就一起为她鼓掌喝彩。她一高兴，自己也给自己鼓掌，可好玩了。

榜样刺激法：我们找了很多图画书里小动物们喝水的样子，给一一看，一边看我还一边说：“白开水多好喝呀，你看喜羊羊就爱喝水。”她果然就不太拒绝白开水了。小娜玩开心网种菜和养狗狗的游戏时，一一喜欢一起看。小娜就说：“你看青菜和狗狗多喜欢喝白开水呀，一一也喝一口吧。”果然，一一就会喝几口。

换瓶法：一一总是对新鲜好玩的东西感兴趣，一开始我们给她喝水就是用奶瓶，后来发现她对大人的杯子感兴趣，就给她买了一个接近大人的小杯子，但是这个杯子她总是喝不好。最后我们发现她对吸管情有独钟，就给她买了一个粉色的可以把吸管藏起来的杯子，这下一一可开心了，每次出门前她自己都会主动拿这个杯子。

喝水不是问题，问题是不喝水。喂水不是问题，问题是你有没有“花心”（想办法）和耐心这两大法宝。

小贴士

宝宝喝水注意事项：

1. 为什么要多喝水：宝宝往往不那么爱喝水，大人喂宝宝喝水时可能会很费劲。宝宝年龄越小，体内所需水分的含量比例就越高。宝宝生长发育快，需要水分明显比成人多，而宝宝肾功能尚不完善，水分消耗也较快。一般情况下每千克体重需水量：0～1岁为120～160毫升，1～2岁为120～150毫升，2～3岁为110～140毫升。每天宝宝摄取水分的方式是多方面的，一是直接从饮用水中获得，二是从饮食中获得。

2. 千万不要为了让宝宝多喝水而给宝宝喝加了饮料的开水。

3. 如果宝宝拒绝喝水，一定不要过分强迫他，引起他对水的反感，以后就更难喂了。可以换一种形式或换一个时间再喂。

4. 饮水机的水要注意定期清洗机器，尽量不要用纯净水。我们家都是现给一一烧水，自来水水垢比较大，我们就过滤一下。后来用小区里面大型机器的水（这个机器定期有人清洗），就没有水碱了。烧开的水有一定碱性，可以中和宝宝体内的酸性物质。给宝宝一个好身体。

5. 孩子有轻微感冒的时候，水就是良药，多喝水，宝宝就能自愈。我们家在冬天常给一一喝白萝卜、葱根（带须）和糖梨一起熬的水，效果很好，还有利于孩子通气通便。

8. 和大人一起吃饭——如何训练宝宝吃饭

宝宝上幼儿园前，特别是两岁前，生活基本完全不能自理。这时候我们面临的主要问题就是一一的非常“五加一”：吃喝拉撒睡+玩。这吃是排在第一位，可见它的重要性。上一章我主要说了给一一补充营养的问题，其实吃的问题不在于你给她吃什么，而是怎么让她吃进去，如何让她自己吃。

一一吃奶为主的时候我们就盼着她赶紧能吃辅食，开始吃辅食了，我们又盼着她能赶紧把奶变成辅食。等一一1岁左右开始吃“大人饭”的时候，我们却发现，不管你怎么喂，她都不给面子了：不好好吃饭！开始我以为就是东西不合一一的口味，但是我做了几个一一爱吃的“拿手饭”后，发现也不灵。特别是以前百试百灵的清蒸平鱼她竟然也不好好吃。排除了食物口味原因后，在一一不好好吃饭的时候，我开始观察找出问题。还是那句老话：功夫不负有心人！还真让我找出几个原因：

第一，喂饭时间过于机械粗暴：一一中午饭在11点45左右吃，晚饭在6点左右吃。饭只要一做好，丈母娘马上就会停止一一的所有活动，给她喂饭。可能当时我们觉得没有比吃饭更能吸引一一的事情了。其实不然，那些饭再好吃，她也循环吃了好几遍了，只要不是特别饿，并没有我们想象的那么热衷于吃饭。更主要的是，大人在认真做一件感兴趣的事时，不喜欢被其他事情打断，孩子其实同样如此。我发现只要一一正兴致冲冲地在玩玩具或是看卡通时，你强制她中断而立刻来吃饭，她对于吃饭这回事儿的印象也就大打折扣了，甚至反抗，因为人家还有更重要的事情没有做完。后来，我们就不那么死板了，尽量在她玩得高兴时不打搅她，或者在开饭前十分钟就提醒一一：“我们再有十分钟就吃饭饭喽！”或是告诉一一：“喜羊羊表演完了，小羊就要吃饭了，一一也得吃饭。”让一一有个心理准备。还有就是如果早饭或者中午饭吃晚了，下一顿就适当拖后一点点，或者增加一点孩子的活动量，这样一一才有好的食欲。

第二，设备的准备过于单调：孩子都是好奇的，我发现一一在外面玩的时候，同样的东西她就喜欢玩别人的，越大的孩子的玩具她越喜欢。吃饭的工具也是，喜欢玩大人的筷子和盘子。刚开始，她坐在自己的小车里面，大人坐在沙发上喂他吃，每当赶上和大人一起吃饭的时候，就不好好吃，眼巴巴地看着大人的桌子，可能觉得大人的桌子上的菜才是好吃的，那张桌子是有魔力的。我们后来就买了一个两用的幼儿餐桌，拆开了是一个分体的桌椅，合起来就是一个专门的幼儿餐桌，高度刚好和我们的餐桌差不多高。一一可兴奋了，觉得终于享受了和大人一样的待遇，动辄还能品尝一下大人的饭菜。此外，我们还给一一准备了一套她自己的花花绿绿的塑料餐具加上一套大人的餐具。

第三，饭菜过于强调内容：孩子的饭菜配菜再多，也会因为用油和调料很少，口味比较淡。我们原来过于强调给一一饭菜的内容和营养，忽视了形式主义。俗话说：色香味俱全。可见色才是促使孩子喜欢吃饭的第一法宝，所以有的专家建议在准备孩子的食物时，不妨将食物“装饰化”。例如：做各种色泽的颜色饭（可分别用胡萝卜、绿色蔬菜、番茄等搅成泥后拌饭，就可成为橙色饭、绿色饭及红色饭）；或是做成山丘上的树（以小碗盛饭后，将碗中的饭倒置于餐盘上，并插上一株小绿花菜，做成小山丘状）等等。我们按照上面的方法做，果然有时候效果不错。

最后，喂饭的语言过于单一：一开始我们给一一喂饭，总是说：“宝贝，再吃一口”或者“这饭饭多香呀，宝宝再来一口。”恨不得一一速战速决。后来我们发现一一的注意力集中时间很短，也就不那么着急了。语言也丰富了一些，比如鼓励式：“哇！妈妈才吃一口，可是你吃了两口！你好棒喔！”；表演式：“来，宝贝。给爸爸表演一个，啊呜一口吃下去！再给妈妈表演一个，再给姥姥……”；刺激式：“快吃呀，要不爸爸/灰太狼（我怎么和他并列了，自取其辱！）就吃了，看爸爸/灰太狼

来了！”你还别说，挺灵的！

能吃饭了，剩下的问题就是怎么吃，如何锻炼她自己吃。和小区邻居聊天的时候大家说，妈妈追着孩子喂食，这确实是许多妈妈心里隐隐的痛。大家都特别羡慕那些能自己吃饭的宝宝家长，可是自己回家一尝试，宝宝就会弄得满脸花，一点也没吃进去，就打了退堂鼓。看网上外国宝宝自己吃饭弄得污七八糟的画面大家只会乐，到了自己孩子身上就没那个心情了。不是嫌麻烦就是怕孩子吃不饱。

我开始也没觉得是个什么大问题，觉得自己小时候就是老妈喂大的，也没觉得比别人差。后来一问我老妈，原来我小时候父亲在新疆当兵，没时间照顾我们，我妈根本没那么多时间喂我，我早就会自己吃饭了。小娜找资料一查，总喂孩子不培养他自己吃饭的能力还真是有问题。

专家说：一两岁的孩子由于动作协调性较差，刚开始学着吃饭时，常搞得汤汁四溅，饭粒满身。这时一些父母过于急躁，缺乏耐心，或对孩子大声训斥，或一把抢过孩子手中的汤匙。殊不知，这样束缚了孩子的探索精神，会使他们产生一种受挫感，日后可能形成自卑心理。另外一些父母担心孩子自己吃不饱，便以“喂”的形式取而代之。长此以往，孩子往往形成依赖性性格。

更令我没想到的是，专家们认为孩子学习吃饭的过程也是孩子心理健康发展的重要过程。孩子经过自己的努力吃饱了，他会由此产生成就感，会帮助他长大后更自信。即使孩子暂时没有把饭吃下去，他有了失败的体验，也是好事，这样可以增强他的心理承受能力，将来更好地适应社会。所以，在孩子吃饭的问题上，父母应该更耐心，常常给孩子鼓励，让他们做好这件力所能及的事。甚至支持孩子偶尔不吃饭，可以饿饿他。

我的天，一岁多就和孩子将来的心理承受力挂钩了！看来这个问题必须得重视。

培养一一自己吃饭这点本来丈母娘不同意，说孩子才一岁多，那么着急干嘛?！吃不好营养跟不上怎么办？我们只好拿出专家的观点，慢慢才把老人说服。观点是一致了，那么一一有没有自己吃饭的基本能力呢？我们既然这么信任专家，就按专家说的按图索骥。材料上说一般来说，当以下现象发生时，就可以着手教宝宝学吃饭了：宝宝吃饭的时候喜欢手里抓着饭，特别是可以用拇指和食指拿东西更好；已经会用杯子喝水了；当勺子里的饭快掉下来的时候，宝宝会主动去舔勺子。让我们来看看一一那时到了啥程度：

一一早就会捡米粒吃了，手里更是抓啥吃啥。拇指和食指运用得灵活自如，天天用这两个手指头满地捡饭粒和饭渣吃。这里面有个故事，一一这个习惯后来发展到什么都捡，特别爱把一些线头、纸屑放嘴里吃。我们盯都盯不住，看见了就赶紧夺下来。一一就和我们比速度，总是提前把这些“垃圾”放到嘴里，我们只能逼着她吐出来。可能开始一一仅仅是觉得新鲜好奇，所以有些“神农尝百草”的执着。慢慢我们发现这孩子越是在我们吃饭的时候，她越来劲，原来这小家伙是在调戏我们，是为了引起我们对她的注意，不真吃，我们也就放心了。一一看我们不理她这个茬儿，也就不再吃这些东西了。

一一大概1岁2个月会自己端起大人的杯子喝水。虽然经常洒，但是有一半是故意的。至于舔勺子就更别提，她不咬勺子就不错了。

看来，条件成熟，自己动手吃饭的项目可以上马了！

一一喜欢跟我们大人一起上桌吃饭，我们不会因为怕她“捣乱”而剥夺了她的这个权利。丈母娘怕孩子饿着，往往喂一口，再让一一自己吃一口，或者先喂一点，再让孩子随便折腾，即使吃得一塌糊涂也无所谓。到了一一18个月的时候，她自己就能吃个半饱了。一一有时候总喜欢抢筷子和扔筷子，我们就给她预备了几根，让她自己玩。

毕竟一一用勺子吃比较费劲，小宝宝们都是手攥着勺子，指头没那么灵活。我们就给她做一些小包子、小饺子这些她能够用手拿着吃的东西。要不就给她弄一些可以切成条或片的蔬菜，以便他能够感受到自己吃饭是怎么回事。如：土豆、红薯、胡萝卜、豆角等等。一一喜欢吃粉条，但是据说这个东西没啥营养，有时候她吃了还爱呛着，我们一般不给她多吃，最多作为奖励给她吃短短的一点点。

这时候，如果一一自己动手吃兴正浓，大人再着急也不要强制干扰。有一次小娜看她老吃不进去，一着急，一边按住一一的一只手，一边抓着一一的另一只手强行教学。动作简单粗暴，一一极为不满，一天都没给她妈好脸色。后来我们看资料说这样对宝宝生活能力的培养和自尊心的建立有极大的危害，宝宝还会报以反抗或拒食。真得把这个小人当人物呀！因为宝宝并不见得一定是想要自己吃饱饭，她的注意力和乐趣是在“自己吃”这一过程，如果只是为训练她自己吃饭，不妨先喂饱了她，再由着她的性子去满足她学习和尝试的乐趣。

每次一一自己吃饭时，我们都要及时给她表扬，哪怕她吃得乱七八糟。我在一一坐着的椅下铺几张报纸，这样等她吃完饭后，只要收拾一下弄脏了的报纸就行了。她的围嘴也是她奶奶做的那种两面到腰的，可以说是围裙了。一面纯棉，一面有些防雨绸的感觉，这样就不怕她脏了。

没有不爱吃饭的孩子，只有不会“喂”饭的家长！

小贴士

培养宝宝自己吃饭的注意事项

宝宝手抓饭的好处：1岁多的宝宝吃饭时往往喜欢用手抓，许多家长都会竭力纠正这样“没规矩”的动作。但是育儿专家提出，只要将手洗干净，家长应该让一岁的宝宝用手抓食物来吃，因为这样有利于宝宝以后形成良好的进食习惯。因为“亲手”接触食物才会熟悉食物。起初的时候，他们往往都喜欢用手来拿食物、用手来抓食物，通过抚触、接触等初步熟悉食物。用手拿、用手抓，就可以掌握食物的形状和特性。从科学角度而言，根本就没有孩子不喜欢吃的食物，只是在于接触次数的频繁与否。而只有这样反复“亲手”接触，他们对食物才会越来越熟悉，将来就不太可能挑食。宝宝学“吃饭”实质上也是一种兴趣的培养，这和看书、玩耍没有什么两样。此外，手抓饭让宝宝对进食信心百倍。这样做会使他们对食物和进食信心百倍、更有兴趣，促进良好的食欲。

创造良好进食的氛围和习惯：父母要告诉孩子，吃饭就是吃饭，要规规矩矩地坐在饭桌前，定时定量，不要让孩子养成一边吃饭一边看电视或玩玩具的习惯；孩子学习自己吃饭是个渐进的过程，不必过于心急，更不要批评打骂；就餐气氛要轻松愉悦，吃饭时父母的话题多围绕孩子，特别是吃什么的话题，唤起孩子对吃饭的兴趣；不要强迫孩子吃饭，如果孩子一时不想吃，过了吃饭时间可以先把饭菜撤下去，等孩子饿了，有了迫切想吃的欲望时，再热热给他吃；不要总给他零食吃，特别是餐前，那样就会适得其反了；允许宝宝吃完饭后先离开饭桌，但不能拿着食物离开，边玩边吃，这样他才会明白，吃和玩是两回事，要分开来做，否则不安全，也不快乐。

小贴士

注意饮食安全：至于在儿童餐具的选择上，不要选择易碎的，目前市面上的种类非常多，但基本上还是以“平底宽口”为佳，餐桌要安全牢固；注意食物卫生，大人孩子都要勤洗手，不要嚼碎了喂孩子；千万不要给宝宝吃可能会呛着他的东西，最好也别让他接触到这些东西，如：圆形、光滑的食物或硬的食物，如爆米花、花生粒、糖块、葡萄或葡萄干等；吃饭别喂太咸太辣的，如果孩子闹着非要吃，可以用筷子头给他一点点尝尝惩戒一下，告诉他爸妈不是骗他。

9. 逛街是女人的天性——如何处理孩子逛商场的突发事件

男人喜欢干什么？吃饭、喝酒、吹牛皮三件事，第四件事就是边吃饭边喝酒一起吹牛皮。女人喜欢干什么？减肥、逛街两件事情，第三件事情就是减完了肥，逼着老公陪她逛街，美其名曰拉动国民经济！

我外甥小时候从来不爱逛街，我那时候就傻傻地以为小孩子就不爱逛街。有时候看网上的一些父母写的带孩子逛街的趣事，也基本上是上了幼儿园以后的孩子，我就天真地认为一两岁刚会走的小宝宝不爱逛街。我很傻很天真，一一给我的答案是很轴很暴力！

一一逛街这个爱好的罪魁祸首是超市里面的电动摇摇车，帮凶是喜羊羊。我虽然很喜欢喜羊羊这些小家伙们，终于为我们国产动画争了一口气。但是满大街儿童甚至少女的所有用品都是喜羊羊，电视里面几乎二十四小时都可以听见灰太狼的嚎叫“我会回来的！”于是，一一幼小的心灵充满了喜羊羊的倩影。她刚学说话的时候，除了爸爸妈妈就只会“喜羊羊”！我估计若干年后，她们这一代人可能不被叫做“00后”，而是被称作“喜羊羊一代”！离我们家不远有一个超市，门口有三四个电动摇摇车，其中就有喜羊羊和灰太郎的造型。我有一次带着一一出来遛弯，看见很多孩子在上面玩，一一就拉着我爸的手不愿意走。我爸心疼孙女，就换了一元硬币让她玩了一次。第一次一一显得很害怕，车摇起来以后，她坐在车里表情僵硬，一动不敢动。我以为一一害怕了，看车停了，就想把一一抱起来，结果一一两个小手死死把着方向盘，就是不下来——原来她喜欢这个玩意儿。第二次一一就活泼多了，随着音乐在车上左右摇摆，还做出开车的样子。就这样，一气玩了三次，一一才在我的强行干预下恋恋不舍地下来。这一次以后，一一明白了两个道理，第一喜羊羊不仅可以看，还可以骑！第二1块钱硬币是天底下最好的东西。

自此以后每天下午一一只要一睡醒了就会拉着大人，用手指着门外，嘴里说“喜羊羊，喜羊羊！”如果大人不带她去，轻则她急得直蹲

屁股，重则就直掉眼泪。每天至少坐两次，她姥姥有时候骗她没钱，她就去拽她姥姥的裤子兜，嘴里喊“钱钱钱！”有一天，我在家换裤子，掉出来一元硬币，一一看见了，马上捡起来。我以为她要吃，想抢过来，结果一一手都攥出汗了，就是不给。现在一一只要发现硬币就把它放在自己的小肚兜里面，这小家伙，从小就会攒私房钱了。有一次我和小娜带她出门，她主动用手拉着我走，开始我没明白，后来才发现她的方向就是超市电动车的方向。我不想惯她这个毛病，就一边哄着一边抱着她左转右转，转到小区后门，结果刚把她一放下，她就又领着我，三走两走，竟然又走向超市的方向——我是彻底无语。

这个问题后来我是这么解决的，每次她不愿意走，我都劝她：“今天宝宝如果再坐一次，明天你就坐不了了。我们每天一次，好不好？”趁她精神松懈，赶紧把她抱下来，然后马上用别的东西吸引她的注意力。晚上在家，我用我的大肚子做替代品，我装成电动车的样子，让一一坐在我的肚子上，鼻子当按钮。每次一一一按，我就喜羊羊、美羊羊的开始唱，身体像摇篮一样晃动。也许是我教育得当，也许是我这人肉电动车学得形象，也许一一玩腻了，到了孩子1岁8个月就不是那么热衷了。

小娜逛街的主要目的是看衣服，她闺女逛街的主要目的是吃好吃的。一一最早是看见花花绿绿的吃的就激动，小手上去乱摸。如果是大商场，人相对稀少，我们就拉着她让她自己走；如果是在超市，我们一般把她放到超市里面的车里推着她走。带她逛主要是为了让她多接触外界，视听感触多一些。有一次，我在超市快结账的时候，才发现，这个小家伙不知道什么时候手里抓了好几块巧克力。我不管她理不理解，都得告诉她：“这是超市，东西得用钱买，自己拿不行。如果想要你就指给爸爸看！”一一有一次特别听话，用手使劲给我指，我看了以后告诉她：“咱们钱不够，买不起。”一一指着自己的小肚兜，告诉我：“一一有钱。”售货员都乐了，说：“这个得将来你男朋友给你买。”——看上了一款五万多的钻戒！

一一看见她妈每次上街都有一个挎包，路过卖包的地方，她就不走，我们只好给她也买了一个米奇的小包。这下一一可兴奋了，每次出门逛街她都要自己挎着她那粉红色的小包，小样儿事事的。当然我们也不能让这包闲着，给她里面装湿纸巾、小水壶、纸巾、围嘴、小点心什么的。每次一一在商场里面的回头率都相当高，特别是坐电梯时候，很多人都喜欢逗她。好多女孩都拉着自己的男朋友看一一，说：“小姑娘真好看，大眼睛，小嘴巴！”商场里面的导购看见一一，不管我们买不买东西，都喜欢逗一一。如果赶上节假日，一一都可以拿回一些导购阿姨送的气球、小玩具什么的。有一次三个带孩子的家长在一个品牌店里，导购只给一一气球，看得其他两个孩子直眼热。有好几次，有些年轻人看见一一就跟看见小明星一样，问我和小娜能不能抱抱一一。一一倒还算争气，年轻的女孩抱她一般她很配合。这些小姑娘说：“真可爱，小脸蛋跟个小苹果一样，真想咬一口。”最令我哭笑不得的是，有个摆地摊卖光盘的小伙子，看见一一，非要把一张喜羊羊的光盘送给我们，一一伸手一去接，小伙子一把就把一一抱过去，在一一脸上就结结实实地亲了一口。

福兮祸所依。给东西的人多了，就会出事情！有一次路过玩具柜台，一个导购小姑娘给一一1个小跳棋玩。我们光顾着给她挑玩具了，谁也没注意。忽然，那个小姑娘说：“哎呀，跳棋怎么不见了？不会是孩子吃了吧？”我们赶紧去找，结果怎么也找不出来。一一这时候忽然咳嗽两声，然后就哭了起来，这下我们更以为跳棋是被她吃了。我们吓坏了，赶紧把孩子抱到洗手间，开始用手指头希望帮助孩子吐出来，一一把饭都吐出来了，也没看见跳棋。我忽然想起电视里面的办法，把一一翻转过来，倒立，跳棋还是没有踪影。一一这时候已经被我们折腾得哭得上气不接下气，鼻涕眼泪还有吐的食物弄了一身。正当我们打算去医院的时候，那个小姑娘跑过来，说跳棋找到了，被一一放到别的玩具空盒里面了——虚惊一场！小姑娘也吓得不轻，连忙赔不是。我们也没法责怪人家，人家是喜欢你们家孩子，要怪也只能怪自己不注意。从此，我们逛街的时候就加倍小心，别人给小东西玩的时候，我们一定有个大人在旁边监督着。

我们小区里面很多年轻父母在议论带孩子上街的问题时，都会提到孩子要东西大人不想给买，孩子哭闹怎么办？一一最喜欢的东西是两样，一个是“爽歪歪”（饮料），一个是芭比娃娃。每次路过这两个柜台我都心惊肉跳。偏巧这两个单词一一说得很清楚，“爽歪歪，娃娃。娃娃，爽歪歪！”我和小娜每次都不给她买，买了“爽歪歪”她就要喝，喝了她就不正经吃饭。买了芭比娃娃，好几百的东西回家她就会大卸八块。我们也试过很多办法，比如教育法：苦口婆心告诉一一这个为啥不能买，没用，她哭得眼泪哗哗的。有时候老人心疼就给买了，前功尽弃！比如恐吓法：板起脸来教训一一，假装打她的屁股，打得轻了她知道你们在逗她，咯咯直乐。打得重了一点点，她就哭得上气不接下气，誓不罢休。后来我们发现只有一种办法最管用，一边说别的地方有更好玩的，一边就强行把她抱走。一一往往刚开始哼唧两声，看见其他东西就很快会忘了原来的不愉快。后来我们看电视，有个专家也讲，这还真是最正确的方式——叫做迅速远离情绪源！

总之一句话，有姑娘的家长记住了，逛街是女人的权利，更是她们的天性，那怕是个1岁多的孩子！

老贴士

带宝宝逛街注意事项

1. 一定要带好备用衣服。最好有一件比较大的衣服，因为宝宝在往返途中，喜欢在车上睡觉，这件衣服可以给宝宝盖着。

2. 带上足够的湿纸巾和纸巾，预防宝宝大小便，此外还可以简单给宝宝洗手。

3. 如果决定在外面吃饭，要带上孩子的围嘴和适合他进食的小勺。

老贴士

4. 尽量不要让陌生人亲吻宝宝的脸颊，宝宝越小越要注意。

5. 不要娇惯孩子要东西就给买的毛病，掌握正确的方法，减少宝宝哭闹耍混的次数和时间。

6. 尽量不要让孩子单独玩耍大小可以放入口中的物品，以免引起意外。

7. 逛街着装要易于孩子大小便。如果孩子去宝宝乐园，玩耍木马、滑梯等玩具设施，要给孩子换上“死裆”的裤子，避免细菌侵入。

10. 一一的朋友们——宝宝怎样和外人接触

人在社会上混，谁没几个朋友呀！我从小到大就喜欢交朋友，所以我希望一一的性格也是开朗的，将来社会交往能力比较强。可能因为一一是个小姑娘，天生比较胆小，看见新鲜的事物往往不敢接触，出去玩也不愿意和别的小孩在一起玩。看见一一天天和家人黏在一起，我和小娜害怕她将来上幼儿园，猛地看见那么多孩子，会出现问题。就商量如何克服一一胆小认生的毛病。

一口吃不了一个胖子。经过多方咨询，我和小娜决定分成三步走，第一步：由于一一惧怕没见过的事物，特别是可以活动的，我们就决定多让她接触图片书籍和玩具。第二步和第一步交叉进行，多带她出去接触认知外界真实的事物。第三步就是尝试和其他小朋友玩耍。

我老婆教育她们学生一句老掉牙的话就是“书是人类的好朋友!”要我看，书是教育宝宝的好工具。一本一一喜欢的图画书不仅能给一一带来欢乐，还能迅速增长她的知识。一一很小就有自己的书了，有时候我们抱着她给她讲书上的东西，那时候她多半不明白，但是看见这些花花绿绿的东西她也感觉很高兴。记得一一刚6个月大的时候，我们给她翻看婴儿图画书，她就会认真地看着书本。当我们念给她听时，她也会仔细听。据专家说大而鲜明的画面会给宝宝留下“似曾相识”的印象，可以发展宝宝的视觉功能，但一岁阶段的宝宝视觉能力还没有发育完全，只能接受单幅、不连贯的图片，所以我们这时候给她买的大部分是画片。

一一会走以后，每次给她拿回新的图画书或者卡片书，她都会着急地第一时间抱在自己怀里。如果有包装，她就会拿着跑到我身边，嘴里喊着：“开、开”，让我拆开包装给她看。一开始我并不是很有很有耐心，总是简单给她指指念念就算完事了。你不认真，一一就更不认真，有一段时间喜欢撕书，别管新的旧的，还是报纸杂志，她看见了都会给你翻出来撕烂。小娜说一一整个一个秦始皇，这么小就焚书坑儒。我不愿意听，说《红楼梦》里面的晴雯就喜欢撕扇子，可见越是美女越愿意撕书。小娜说在我眼里一一放个屁都是香的。慢慢地，随着我和小娜给她讲的越来越细致，一一就没那么暴躁了。这个时候的孩子是需要反复记忆的，就有些像复读机一样，她百听不厌。你有时候都讲得口吐白沫了，她还拉着你的衣角，嘴里“嗯嗯”地让你继续。我一开始看《花园宝宝》这个幼儿动画，我还特奇怪，为啥就是这个少得可怜的故事主角、那些车轱辘话来回说、几乎没有故事情节的节目会吸引那么多小朋友喜欢？给一一讲了书以后，终于明白了，制作者确实是专家。有一次逛商场，儿童书籍那里放这个光盘，一一竟然站在那里看了一整集。

一一18个月以后，语言发展进入关键时期，我们就有意识地边教她认图边教她说话。一一开始词汇量剧增，出现大量的所谓“电报句”。这时候我们买的图书大多是识图辨物类的书，造型大而简单，内容接近日常生活。逐渐我们就以一问一答的形式和一一一起阅读了。到一一22个月的时候，她就能准确看图念出40多种动植物，20多种生活用品了。我们还给一一买了几本“洗澡书”，这样倒不是让她在洗澡时玩耍，而是为了即使一一给弄到水里，也能重复利用。每天临睡前，我和小娜就会交替给她讲“三只小猪”、“拇指姑娘”、“丑小鸭”等连环画，一一是百听不厌。

除了书，一一最喜欢导购阿姨送给她的一个小熊的玩具，我们一开始利用这个小熊促进一一的运动能力，让她跟小熊一起跳舞。后来她的动物玩具越来越多，我们就用这些玩具编故事给一一听。或者创造一些简单的情景，让一一参与进来。比如这段对话：

小熊（爸爸饰）：“咚咚咚！”

小猴子（妈妈饰）：“一一，有人敲门，你去看看是谁呀？”

一一：“谁呀？”

小熊：“我是小熊呀，你是谁呀？”

一一："我是一一呀。"

小熊："我可以进去找你玩嘛？"

一一："可以呀。"

小熊："这位是谁呀？"

一一："小猴子。"

小猴子："我们是好朋友吗，一一？"

一一："是好朋友。"

小熊："那我们一起跳舞吧？"

一一："好吧。"

一一第一个阶段还算成功，第二个阶段也是顺利进行。那些花花草草就倒了霉，经常被我摘过来给她看，后来地上的那些小动物、破石头我都指给她看。一一最喜欢小动物，她有时候怕石头，都不怕小动物，经常晃晃悠悠地去招猫逗狗。我们这时候尽量不让她接触上这些小动物，偶尔没有任何危险的情况下让她摸摸。时间长了，这些动物的叫声一一都可以模仿了。

一一13个月以后，自己可以独立玩耍的时候，我们就有意识地让她多接触小区里面的其他孩子。但是我们发现，这些同龄的孩子几乎都是各自玩各自的，很少一起玩。玩具互换也不是很愿意，都可以拿别人的，别人拿自己的就不行。为了克服一一惧怕的心理，我们采取了以下措施：首先，带宝宝到孩子们多而常去的地方：公园、儿童乐园、小区的空地等都是孩子们非常爱去的地方。我们让一一在观察中学习怎样去参与，慢慢地一一就会觉得这些小朋友对她没有什么威胁。这样，宝宝逐渐从旁观者变为参与者；第二，我们自己多做表率，一一的模仿力很强，她一旦看到你与周围的人友好相处，也会学着这样做。我们有时候主动带着她和别的小朋友一起玩。一一那时候占有欲很强，往往会因为争夺玩具而哭闹，我们只要事态还在他们自己能控制的范围内，就不出手干预，但是鼓励一一把东西让给别人玩。第三，给一一找个固定的好伙伴，小区里面有一个比一一小半个月的宝宝叫“杨玉”（音），虽然也是个小姑娘，但是因为父母比较放手让孩子活动，运动能力特别强。爬高摸底比两岁多的孩子还灵活。我们就让一一多和她在一起玩，让她多模仿“杨玉”的动作，果然，没有一个月，一一自己就可以上下自己的小车了。两个孩子虽然不会互相说话，但是每次见面都很高兴。玩具也是谁玩都行，算是一一在小区里面的“闺蜜”！

除了个别同龄的小朋友，一一没有戒心外，大部分她还是不愿意一起玩，我们也就不强求了。但是她喜欢和比她大的孩子玩，我们在公园总能遇见一个五岁左右的小男孩，那个小男孩就喜欢带着一一疯玩，有时候摔倒了，一一也不哭，真是令我们很诧异。后来我们查阅资料才知道，原来喜欢和大的孩子玩是很多幼儿的天性。我们也就见怪不怪了。

除了家里的老人，我们也鼓励一一多和其他老人接触。每次有别的老人注意她的时候，我们就让她礼貌地叫爷爷叫奶奶，告别的时候说拜拜。结果小区里很多老人都知道我是漂亮妞她爹。我妈有个邻居刘阿姨，就特别喜欢一一。每次一一回清河，刘阿姨几乎隔一天来看一次她，一一最开始看见刘奶奶就哭，但是时间长了刘奶奶单独把她抱出去玩都没关系。现在刘奶奶一来，一一就会迎上去抱住人家脖子，可亲热了。有一天，我妈电话跟刘阿姨说事，一一跑过去说：“刘奶奶，我想你！”感动得刘阿姨直哭。

最近听到一个刘阿姨的好消息，可能“看不得”刘阿姨对别人家的孩子那么好，原本她的儿子决定丁克，现在也准备要孩子了，我们真替刘阿姨高兴。就是不知道，小一一愿不愿意。

小贴士

宝宝为何愿意和大孩子玩

儿童喜欢和比自己大的哥哥姐姐在一起玩，这是儿童社会化过程中常见的现象。因为：

1. 哥哥姐姐往往会想出办法陪他玩；

2. 会有安全感，觉得会受到保护；

3. 同龄的小朋友可能有意无意地有过“欺侮”他的行为，他又不会还手，所以不愿和同龄儿童玩；

4. 从儿童游戏行为的发展过程看，约有20%的两岁左右的儿童对周围环境只是看，而不参与（当然也包括看其他儿童玩，自己不参加），这个年龄阶段儿童的合作游戏行为，往往要以成人或比他大得多的儿童为中介，才能进行。

11. 我是美一一——如何处理孩子的皮肤问题

爱美是女人的天性，宝宝的妈妈是天秤座女生，是个天生的完美主义者，自打一一出生就开始琢磨着怎么把宝宝打扮得漂亮一些，当然，其中肯定还有自己的私心，借着给一一买东西总免不了搜罗一些自己的小玩意儿。

老婆的化妆柜里有一堆瓶子罐子，每次洗完脸就是一顿拍抹，免不了也要让宝宝香一香。现在一一也有了一柜子护肤品。从会走路开始，一一最早模仿的动作之一就是“抹香香”。每次看见老婆在抹油，也会伸着小手叫着：“油油，油油……”看来以后也是个臭美妞。

但臭美不是瞎美，它有两个层次的问题，第一个层次就是保护孩子天然的皮肤美，第二个层次就是如何打扮一一。

我们先来看看一一的皮肤问题。虽然是个公认的小美妞，但是一一的皮肤比较嫩，可能随我的肤质，不是特别好。这下问题就来了。

令人头痛的湿疹：宝宝还没有出生，一些朋友已经送了一堆瓶瓶罐罐了，丈母娘也买了一堆婴儿护肤品，喷的、扑的、抹的，水的、粉的、霜的……可谓一应俱全，单等小家伙享用了。都说女人和孩子的钱最好赚，商家可谓是绞尽脑汁、煞费苦心地从年轻父母兜里掏钱。现在的婴幼儿用品可谓是全之又全，只有你想不到，没有你买不到。快一岁的时候，一一四肢的一些皮肤总是涩涩的，老婆查书后说是湿疹，因为痒一一总是用手去抓，有时候都抓破了。我们买了治疗湿疹的药膏，开始的时候还比较见效，可是时间一长好像也没有那么管用了，看来用药物还是治标不治本，还得从皮肤护理入手。有时候太热、太干或奶粉问题都容易引起湿疹，给宝宝一个适宜的温度是很重要的，保湿也是关键，尤其是秋冬时节，家里的空气很干燥，一一的皮肤有时候干干的，每次洗完澡我们就用一些婴儿润肤油给孩子全身擦一擦，一来起到全身按摩的作用，二来也是对孩子的皮肤起到保护的作用。经过细心护理，一一的湿疹明显好了很多，但是在手腕、大腿等地方还会有一些轻微的湿疹，这也许和宝宝吃奶有关，等到再大一些，吃奶少了，这种现象自然就消失了。不过在一一1岁以前，湿疹问题一直是让我们头痛的一个难题。

红色的小屁屁：几个月的宝宝还要带着尿不湿，一定要经常给宝宝的小屁屁放放风，透透气，总是带着厚厚的尿不湿宝宝是很不舒服的，所以要经常更换，透气性再好的尿不湿也会出现淹屁股的问题，远不如传统的棉布透气。现在年轻的父母大都还是选择尿不湿比较多，这样比较省事，大人没有那么累，但是淹屁股的问题也就随之而来了，宝宝的屁股皮肤娇嫩，总是被湿气沤着就会瘙痒发红，宝宝会感觉很不舒服，一一在两三个月的时候小屁股就红红的，不管尿布换得多勤还是红，开始以为是起痱子，用了痱子粉根本没用，后来我们买了宝宝用的护臀霜，每次换尿布的时候给宝宝抹上一些，慢慢红屁股的现象就缓解了许多，老妈打趣说："这年头屁股都金贵了，比脸抹的油都多。"

国货当自强：北京的冬天和春天是寒冷多风的季节，这时候一一大部分时间都是在屋里度过的，所以我们并没有想到孩子在冬天会有什么皮肤问题。后来我们突然发现一一的下巴和手甚至脸蛋都出现皴裂的时候，才警醒到应该给孩子在冬天抹一些护肤霜。很多父母觉得孩子皮肤娇嫩，最好少用或不用护肤品，其实这种想法不全对。儿童的皮肤和皮下组织比较薄嫩，对外界环境的适应能力较差，尤其是在天干多风的春季。我和老婆到婴儿用品店选购婴幼儿护肤品，那叫一个眼花缭乱，你说你想买什么样的吧，从澳洲的到美国的，从香港到日本的，那叫一个全。看见我俩傻傻地站在柜台前，服务生热心地在旁边帮我们进行推荐，人家专门帮我们推荐了一种价值70多元的澳洲婴儿润肤用品。我认为太贵，但在店员的三寸不烂之舌的推销攻势下，老婆也劝我："要不，就买了吧，对一一好就行。"我这个铁公鸡在内部瓦解的局面下终于败下阵来，掏腰包买了这瓶润肤霜。回家给一一抹了两三天，可是效果差强人意。看着宝宝昔日漂亮的小脸蛋红红的，现在像顶着两块高原红，我可着急了。后来听说儿童凡士林对孩子皴了的皮肤挺管用的，但买回来后非常不容易揉开，而且油性大，经常蹭在枕头和床单上，弄得油油的，不好洗，而且我觉得一一越抹越黑。老妈说，家里还有一瓶郁美净，要不试试吧。说真的，开始我们还真没抱什么希望，可是谁知道一周后一一脸上和手上的皴裂都好了，又恢复成柔滑细嫩的白白一宝了。这以后，进口货就被束之高阁了，看来中国宝宝最适合的还是中国的品牌，老牌子不仅价格公道（一瓶才几块钱，可以用一季），而且是专为中国宝宝研制，几十年的经验毕竟不是白盖的，不选最贵只选最好才是硬道理。

起皮流血的嘴唇：一一1岁10个月的时候，不知道是干燥还是缺水的关系，宝宝的嘴唇开始起皮了，总是干干的，自己还老是喜欢用手去揪嘴上起的皮，有时候整块皮被撕下来都流血了，可是还去揪。丈母娘说也许是喝水不够，最近一段时间都哄着逗着给孩子喂水，可是还是有唇干脱皮的现象，老婆用自己的润唇膏给孩子抹了抹，可是一一总喜欢舔。我怕大人的化妆品不适合孩子，万一被孩子吃到肚子里闹病就不好了，说："要不给一一买支孩子用的唇膏吧。"我妈的意思是给孩子嘴上抹点香油，觉得天然的办法最好，再好的唇膏也是人工合成的，能不用化学品就不用，这样比较安全。但老婆还是坚持用儿童唇膏最好，毕竟有一定的科学道理。两者相持不下，那大家就都试一试，看看哪种办法最管用。一一抹了一个星期的香油，当时的效果还凑合，嘴上的皮服贴了一些，但是隔几天还是起皮。最终还是买了婴儿润唇膏，挑选了含食品原料的润唇啫喱，为防止一一舔，每天等她睡了才抹，每天两三次，平时勤喂一些水，一周左右一一嘴上起皮的现象确实好了很多。看来科学的配方还是有一定的科学道理的，有些方面不信不行。

下面我们来看看美一一的美衣衣：

美丽也不"冻"人：对于宝宝来说，衣服最实际的作用就是保暖，

其次才是好看。应该怎样给宝贝穿衣呢？我记得一位专家说过这三条原则：一要背暖，二要肚暖，三要足暖，可见给宝贝穿暖和是很重要的。其实夏天的衣服是很好打理的，主要选择纯棉布料透气又吸汗的就可以了。大多数宝宝的着装问题在秋天冬天，室内外温差比较大，穿多了孩子像个皮球，也不方便活动，无形中阻碍了宝宝的运动发展。穿着过厚，还容易造成心烦与内热。穿少了又会着凉，引起发热感冒，很多妈妈都想让宝宝穿得又温暖又漂亮，我们年轻人就想让孩子更利落一些，漂亮第一位，家里的老人更喜欢让孩子多穿一些。丈母娘是个很怕冷的人，在家里都要给孩子穿上三四层衣服，生怕一一冻着，只要一出游，那穿得更多，一一成了一个大绒球，就差滚着走了。其实一两岁的宝宝身体已经有了一定的免疫力，不会像小时候着点凉就感冒，在大人穿衣服感到暖和的情况下，孩子的衣服比大人多一件就可以了。孩子是闲不住的，一天到晚总是在动着，所以不必担心冻着他，如果天气太冷，就稍微减少户外活动的时间，穿着利落又保暖会很方便宝宝运动，而且也会给宝宝的魅力加分哦。

粉娃娃和小酷妹——宝宝的衣柜：我想很多父母都会给宝宝买很多衣服，尤其是家里是女孩子的家庭。但是现在的宝宝衣服可是一点都不便宜，几乎和大人的衣服价钱差不多，有时候买回来的漂亮衣服孩子没穿多长时间就小了，简直是浪费资源。宝宝长得是很快的，在我们不经意之间个子就长高了，所以要把孩子打扮得漂亮又能省荷包，就需要父母们开动脑筋多锻炼腿脚了。逛街的时候总能碰见大减价的衣服吧，换季的时候也是淘衣服的好时候，这个老婆是很在行的，但是给宝宝淘换季的衣服还要估计好宝宝第二年的胖瘦和高矮，否则再便宜也只有打包送人了，所以淘换季的衣服还要谨慎。在网上买衣服也是不错的选择，但是一定要看好网上买家的评价或多问问在某个店铺买过东西的朋友，衣服的质地是很重要的，尤其冬天的衣物要看好里面的填充物，谨防上当受骗。在颜色的选择上，可能有的家长会怕买浅颜色的衣服，因为没几分钟就会被宝宝弄得像个煤球。这时可以给孩子带个套袖，围个围嘴，这样被弄脏的机会就会减少很多。在衣服的颜色和质地上，我推荐大家尽量买不易弄脏又结实的布料，宝宝的衣柜里最好能有一条牛仔裤，这是百搭的类型，几乎可以搭配任何衣服，而且宝宝在地上爬也不会磨破，脏了也看不出来，何况冬天外面罩上一条牛仔裤还能起到保暖的作用。像我老婆总喜欢把一一打扮得像个洋娃娃，看见可爱的衣服鞋子就会买回来，颜色都属于很粉嫩的那种，打开一一的衣柜，不是粉色就是天蓝，要不就是鹅黄。我更希望一一看起来很个性，想把孩子打扮成又酷又潇洒的酷妞。但是老婆不同意，于是在选购衣服颜色方面就发生了争执，于是经过协商选择中性的颜色为主，像蓝色的小外衣配上深蓝的牛仔裤，加上一双小皮靴，十足的明星味。现在的牛仔布料有很多选择，夏天有薄料透气的，冬天有厚料加棉的，爸爸妈妈可以根据季节进行选择。

衣服DIY：初为人父和人母，总是想让自己的孩子穿得又好看又温暖。于是总免不了头脑发热的买回一堆宝宝的衣服，自打有了一一，老婆逛街又新增了一条借口：给一一买衣服。宝宝专柜是我们经常逛的地方，每次逛街我们总会有不少收获，每次老妈看见我们这样糟蹋钱，总是捻着布料摇着头说："不值，不实用，太贵。"开始我们不以为然，等老婆月底接到信用卡账单才大叫起来，于是省钱计划在所难免。孩子总是长得飞快，于是衣服在飞快地替换，这是让老人高兴，老爸头痛的事情（我的钱包啊!）。

其实有的衣服经过我们的智慧改造，完全可以废物利用，为各位父亲们省下一笔小财。一一的奶奶是这方面的行家里手，家里有一台旧缝纫机，山西人秉承了老一辈勤奋节俭的优良作风，每当老婆收拾宝宝衣服要丢掉或送人的时候，总会被孩子奶奶截流下一些，进行重新改装。衣服的袖子如果短了，可以给袖口加个花边，下摆短了，就接个宽边，尤其是内衣，反正穿在里面，只要在接缝处细心处理，让孩子感觉舒服，适当进行拼接处理是不错的省钱方法。一一的一些漂亮裤子短了怎么办？干脆彻底短下去，单裤在裤腿处翻个边，绣上卡通形象的贴图，又是一条新裤子，夏天可以当短裤穿。厚裤子把长的地方剪掉，绷好裤边，里面配上厚袜子，穿上小靴子，就是靴裤了。一一的太姥姥听说北京下了大雪，生怕自己的小孙孙冻着，还做了一条大棉裤寄了过来，里面絮的都是新棉花，倒是很暖和，但是说实在的真是土点，所以如何让这条大棉裤变时髦，成了亟待解决的问题，老婆找出了一条自己穿旧的条纹裤，剪出孩子棉裤的裤型，给这条大棉裤穿了个外罩，哈哈，转身变成了时髦的条纹裤，增加了不少酷感。

这个冬天我们除了给孩子买了件羽绒服和两条牛仔裤，几乎没有给一一添置新的衣服，但是一一却有了一堆大家共同改装的“新衣服”，穿出去也吸引了不少眼球，还有大爷大妈询问一一的衣服裤子在哪买的。另外，为了方便宝宝上厕所，宝宝在一岁半以前一直穿的开裆裤，到了冬天，老辈人心疼孩子冻屁股，坚持给孩子穿上死裆裤，但是一一有时候忘了自己穿的是死裆的裤子，蹲下就尿，很容易把裤子尿湿，为了这个问题，孩子奶奶想了一中午，睡不着了翻身起床给裤裆加了条拉锁，这样一一要上厕所的时候只要把拉锁一拉开就OK了。其实我们只要动动脑筋，宝宝的衣服有很多让我们发挥的余地，并且可以让孩子有和其他宝宝不一样的个性衣服哦。

宝宝的两个小装备：

1. 时尚小帽子

老人说多剃剃头孩子头发以后长得好，于是一一一直就是个小秃子，要不就是个“小刺猬”，冬天没有头发的保护头皮容易受凉，这时漂亮的帽子就发挥了很大的作用。给孩子买个带护耳的漂亮毛线帽，又时尚又保暖，给宝宝的秃头加了不少分呢。夏天太阳晒，给宝宝买个带帽檐的棒球帽或两用的鸭舌帽，你会发现宝宝变精神了很多。

2. 漂亮袜子多多益善

袜子是宝宝的必需装备，因为小宝宝们身体的各项功能发育还没有健全，体温的调节能力比较差，特别是神经末梢的微循环最差。如果不穿袜子，非常容易着凉。而且一一不断长大，她活动的领地也在扩大，两只小脚丫的活动项目会越来越多，如果不穿上袜子，万一在蹬踩的过程中损伤皮肤和脚趾怎么办呢？另外袜子还可以保持清洁，把尘土、细菌等对宝宝皮肤的侵袭挡在外面。除了天气特别炎热，一一几乎一年四季都穿袜子，这可以很好地起到保护脚趾的作用。选择袜子记住选透气性好的纯棉袜就可以了，尼龙袜再好看也不能吸汗，会影响宝宝的皮肤。另外，千万要注意选择适合宝宝脚型的袜子，太大或太小的袜子都可能影响宝宝小脚的发育。袜子的松紧口在买的时候要留心，太紧会影响孩子的血液循环，松的袜口又容易脱落，要选择松紧适度的袜口，以宝宝不感到勒为标准。

今年，国外都流行在小裙子下面给宝宝配上各种艳丽的彩色袜子，袜子很好配的，可以很薄也可以很厚，反正是色彩艳丽就对了。哪怕是几个月大的小宝宝穿上也特别漂亮，天气再凉一些，就在外面准备一个带帽子的小披肩，这个搭配是专门送给女宝宝的，真是又方便又时尚。

小贴士

宝宝润肤霜的选择：

宝宝的润肤霜该用还得用，但一定要注意选择成分简单、作用单一、质量有保证的。所谓成分简单，就是最好不加特殊香料，不加过多颜色，只具备基本的润肤成分即可。因此，建议父母们在挑选时先闻闻气味，有淡淡香味，孩子不反感就可以。然后再挤出一些试试，白色或乳白色的最好，颜色鲜艳的最好别买。而作用单一就是指护肤品的功能要简单，如护臀霜就是专门保护小屁屁的，润肤霜就是滋润皮肤的。如果护肤霜还宣传有其他的功效，家长就要小心了。

宝宝穿衣的原则：

应该怎样给宝贝穿衣呢？专家给出了五项原则：一要背暖，二要肚暖，三要足暖，四要头凉，五要心胸凉。这套育儿经，可以纠正不少家长给婴幼儿穿衣不当的做法。

保持背部的“适当温暖”可以预防疾病，减少感冒的机会，如果过暖，背部出汗多的话，反而易患病。肚子是脾胃之所，保持肚暖即是保护脾胃，孩子常脾胃不足，当冷空气直接刺激腹部，孩子就会肚子痛，从而损伤脾胃功能，使脾胃不能正常稳定地运转，影响了吸收就不能把营养物质有效送至全身各个器官，“肚暖”是孩子保健的重要一环，睡觉时围上肚兜，是保持肚暖的好方法。脚部是阴阳经穴交会之处，是对外界最为敏感的地方，孩子的手脚保持温暖，才能保证身体适应外界气候的变化。

从生理学的角度来讲，孩子经由体表散发的热量，有1/3是由头部发散，头热容易导致心烦头晕而神昏，孩子患病更是头先热，如果孩子保持相对的头凉、足暖，则必定神清气爽，气血循环顺畅。穿着过于厚重臃肿，会压迫到胸部，影响正常的呼吸与心脏功能，穿着过厚，还容易造成心烦与内热。

小贴士

室内室外穿衣有别：

带小宝宝出门的时候，爸妈别忘了带薄外套、薄长裤，即使只是在家门口散步，也该给小宝宝做好防风保暖的工作。此外，每个宝宝都应该有顶帽子。帽子的功能很多，白天可以遮阳、天凉了可以保暖、保护头皮，减少宝宝受凉的几率。

从外面回家后，先别急着给宝宝脱外套哦！因为秋天的天气常常是“外面闷热而室内凉爽”，而幼儿适应温度的能力不及大人，一下子把宝宝的外套脱掉了，说不定宝宝反而会在进门后着凉，还是应该先让宝宝稍微适应一下室内的温度后，再给宝宝脱外套。还有一种情况比较特殊，若外面下着毛毛雨，即使宝宝的衣服只是稍微有点打湿了，回家后仍应立即换上干爽的衣服，以免宝宝感冒。

一一就这样生长着，倔强地生长着。有苗不愁长，长得好长得赖，还得看家长。不管怎样，从一个不到标准重量的小可怜，变成人见人爱的小美妞。我们完成了孩子0～2岁的养育和教育。最艰苦的时候我们已经熬过去，但爸爸我不会松懈，因为我愿意一辈子遭这个罪！

第六章　生活充满意外　无奈无处不在

1．发烧事件——大人同样要注意身体

童话里面“天使”和“恶魔”都是对立的，水火不容，现实生活中却有两种人是统一的。一种是男人心目中的大美女，所谓的天使面容魔鬼身材。另一种就是天使、恶魔的完美结合体——宝宝。但美女仅仅是外观上的简单拼接，宝宝则是令人抓狂、心神俱疲、家庭混乱的制造者！度过了在医院里面的艰苦时光，本以为接一一回家后，大家就能平平安安，却不想一个意外接着一个意外地降临。首先是病魔猝不及防地狂袭。

要说身体好，我们家里面我老爸的身体最好，可能是当兵几十年打下的底子。60岁的人，猛地一看也就50岁上下。平时老人很注意锻炼身体，也很少得病，小的感冒都很少，就算是有点小病喝点水睡上一天就好了。其次是我的老丈人，虽然没有我爸那么爱运动，但是因为是医务工作者，很注意养生和预防，也很少得病。再下来就是小娜和丈母娘，身体也不错，丈母娘就是到岁数了，有些骨质增生和耳背（鼻炎是小娜怀孕后得的）。最不好的就是我和我妈，我妈四十岁左右就有风湿性心脏病和关节炎，气管也不好，总是感冒咳嗽。我是得了痛风，减少了运动量以后，感冒经常犯，还有慢性咽炎。但堡垒有时候偏偏从最强的地方攻破！

有了一一以后，我和我妈知道自己身体不好，所以都比较注意。我爸忙里忙外的，没事还喜欢看着自己的漂亮孙女睡觉。大冬天有时候着急出门给一一买东西，棉袄也不穿，我们提醒的话还没说完，老先生已经到了楼下了。我们每次都劝他，岁数不饶人，让他注意点。我说不是

特着急的东西，我下班顺路就捎回来了。可是我爸就是很坚持，我妈说这是隔辈亲：小时候我爸在新疆当兵，几乎没怎么照顾过我和我姐，现在把全部的爱都补偿到他这个孙女身上了。但现实就是这么残酷，你越想多一点时间亲近孩子，老天爷就是不顺着你来。

一一刚满月不久的一天早上，我爸出去买菜回来，有些咳嗽。我说不会是感冒了吧，让他赶紧歇着。老爸说没事，上午又出去了几次，到了中午，鼻涕就止不住了，咳嗽的频率也加快了，这下是真感冒了。我妈开始数落我爸，说让他注意他不注意，这下感冒了，传染给孩子怎么办？说得我爸无言以对，只得说："没事，没事，用我的老方法，半天就好。"他所谓的独家老秘方，就是玩命地喝水，然后钻进三层大棉被里面捂汗。这个办法不知道有没有科学根据，但是我爸每次有些轻微感冒都这么治，每次还都能好。

老妈让我把自己那间在北面的房间（离一一最远）腾出来给我爸。让我爸没事别出来，饭菜和水都是我送进去。我爸为了赶紧好，不殃及其他人，主要还是害怕传染自己的宝贝孙女，自己关起门，开始捂被子运动，除非上厕所，否则不出来。到了下午三点，老人忍不住，出来凑到一一的门口，趁孩子睡觉的时候，想在门口看看宝贝孙女，结果被我妈看见，用严厉的眼神赶了回去。每次去给我爸送水和饭菜的时候，就觉得老人真可怜，太不容易了。我劝我爸，别着急，身体要紧。我爸总说没事，明天就好，说我们不会挑菜，他还得给一一买新鲜的青菜和水果榨汁去。第二天早上，我发现我爸的嗓子都是沙哑的，问他是不是严重了，他非说已经好得差不多了。我留个心眼，让他试一下体温计，结果一出来，竟然已经38.5℃了。我爸都有十多年没这么发过高烧了，我赶紧给他去买感冒和降温药，让他吃。可能是药不对症，也可能是我爸急火攻心，到了晚上非但没好，烧得更高了，都快39℃了。我赶紧开车送我爸到附近的社区医院检查，幸亏只是普通的病毒性感冒。输了三个多小时液，第二天早上体温就下来不少。医生让输三天，我爸这温度刚下来一点就不想去了，被我强行又拉过去继续输液。后两天我爸坚持自己去，说让我在家照顾孩子和小娜，拗不过老人，只得让他自己骑车去了，多亏不算远。

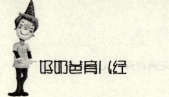

就这样，五天以后，我妈把我爸所有的衣服消毒后，我老爸重新上岗，又可以抱他的小一一了。

歌词里唱到，一波还未过去，一波又已侵袭。我爸病刚好没两天，我妈嗓子就开始不舒服，当时感冒的症状还不明显。也是到了下午开始流鼻涕，又赶紧把我妈送进“隔离室”吃药观察。幸亏那时候丈母娘还在家，小娜母子晚上还有人照顾。到了晚上，我妈的体温也到了38℃以上，没别的办法，赶紧送医院吧。大夫看见我，说你怎么照顾你爸妈的，两个老人倒班得病。我说家里有小孩，大夫说这倒可以理解。验血化验的结果是也得输液。一次三瓶，我怕我妈寂寞就陪着她。老妈是个急性子，嫌慢，自己去调输液的速度，我劝她慢着点，注意自己的身体。因为我妈的这种心脏病，感冒特别容易诱发。所以我们母子两个都有些担心，老妈更担心丈母娘在这边不习惯，不知道家里的东西在哪里放着，照顾不好小娜和孩子。我说您就放心吧，别想那么多。

好在最严重的情况没有出现，老妈仅仅是感冒发烧。等我妈病好了，我老丈人过来看一一，说起我爸妈发烧的事情。老丈人说最近流感确实很严重，让我们大家都注意，喝些板蓝根预防一下。临走的时候，我们提醒他也注意身体，老丈人一脸不在乎的说：“7、8年都没事，身体好。”丈母娘让他小心说嘴打嘴。第二天晚上，老丈人来电话，说发烧了也是38℃以上，但是老人坚持不打针，自己开了药吃。我怀疑是家里的病毒太多，传染给老丈人了。全家又开始集体消毒和通风，忙得不亦乐乎。可能是担心自己老伴的身体，也可能是在这边住的不习惯，最有可能是没有逃过病毒的袭击，丈母娘也病了，病情差不多。我照顾了一天，丈母娘觉得太麻烦，就提出回丰台调养一段时间，我和小娜也觉得这是个好办法。打电话问老丈人，老丈人已经康复了。我拿了药，把丈母娘送回了丰台。到了丰台，我嘱咐老丈人定时送丈母娘去医院打吊瓶，结果老丈人说作为一个老医生打吊瓶还用去医院？我想想也是，老丈人当过医生，丈母娘当过护士，这点事是小事。可能回到自己家，舒服方便一些，丈母娘两天就好了。

等老人都恢复健康后，我和小娜长出一口气，看着小一一，我说：“都是你这个小鬼，害得一家老人转圈得病。”小娜更直接说：“就是一个小灾星。晓东你上辈子做什么缺德事了吧？老天爷派这么一个家伙来折磨你。”我说：“闭上你的乌鸦嘴，哪有这么说自己家孩子的。小心点吧，现在家里面没有发过烧的就是你我了。再胡说八道，接力棒马上就到你手了！”小娜说：“不可能，我是‘小灾星’她妈，百毒不侵。”

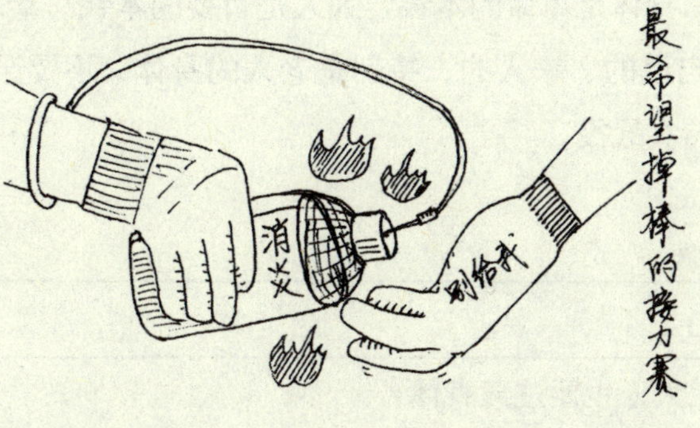

你说这个事情就是巧了，同样是第二天上午，小娜就有些难受，说鼻子痒痒，胃也有些难受。我说去医院看看吧，小娜说不用。我摸摸小娜额头，也不算烧，就以为小娜主要是脾胃受寒，没太放在心上。晚上，小娜没吃几口饭说有些恶心就去睡了，我看她气色不好就让她也到“隔离屋”去睡了。到了晚上九点忽然听到一阵巨响，小娜一阵狂吐，床上、地上、墙上、甚至窗台上都是她吐的秽物。我和我爸赶紧一边收拾屋子，一边让小娜穿衣服起来准备上医院，害怕是食物中毒。走之前量了一下体温，竟然也过了38℃——我都快疯了！

到了医院，大夫看见我都快不行了，说：“人家事不过三，你这好都来第四次了。老人刚好，又把媳妇儿送过来了。”查了查，也得输液。幸亏不是特别严重，输了两天，小娜就好了，第三天死活不去了。没办法，他们家输液就这个习惯。永远少输一天，说是对人体自身的免疫力好。丈母娘听到小娜病了，担心自己闺女，又赶回清河来了。

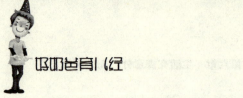

这一圈下来，持续了整整一个半月。除了照顾他们，来回上医院外，我天天担心什么时候自己也得上。好在小娜运动细胞不好，这个发烧的接力棒掉棒了，我算躲过一劫。我妈打趣一一说：“就知道向着她爸，累得家里人都得病，就她爸没事！”我说：“这哪里是对我好，她得留一个跑腿的，要不谁照顾她！”从此，我们什么事情，就更注意合理分工，调配时间，随着一一作息的规律，这种集体“中招”的事情就没有再发生了！

我的总结：身体是革命的本钱，大人是育婴的本钱。奉劝每个新生儿家庭，善待自己的、家人的、特别是老人的身体，不要逞一时之勇，毕竟这是一场持久战役。

小贴士

照顾宝宝大人也要注意身体：

1. 新生儿作息不规律，大人昼夜颠倒，自身对病毒的免疫抵抗能力也会很差，要注意休息。最低也得保障每个礼拜两晚上的深度睡眠时间。

2. 屋内要注意通风消毒，提高自身免疫力。冬天除了喂母乳的产妇，家里人尽量吃些预防药物，比如板蓝根。

3. 外出时要注意添减衣服，流感高发期到人多的地方尽量配戴口罩。

4. 身患传染性疾病的家人不要接触婴儿，以免传染。有条件的可以自行隔离，减少与家人接触的次数。

5. 病人的衣物要及时消毒清洁。

6. 得病要及时就诊，不要硬扛，以免耽误治疗。

2. 保姆事件——如何寻找合适的保姆

我和小娜在医院里看见别的产妇雇了专业的月嫂后，家里人很轻松，也动了雇人看孩子的念头。因为正好赶上春节，月嫂是来不及了，就琢磨着雇个保姆，将来帮老人一起带孩子。结果这个想法刚一说出来，就遭到了家里老人的一致反对。总结起来，就是四大理由："我们能吃能睡能跑的，还干得动；家里六个大人还看不了一个孩子?！现在保姆的责任心和水平太没谱；留着雇保姆的钱给孩子比啥都强!"

只得暂时搁置这个计划!

小娜坐月子在我爸妈家，丈母娘根据原定计划也跟过来，帮忙。本来是我妈主要负责孩子，丈母娘主要负责小娜。晚上看孩子两个老人倒班。但是人多嘴杂，如何看孩子意见往往不一致。另外两家人关系虽然很融洽，但毕竟生活习惯不一样，有些时候还是有些不方便。后来一一百天左右的时候，生活基本规律了，加上丈母娘的鼻炎开始严重，我和小娜就让丈母娘回丰台疗养了，打算等小娜上班以后我们把孩子接回丰台，再由丈母娘主管。

上一章"一一到底爱谁"中我说了，因为是奶奶在她最小的时候天天陪伴着她，所以那段时间一一晚上看不见她奶奶就不睡觉。我和小娜就担心回到丰台，她姥姥管不了她。加上我爸妈也舍不得孩子，就商量把孩子看到1岁，让小娜或者丈母娘利用小娜寒假的时候提前过来陪一一睡觉，让孩子早点适应。但老天爷就是不让我们的计划得逞，我妈因为糖尿病住院，一下瘦了将近30斤，再加上原来的心脏病导致的供血不足，身体非常虚弱，我和小娜就在一一10个月左右的时候把她接到了丰台卢沟桥的新房里。这样，因为平时我和小娜上班，家里就丈母娘一个人太辛苦，还有就是我们担心丈母娘的轻微耳背——万一听不见孩子哭出意外。请保姆的事情再次被提上日程。

找保姆家里人这次没有太反对，我妈和丈母娘基本同意了，只有我爸坚决反对，老爷子说不行他来看！我只能开玩笑地劝：“爸，就和中国足球队一样，您的工作态度和热情以及体能都没有问题，但业务能力有限呀！”但我爸这次很坚决，据我妈事后跟我解释，我爸不愿意找保姆主要有两个原因，一是舍不得长时间看不见一一，二是不放心外人看。后来我们各让一步，在没有找到合适的保姆之前，我爸每周一到周五和我们一起住在卢沟桥，帮着丈母娘一起带孩子。商量完了，大家就开始分头找保姆。

开始我把价格定在1200元/月左右，因为家里有老人看孩子，保姆只是起辅助作用。她们的任务主要是在丈母娘看孩子的时候打扫打扫卫生、洗洗衣服，丈母娘做饭的时候看看孩子就行，晚上住不住在我们家都无所谓，就没有打算请比较专业的保姆——那些所谓会早教、营养配餐的保姆。结果老丈人和小娜都反对，认为就那么点工作量不值当那么多钱，特别是老丈人凭着老经验认为一个月800元就够了。可能是觉得打扫卫生是我们最主要的目的，这父女两个都提到了各自单位的保洁阿姨，认为托她们就能找到。于是这父女二人就开始给单位的保洁阿姨吹风，人家答应得也痛快，让我们等消息。很快老丈人那边就来了消息，保洁阿姨的朋友只愿意做保洁，因为没看过孩子怕带不好担责任。随后小娜单位的保洁阿姨也有了消息，但是一个是好消息一个是坏消息：好消息就是她有一个姐妹儿现在给一个老人当保姆，因为一个月才挣600元，再上那个老人是生活不能自理，觉得太累，说可以过来帮我们带孩子；坏消息就是虽然老人瘫痪，但老人可以说话，脑子还算明白，小孩太小比较费事，希望可以添一些。我和小娜就让阿姨告诉她的朋友，小孩主要是老人带，但是也可以给她加到900元。三天后，这个人说少于1200不干。这哪里是加一点呀，这不是翻倍了吗！我们就说算了，过了一个礼拜，这个人又说900也行，我和小娜都觉得这人出尔反尔不踏实，就回绝了。于是，第一波找保姆就这么以失败告终。

我想起北京国安队找外援的事情，那就是用别人用过的，被证明过的。就和我妈商量，说清河我们军队院里至少有八九家雇了保姆，能不能看看哪家的保姆不错，孩子又大了，我们正好接过来雇。我妈觉得也挺合适的，没事就出去打听，因为这个小区就是军队老干部的小区，所以相互基本都认识。三问两问，还真有两个口碑不错的保姆，一个40岁左右，一个20岁左右。

听说那个40岁左右的是我们山西老乡，做饭看孩子都是一把好手，动作麻利快。我和妈觉得既然是老乡，可能生活习惯和共同语言就多一些，都倾向于她。她现在的工资是1500元/月，我和妈虽然觉得比预想的贵一些，但是一打听，现在看小孩的保姆价格确实都涨了，于是就同意以原价格用她。她开始同意了，但是说快到春节了，她得春节后过来，我想寒假小娜就在家了，就同意了。过节的时候，我们问她什么时候回来，她说家里人不希望她再来北京，说给她找了一个厂子一个月也不少钱。我们就劝她再考虑考虑，说我们也没找别人，希望她能来。我们一想，人家既然老家挣一样的钱，就应该不会来了。谁知道，正月十五一过，这个老乡来电话，问我们到底雇不雇她，要是雇她还是可以来，就是工资得1800元/月。我妈听了挺堵心的，觉得开始不来就是知道我们没找别人拿这个说事，就说你还是在老家工厂干吧，我们听你说不来了就找了别人了。那个老乡保姆听了半天没说话。

我们赶紧返过头找那个年轻的保姆，那个小保姆虽然特别喜欢小一一和我们家的老人，但是已经在另外一个邻居家上班了。虽然她说只要我们家能说通邻居，她就愿意过来，我爸觉得都是老同事，没法去挖墙角，就只能忍痛割爱了！第二波再次失败。

两次靠人脉去找都失败了，我和小娜就觉得价格既然涨上去了，还不如找专业的中介公司。我的同学正好有朋友开了一个比较正规的保姆中介公司，便给我推介了，说价格最低1200左右。我上网看了一下，还真不错，分为几个级别。我电话打过去，告诉了我们的要求，人家说按我们的要求和价格初级育婴师就可以了，价格1600元/月。我们问不是1200吗？他说那是去年的价格，现在涨了。我说1600也行，只要有经验人干净就好。结果人家说现在没有人手，只有一个刚接受他们培训的小姑娘问我们用不用，但是价格也是1600。我爸一听就不干了，说没经验的人还不如他。

我把我找保姆的遭遇和同事们讲，感叹现在保姆如此紧俏。正好一个同事住在长辛店，离卢沟桥不远，说他们家门口就有一个保姆中介，他认识他们老板，说天天一大堆保姆在那里等活，价格也就1000元/月左右。我一听别提多高兴了，和我同事提前下班开车接上小娜就去了那家中介。原来所谓公司就是在一个小胡同的生着炉子的小平房里面，看公司外观我心里就凉了半截。一进屋，我感觉比外面还冷，手冷心更冷。屋子里面十来个年龄二十到五十岁上下不等的妇女，在那里等着找活。一个个蓬头垢面的，大部分指甲缝里面都是黑黑的。因为提前和老板打了招呼，我抱着侥幸的心理，说了情况，老板问一个月800元有人愿意去吗？我看其中有几个眼睛里面有一些期盼，但是谁也不说话，有几个岁数大一点的说太少了，于是其他人纷纷应和太少了。我说要是有经验工资可以商量，老板也看出来有几个人口是心非，碍于其他人不敢表态，就对我说看中哪个可以上里屋单聊。其实我还真是没看上，但老板既然说了，我和小娜就选了两个还干净一些的保姆先后进了里屋谈。不谈不要紧，一谈更生气，两个人一个不认识字，一个只有小学文化，有小学文化的那个人说话还口音太重，十句有八句我听不懂，更主要的是两个人都没有当保姆的经验——别说孩子，老人都没看过。我就说算了，有一个人一看我不同意，就主动说800她也干，我说我再想想吧。出了门，我们和老板简单告别，老板说有好的再给我推荐，我们应付两句赶紧逃离了那个地方。

又过了一段时间，合适的还是没有找到，小娜就提议再去长辛店碰碰运气。可是我的同事倒不建议我们去了，因为我同事听说那里有个所谓有经验的保姆出了事，差点被孩子的父母告上法院。据说这个保姆哄孩子睡觉是一绝，孩子的父母就2000元一个月雇了这个人，结果果然孩子睡觉好多了，特别是午觉睡得好。但是有一天女主人中午有急事回家，看到了令她发指的一幕：保姆在看小说，孩子饿了，保姆懒得冲奶，就让孩子嘬着保姆的大脚趾头睡觉！女主人差点气疯了！一听这个故事，小娜就不敢再去了。

又跟丈母娘商量，雇个小时工，来打扫卫生帮着做饭就行，可是一算价格和雇保姆一样，我爸听了说如果就是打扫卫生和做饭还不如他来，他还可以带一一出去玩。就这样，反反复复也没找到合适的。

过了一段时间，那个正规的中介给我来电话，说保姆有合适的了，我回去赶紧跟丈母娘和我爸说。结果家里人都乐了，说我也不看看一一都多大了还找保姆。我也笑了，一一那时候都一岁半了，早就会自己走路了，睡觉、吃饭、大小便都规律了，丈母娘做饭她也可以自己玩了，我爸都打算功成身退了，还用得着保姆?！我一想也是，再坚持一年多，一一就该送幼儿园了！

就这样，我们的保姆梦彻底破灭了。大家别学我，有必要该雇还得雇，毕竟大多数保姆还是有责任心的。至于我，只能是那句老话：点背你别怨社会！

小贴士

给宝宝找保姆注意事项：

我没找到合适的保姆，但同事朋友还是给了不少经验，加上我自己的教训，还是有一些事项提醒大家：

首先要了解保姆的身体健康情况：保姆每天要照料宝宝，直接接触宝宝的衣食住行，如患有肝炎、结核等一类传染病，则会传染给孩子，这点切记！另外一定要讲卫生，无不良生活习惯。上岗前的体检必须要做的体检项目：需要验血，看有无慢性肝炎；需要验

小贴士

便，以查清是否患有伤寒病或是伤寒病的健康带菌者；需要验痰，以检查是否患有结核病；对某些保姆还需要做淋菌涂片和梅毒血清检查，以排除患有性病的可能。

其次是文化素养：保姆至少要有初中以上文化程度。这样在与宝宝朝夕相处的日子里，她可以经常给宝宝念一些儿歌、唱唱小曲儿，讲讲故事。而这些素质要求是那些文化程度低的保姆所无法具备的。

第三，最好雇佣受过正规培训的保姆：她们会营养配餐、掌握一定的幼教知识，特别是对孩子的居家安全、应急措施等都有必要的知识储备，雇用起来更放心。

再有，尽量不要雇佣自身有同龄孩子的保姆：如果保姆家中有年幼的孩子，或与你的孩子年龄相仿，从人性的角度看，保姆很容易触景生情，觉得为何你家的宝宝这么“金贵”，而自己的宝宝则没有妈妈的照顾，心理上容易出现偏差。

最后，不要以为保姆不住在家里就能省下费用：因为大多数保姆愿意住在雇主家里，这样她们可以省下每天的交通、吃晚饭的费用。

3. 奶粉事件——一个非三鹿奶粉家庭的遭遇

2008年对中国人来说注定是不平凡的一年。奥运给我们带来无上的光荣和骄傲，但天灾人祸更是令我们痛心疾首。5.12汶川地震“震”惊了整个世界，我们在为同胞的不幸感到无比心酸的同时，也为大家的自发汇聚的爱心和当地人民的坚强而感到无比感动。但如果说地震是天灾的话，人祸就显得是那么令人愤怒和不可原谅！何况，这次人祸的魔爪伸向的还是无辜的婴儿！

2008年说起一个企业，大家都有谈虎色变的感觉，是什么企业这么厉害呢？答案就是“三鹿”。说起一个单词，大家都有闻之胆颤的感觉，是什么单词这么厉害呢？答案就是“三聚氰胺”。

事情是从2008年9月开始，以三鹿事件为导火索，伊利、蒙牛、光明等国内大小奶制品企业，一些国际著名食品企业，鸡蛋、巧克力、畜禽肉等蛋白质类食品均出现了三聚氰胺的黑影！三聚氰胺事件，震惊了整个世界，这个以前很少有人熟知的词语曝光率陡增，传遍全世界角角落落。各国都把“三聚氰胺”当作过街老鼠，人人喊打，如果它一出现在本不该出现的地方，立即招来一片愤怒的目光。三聚氰胺事件是中国奶产业有史以来爆发的最严重危机。如今距离事件发生已近两年，就中国的乳业来说，那一年是煎熬的一年，公众的不信任导致购买力严重下降。很多企业呼吁给一些信任和宽容，要我说这是咎由自取！别的家庭不说，其实没有受到它直接侵害的我们这个家庭，同样是饱受折磨，怀着惴惴不安的心情度过了2008。

前面说过了，一一这个小家伙既当上了所谓的金猪宝宝，又当上了奥运宝宝。奥运会举办的时候，一一已经半岁多了，小胳膊小腿也很结实。看见和听见电视里面比赛的动静，有时候也兴奋得在我们怀里上窜下蹦。那十多天，家里特意给我和我爸这两个体育迷减少了照顾一一的工作量。到了9月11号这一天，我的奥运兴奋期还没有过，一上班，很多人就问我家里孩子吃的什么奶粉？我当时还没明白怎么回事，还傻乎乎地一本正经地回答："在医院喝的是'贝因美'，因为我看广告只记得这一个牌子。出院后我父母买的是'雅士力'。"他们说："还好不是'三鹿'。"我说："'三鹿'我没听说过，我就看我们家一一喝Y品牌的奶粉吸收和大便都挺好的。你们关心这个干嘛？"单位的同事看我是真不明白，就告诉我奶粉出了大事了，让我赶紧上网去看看。这一看，才知道，三鹿奶粉是怎么回事。

中午，我爸就急冲冲地给我电话，问我知道了吗？我说知道了，Y品牌应该没事。我爸说："听邻居说，国产的名牌大部分可能都有问题。劝咱们改成外国牌子。"我没当回事说："没那么严重吧，咱们国家那些名牌奶粉很多都是合资的呀，再说国产的现在也挺好呀，那么多企业不会都像'三鹿'那么无耻吧！"回家后的几天，看到电视里面那些因为结石输液的"大脑袋"孩子，我们这些家里有小宝宝的家长几乎恨得咬牙切齿。但恨归恨，多少有点隔岸观火的感觉。没想到，还没到一个星期，这把火就烧到了我们家！

那几天，我们天天晚上看新闻联播，就是想看看那些孩子的情况如何，事件如何进展。看到有些孩子因此夭折，家里人除了怒骂同时心里也在祈祷：Y品牌千万别出事！9月16日晚上，新闻联播公布了国家质检总局紧急在全国开展的婴幼儿配方奶粉三聚氰胺专项检查结果，总共说了五条主要结果：1、在全国目前175家受检婴幼儿奶粉生产企业，有22家企业69批次产品检出了含量不同的三聚氰胺。2、在检出三聚氰胺的产品中，石家庄三鹿牌婴幼儿配方奶粉三聚氰胺含量很高，其中最高的达2563mg／kg，其他在0.09－619mg／kg之间。

这22家"中标"企业里面，我一直信任和吹捧的Y品牌赫然在列，广东和山西Y品牌分列超标第9名和第13名。而且广东Y品牌还被国家特意强调出口了别的国家。我连忙拿出一一喝的奶粉，竟然就是广东Y品牌。家里面还有小半箱Y品牌的奶粉，家里人没了主意。都扔了，太浪费，后来看有关知识，这些三聚氰胺对大人几乎无害。家里人就决定把这些奶粉大人喝，或者用来揉面、洗澡什么的。我赶紧提出要不然我们换一个国产品牌吧，小娜说还是买进口的吧，我说没那么金贵。

D品牌买了一袋回来以后，我们家里人还是担心猛地换奶粉一一不适应。一开始还是和Y品牌混着喝。后来就只喝D品牌了，但是那几天一一的大便就开始不好，总是特别干，拉出来砸在盆子里面都当当作响。小娜开始噘着嘴不高兴，说我是个守财奴，不舍得给孩子用进口的。我本来还想坚持，说一袋便宜十多块钱呢，再说D品牌也没出事呀。但事情发展的往往不是我能左右的，也许一一大便不好和D品牌没什么关系，但当时对国产奶粉不信任之风愈演愈烈，不管你有没有被检测出来，大家都不敢买了。看着门可罗雀的国产奶粉货架，我对国产奶粉仅存的那么点信心就开始动摇。这时，网友又开始风传怀疑D品牌的也有问题，我的最后一道防线终于彻底崩溃，只得妥协。从此，一一正式进入进口奶粉时期。

我们一开始买的是S品牌，一一吃起来感觉还可以。但吃了没几天，国内许多网民和年轻的父母开始怀疑国家对进口奶粉的模糊态度，认为对这些进口奶粉监督和检测不够。果然，不久新闻就曝光：香港“雀巢金装助长奶粉”、“雀巢儿童高钙奶粉”和“雀巢速溶奶粉”被查出含有三聚氰胺。随后，在澳门又查出“Lotte乐天小熊饼”等食品含有“三聚氰胺”。随后，美国查出什么、欧洲查出什么的消息不断。本来就人心惶惶，国家有关部门这时候好心地安慰大家说：这些品牌在国内销售的没有任何问题。这不解释还好，一解释，大家更不信了，因为国外企业用次品往中国大陆销售的案例太多，大家几乎不相信我们用的东西比销往欧美的好！于是，对国家相关部门的怀疑之声此起彼伏。

我和我爸没有时间去质疑什么，因为这时候我们也根本左右不了什么。我们把一一送去验尿，结果一切正常。我爸还不放心，顾不得一一哇哇直哭，验了一次血，同样一切正常，家里人才算放心。但事情就是那么巧，结果出来的当天晚上，我上网发现S品牌也出问题了，一些家长联合起来正在跟S品牌的厂家交涉，因为他们的孩子一直喝的是S品牌，但是出现了结石症状，停用后症状消失。开始是几个人，没过几天，竟然全国发展到几十人。一开始我以为是网民炒作的谣言，但是我和小娜去超市的时候，发现S品牌的货架上特意声明：经国家质检部门检测，S品牌奶粉绝不含有三聚氰胺，请消费者不要听信谣言！——这招太蠢了，本来很多购买者不知道这个事情，这下全都不敢买了，毕竟现在已经草木皆兵了。

小娜说："——怎么这么倒霉，喝哪个奶粉哪个有问题。"我对小娜说："是那些奶粉厂倒霉，我们——相中哪个，哪个就得倒霉，这些奶粉厂应该给咱们钱，求着咱们——别喝他们厂的！"玩笑是玩笑，还得接着换，最后我们选定了M品牌。

好在M品牌比较争气，一直没出问题，我们家——喝着也挺好。不出问题最重要的一点是，我不再看相关的网上新闻了，实在换不动了！

后来风波过去后，两个小事情引起了我的思考。先是我看到Y品牌再出江湖，价格竟然更高了。我大为诧异，这个企业一不道歉，二不补偿，三不打折。估计他们觉得反正过错都是三鹿的，天塌下来有蒙牛这样的大企业替他挡着！那个导购认识我，劝我再用这个品牌，我说不，因为我觉得他们没有认错的态度！再有一个小事情，去东北出差，和朋友吃饭。我对一个朋友感叹道："别看你们当地奶粉便宜销量小，但好歹没有三聚氰胺呀。"朋友哈哈一笑说："销量确实上去了，毕竟不是所有人都买得起进口奶粉。但我听他们厂子里面的采购员说不含三聚氰胺，不是因为质量要求高，而是当初下手晚了，三聚氰胺都被其他大企业采购光了，这才因祸得福！"

现在谁不信"谣言"谁是傻子，故事里的事说是就不是，说不是也不一定不是。这正是，三鹿奶粉坑天下，婴儿父母泪满衫；左换右换皆中招，三聚氰胺愁断肠！

小贴士

2009年1月22日，三鹿系列刑事案件，分别在河北省石家庄市中级人民法院和无极县人民法院等4个基层法院一审宣判。田文华被判生产、销售伪劣产品罪，判处无期徒刑，剥夺政治权利终身，并处罚金人民币2468.7411万元。

另悉，这批宣判的三鹿系列刑事案件中，生产、销售含有三聚氰胺的"蛋白粉"的被告人高俊杰犯以危险方法危害公共安全罪被判处死缓，被告人张彦章、薛建忠以同样罪名被判处无期徒刑。其他15名被告人各获2～15年不等的有期徒刑。

2009年2月1日田文华提出上诉，请求撤销一审判决，改判上诉人不构成指控所涉罪名。2009年3月26日，其上诉被驳回，维持一审判决。

4. 流感事件——手足口和猪流感

一一的08年赶上我国百年难遇的天灾人祸，09年的春节我们全家在看春晚的时候还议论，这09年千万别出什么乱子了。我说：“应该不会了吧，这一年，我们家一一地震、她奶奶糖尿病、房子官司、三鹿奶粉、全球经济危机全赶上了。牛年我们国家和咱家怎么也应该是牛市了。”我爸说：“你别没事什么都往咱们家宝贝身上靠，一一福大命大造化大。”我妈插嘴：“只要能控制，咱就不怕，就别闹出非典那样的传染病，太闹心了。”

事与愿违，到了三月份，小娜刚开学没多久，回家跟我说：“学校现在真麻烦，每天得检查孩子的手和嘴，看有没有手足口病。本来我们班主任就忙不过来，现在更乱了，每天早上查这个，连吃早点的时间都没有了。”我说：“什么手足口？听都没听过。”没过多久，在防疫站工作的老丈人来电话说：“最近别带一一去人多的地方，现在北京手足口病比较严重，丰台地区非常不乐观！”

到了三月底，新闻正式宣布：“目前北京市每天报告手足口病例在50例左右，并且呈快速上升趋势。根据市卫生局通报，每年5～7月是北京市手足口病的高发时期，高峰出现在6月。从今年1月1日到3月29日，全市共报告手足口病例1087例，目前每天新增手足口病例在50例左右。虽然目前本市手足口病发病呈快速上升趋势，但患儿的症状较轻，无重症病例、无住院病例、无死亡病例。”

我听完刚松了一口气，觉得可以控制治愈，新闻接着说：“手足口病没有疫苗，并且可以通过多种途径传播，包括呼吸道、粪口途径以及直接接触传播等。目前北京市已经推出12条措施防控手足口病，防控重点放在托幼机构。如果一个幼儿园的某个班级在一周之内出现2例手足口病，这个班级就要停班两周。目前北京已经指定地坛医院和佑安医院作为接受重症手足口病患者的定点医院。”原来没法预防，而且重点传染对象还是学龄前幼儿！上网看了看病例，确实很折磨孩子。

一一被禁止了3天的外出，后来孩子憋得难受，天天指着门外“外外，外外！”地叫唤。每次我把她抱到窗户上，她都兴奋地用手拍打着窗户。我出去侦查了十来分钟，跟其他宝宝的家长聊了聊，大家其实对手足口病也挺担心的，但是小区里面没听说哪家孩子得了，再说孩子老不出来活动，对孩子发育和增强免疫力也不好。我听了觉得也很有道理，就跟家里人商量了一下，把一一带了出去。一一那天快乐极了，所以，自由也是人的本性之一。

到了四月中下旬，整个北京市病例已经一千多例，丰台这边的负面消息也不断传来，小娜的那些在其他学校任职的同学告诉小娜，她们的学校已经有了病例，但还没有停课。现在的重点已经不是幼儿园了，而是小学！丰台的小学要求每个楼层若出现两个病例，整层都要停课。小娜他们学校本来就谨小慎微，这下更害怕了，天天组织检查和消毒。小娜每天离开学校前洗一遍手，回家再洗一遍。如果不洗手，我和丈母娘就会不让她接触一一。她每天回来脱下来的外衣都得单独挂起来，害怕一一碰到。

一天，小娜回来告诉我们他们学校别的班有两个疑似病例，已经被隔离。我们赶紧像送瘟神一样让小娜直接去洗澡，然后把她全部的衣服高温消毒。我和我爸吓得开始给家里消毒，里里外外都用消毒液擦了好几遍。丈母娘把一一的奶瓶餐具两天一消毒改为每天一次。一一更是重点保护对象，绝不让陌生人接触，人口密集的地方绝对不去，每天的手脚嘴多次清洗。那段时间，人口稀少的公园成了一一常去的地方，商场超市几乎很少去了。

手足口病仅仅是个演习，更大和更持久的战斗这时候已经悄然从遥远的墨西哥传来！

同样是新闻联播，播音员字正腔圆地说：“一场突如其来的猪流感疫情自4月13日起在墨西哥蔓延。墨卫生部26日晚宣布，墨全国确认和疑似死于猪流感的总人数升至103人。最新消息显示，墨全国32个省份中已有17个通报发现疑似人感染猪流感病例，全国猪流感病毒感染者超过1300人，疑似病例超过4000人。目前，由于在墨西哥的疫情有可能向其他国家蔓延，国际社会已纷纷采取防控措施。”

我听了不禁苦笑：“非典坑了果子狸，禽流感害苦了鸡鸭鹅，现在轮到猪了。以后这肉都别吃了，吃啥有啥流感。”丈母娘说：“在墨西哥，那么远，且到不了我们中国。”我说：“这您就错了，有人的地方就有中国人，传到我们中国是迟早的事。再说，就算墨西哥中国人少，可是墨西哥挨着哪？挨着美国呀，美国中国人多吧？只要美国一流行，别说中国，全世界都跟着吃瓜落儿。”小娜说：“那我们老师又该倒霉了，每次传染病高发地区就是我们小学。”我逗她：“没事，咱中国人民好歹有了抗击非典的丰富经验，这个病目前看来比非典小多了。非典的时候，老美不是总是抱怨咱们国家控制不力吗？这次看他们怎么控制！”

要说还是我政治敏感度高，墨西哥发病，我就准确预感到问题的核心将来在美国。果然，没多久美国疾病控制和预防中心的发言人就在4月28日表示："美国确诊的猪流感患者人数已上升至64人。美国政府正在考虑是否发布对墨西哥的旅游禁令。建议美国民众如无必要尽量不要前往墨西哥一些疫情严重地区。"这是美国人惯用的伎俩，其实我一直怀疑，美国和墨西哥是同时发病的，但美国就是可以堂而皇之地把责任推给墨西哥。最令我没有想到的是，美国防控的措施就是不防控。我去美国的朋友告诉我，美国的机场、商店、医院、宾馆等地方根本就没有人管，没有人检查旅客是否有发热的症状。我心里暗骂：靠，不带这么玩的。

美国人这么玩，终于把咱中国给玩了进去，我们家小一一从此开始了和H1N1的持久战。

时间我记得很清楚，5.12纪念日的前一天，2009年5月11日早晨确认四川患者包某某患有猪流感。根据"历史记载"：这个叫包某某的患者，此前在美国某大学学习。患者于五月七日由美国圣路易斯经圣保罗到日本东京，五月八日从东京于五月九日凌晨抵达北京首都国际机场，并于同日上午乘川航3U8882航班从北京起飞后抵达成都。患者五月九日在北京至成都航程中自觉有发热、咽痛、咳嗽等症状，在成都下机后到四川省人民医院就诊。五月十日上午，四川省疾病预防控制中心两次复核检测，初步诊断患者为甲型H1N1流感疑似病例。五月十日晚，中国疾病预防控制中心和军事医学科学院接到疑似患者标本，连夜开展实验室检测。十一日早晨，中国疾病预防控制中心和军事医学科学院对该疑似患者咽拭子标本甲型H1N1流感病毒的核酸检测结果为阳性。中国有关机构在第一时间寻找与该名患者同机的数百名接触者，截止当时为止仍然有26名同机者没有找到，不排除病情扩大的嫌疑。

这个"不排除"唤起了大家对03年非典的恐慌。果然，从此以后，H1N1就像星星之火在大陆不断扩散。在防疫站工作的老丈人本来都到了退休的年龄，没办法只得再次奔赴"前线"。医院、学校等地方再次开始严密监控。小娜他们小学更是三重保护，四次检查：花了几万元，

买了一个像拱门似的电子测温仪放在教学楼大厅里，所有人都得从这个仪器前进出；门口的大爷手持一个小型的电子测温器，早晚在学生和家长的太阳穴前比划，就像开枪为你送行一样；后来有人反映这两个仪器测出来的温度大部分都是35.8℃，担心不准，学校又购买了一批温度计，老师学生人手一个，每天学生上下午各测一次——别的年级还好，小娜教的是一年级，孩子根本就甩不动这个温度计，全是老师在帮着甩。每天回来小娜的肩膀和胳膊我都得给揉半天。晚上，丈母娘得休息一下，小娜累得抬不起胳膊，一一就只能我独立迎战。终于小娜锻炼出来了，可以帮着我看一会儿，让我写点东西了，她们学校又规定每天晚上还得电话或者短信再和家长联系一下，询问学生的体温。这下，每天晚上40多个家长的短信电话来回不停，这晚上照顾一一还是我一个人的事儿！这就叫患难见真情，一一就是这个阶段迅速和她老爸我建立了深厚的革命感情。

一一这么小，我也不建议吃药预防。还是老办法，一天一杯萝卜水。趁天气好的时候尽量让她在小区的空地上玩，每天坚持外出接触阳光空气的时间不少于2个小时，一一这段时间虽然晒黑了，但是也结实了。你说这世界上就有那种唯恐天下不乱的人，北京有个疯子那段时间确诊后还是满街溜达，为了以防万一，一一在家也是躲了几天。慢慢冬天到了，天气冷了，一一外出的时间自然就短了。

到了2010年年初，卫生部通报指出，截至2009年12月31日，全国31个省份累计报告甲型H1N1流感确诊病例12万余例，已治愈11万例，死亡648例。虽然绝对数字很吓人，但疫苗也研制了出来，大家在陆续接种，老百姓的心态趋于平稳，这个H1N1就没有一开始那么恐怖了。卫生部指出，防治H1N1流感是个长期任重道远的事情，但我不怕，不管这个流感还是那个流感，为了一一，我们全家时刻准备着迎接挑战，并且有信心战胜一切困难！

小贴士

手足口病：手足口病是肠道病毒等感染引起的、以出疹和发热为主要特征的急性传染病，春夏季是高发季节，主要通过接触唾液、疱疹液、粪便污染等传播，儿童和成人都可能感染发病，但5岁以下幼儿多见。初期可有轻度上感症状。由于口腔溃疡疼痛，患儿流涎拒食。口腔粘膜疹出现比较早，起初为粟米样斑丘疹或水疱，周围有红晕，主要位于舌及两颊部，唇齿侧也常发生。手、足等远端部位出现或平或凸的班丘疹或疱疹，皮疹不痒，斑丘疹在5天左右由红变暗，然后消退；疱疹呈圆形或椭圆形扁平凸起，内有混浊液体，长径与皮纹走向一致，如黄豆大小不等，一般无疼痛及痒感，愈合后不留痕迹。手、足、口的病症在同一患者不一定全部出现。水疱及皮疹通常会在一周内消退。

手足口病的家庭预防措施非常重要。儿童使用的奶具、餐具要煮沸15分钟消毒；对玩具、厕具等应清洗后，用0.5%的84消毒液擦洗消毒；儿童经常触摸的地板、桌椅凳面、床头、门把、扶手等也可用84消毒液抹拭；尿布最好使用一次性纸尿裤；衣、被等布类和书本置阳光下直接曝晒4小时以上；哺乳的母亲要勤洗澡、勤换衣服，喂奶前要清洗奶头；幼儿饭前便后要洗手、不喝生水、不吃生冷食物、不吃没洗干净的瓜果；室内保持通风换气，不带幼儿去人群集中的场所；注意营养和休息，防止过度疲劳。也可口服具有清热解毒作用的中草药或抗病毒药物，如板蓝根、大青叶、金银花等。若发现孩子有发热、皮疹，要立即去医院就诊。

5. 婆媳事件——幸亏都是明事理的人

在人际关系处理上，我一直很自负，朋友同事有了矛盾也经常是我去调解，所以觉得自己在这方面是个高手。结婚前就有很多已婚的朋友抱怨婆媳关系难处，我也没放在心上，因为我觉得我妈和小娜都挺通情达理的。

从我妈这边说，她和我姐的婆婆就处得非常好。我姐脾气不好、性子比较倔，但和她婆婆在一起生活了七年，都很融洽，被誉为他们那个小区的婆媳典范。这里面就有我妈的功劳，因为即使偶尔有些小矛盾，我妈也是帮着我姐的婆婆说话。所以，不管遇到什么事情，哪怕和我们家一点关系也没有，我姐的婆婆也愿意和我妈聊天。

打小娜这边说，虽然小娜从小就几乎不做家务，但结婚后一直也想做个好老婆。我们婚后主要住在丈母娘家（为了小娜上班方便），小娜虽然愿意主动做些家务，只不过丈母娘都大包大揽了。那时候小娜也算是比较“崇拜”我，几乎什么事情都听我的。我们那时候商量好，一定要孝敬双方的老人。我们也采取了一定措施，比如去我们家住的时候小娜抢着干家务，在丈母娘家住的时候我抢着干活。没要孩子前，我的耳朵几乎听不见婆媳双方任何负面的意见。

但这一切都在有了一一这个小美女之后，发生了变化。很多我觉得不是个问题的事儿，在我老婆或者我妈那里都成了严重的问题。那阵子，我嘴上不说，心里很是别扭。原来八面玲珑调节的本事在我两个最亲的“女人”面前荡然无存。

这矛盾的最初来源在我看来是源自两个老人的习惯问题。

上面说了，为了更好地照顾小娜和孩子，同时也是害怕我妈身体吃不消。丈母娘在小娜坐月子的时候也在我们家住。原定，我妈照顾孩子，丈母娘主要照顾小娜，说好了谁有时间谁就做饭。我当时忽略了一个大问题，就是我妈和丈母娘在家都是大包大揽的人，在家务上都是领导者，这两个领导者在一起，就会有问题。这点我姐的婆婆比较聪明，她和我妈在一起的时候，就主动说自己水平一般而甘做下手，我妈让干啥就干啥，这样我妈活没少干心里还挺舒服。刚开始的时候，有些事情我妈觉得丈母娘一个人就能干了，就很放心，但是毕竟不是自己家，丈母娘干不顺手，时间稍微拖了一点，我妈性子急，就抢过来自己干了。再加上刚来的时候，毕竟是“客人”，一开始我妈也不好意思让丈母娘多干，打下手的事情我爸就干了。这样，时间一长，丈母娘反而无事可做。而像她们这样的家务领袖，越没事越会觉得难受，仿佛一定意义上成了局外人。

这样，一个领导人忙得不行，另外一个“被下岗”后闲得发慌。矛盾就出来了。我那时候白天上班，下班光顾着逗一一，晚上睡觉也是自己睡，和小娜的交流少，就没发现一种危险的情绪开始蔓延。

最早发现这个苗头是因为一件小事，我怕两边的老人寂寞，给家里的电脑装了游戏，教给两边的老人玩。那天我妈和我爸临时出去有事，趁着一一睡觉，丈母娘一边熬粥一边就去玩游戏了。但是忘了一件事情，我们家的火比丈母娘家大，丈母娘还是按着在丰台的时间来计算。结果我爸妈回来发现锅全溢了，赶紧把火关了，丈母娘看见了一着急解释说：“忘了看锅了。”其实这个就是说明一下，告诉以后做饭的时间缩短就好了。但是我妈就觉得丈母娘家务上不过关，忘性大。私下里和我暗示，她一个人照顾小娜和孩子就行。这言外之意就是，丈母娘帮不上太多忙，反而还得被照顾。我当时劝我妈说：“人家偶尔一次失误就不要一棍子打死，我们住丰台的时候里里外外都是我丈母娘一个人干的，再说小娜猛地和你们在一起长时间住也不习惯，她妈陪她说说话也能好一点。”

有些事情按是按不下的，习惯不同，就会导致误会。丈母娘习惯做完一件再干下一件，我妈喜欢节省时间，如果能安排开就恨不得同时把所有事情都干了。这样，丈母娘的工作习惯我妈就不适应，总是希望丈母娘能按她的方法来。丈母娘是个好脾气，一切老替别人着想，听我妈的反而每件事情都乱了，这样自己也觉得憋屈。因为都是为了孩子，也不是什么大问题，这种小别扭就一直滋生着。小娜看在眼里心疼她妈，就觉得我妈太强势了，不体谅她妈。我妈觉得她一个人照顾一大家子，统一安排指挥是应该的。当面大家都不说，私下里就分别对我吹风了。

有一次孩子不吃奶直哭，我妈抱着哄怎么也不行。丈母娘就过去帮忙，拿了一个拨浪鼓给一一听。本来我妈就有些心浮气乱，一听这鼓声，就大声说：“别敲了，越敲孩子越害怕！”丈母娘听后讪讪地不说话了，小娜在旁边听见脸一下子就沉了，把给孩子冲奶的瓶子狠狠地摔在了桌子上。我当时心里一咯噔，觉得完了，出事了。下午，我跟我妈说，都是为了孩子好，别那么急，你这样说丈母娘，人家挺难受。我妈也觉得声音大了，下午找个时机很快就和丈母娘聊上别的了，那些小不愉快也就过去了——丈母娘这点好，什么事不太放在心上。但是小娜就不干了，白天觉得憋屈了，晚上都不愿意理我，一个人在那里掉眼泪。问她她也不说，我只能自言自语地去劝。我说：“按道理，养活孩子是我们两个自己的事情，老人没有帮咱们的义务，两个家庭生活习惯不一样，肯定会有意见不一致的地方。我妈这人好胜、心急，最近主要她一个人照顾一一和你，有时候还得做一大家子的饭，脾气有些急，咱们做小辈的也得理解。我妈也知道自己上午脾气急了，这不下午就和你妈说开了吗？咱们有矛盾就得帮着解决，不能拱火。你当着老人面摔摔打打的也不是很合适，是吧？”小娜生孩子后就不那么听我的了，气消了一些，回了我一句：“等一一百天我们就搬回丰台去。”得，全白说了。

这以后，孩子就成了矛盾的集中地。穿衣服多少？盖被子薄厚？是否应该吃药？出去多长时间合适？吃饭多了还是少了好？等等，都会有争议。如果意见不被采纳，小娜虽然私下里生气，但一旦我妈不在她就按自己的想法来。这样，我私下收到婆媳双方的“投诉”就越来越多。

事情的转机出现在我妈得了糖尿病住院，小娜一看老太太因为孩子累得瘦了将近30斤，也是心疼得直掉眼泪。我们把孩子接回丰台住了半个月，那段时间，孩子因为房间小，活动洗澡都很不方便。甚至睡觉因为家里面5个人，根本睡不开，丈母娘用两个靠背椅给一一搭了个床。我和小娜上网一看，这样对孩子的脊椎发育不好。没办法只能委屈大人，横着躺了。小娜发现，孩子不那么白净了，也不是那么活泼了。虽然对婆媳关系还是有些抵触心理，但一看在丰台确实没有清河方便，丈母娘一个人（老丈人上班）也的确有些忙不过来，还是和孩子一起回到清河住了。

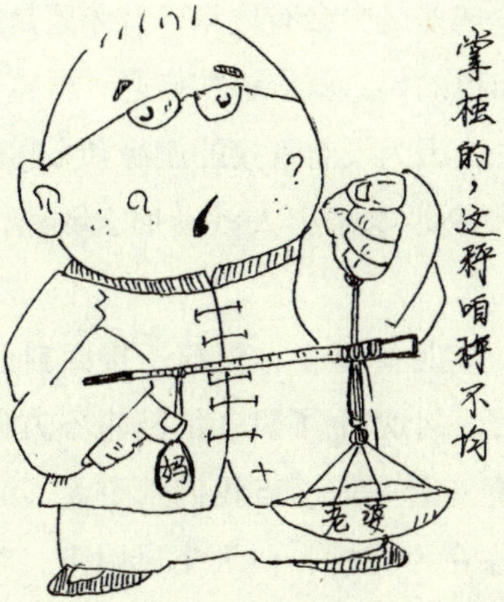

这时，我就有了经验。我有一句顺口溜：“外事问谷歌，内事问百度，房事问天涯，养活孩子就得问玉巧（郑玉巧大夫）。”说白了，大家意见不一样的时候，去查阅专家的意见，专家有明确的意见，就听专家的，没有，我们就商量着来。比如孩子穿衣服的多少，小娜怕冷认为应该多穿，我妈怕热觉得应该少穿，我就说外面加一个马甲就行，热了就脱下来。吃饭小娜认为多吃好，我妈认为欠着一点好，我就说看孩子的，实在不想吃就算了，但是保证一个基本量就行。有时候争论不下，我觉得我妈确实不对，就建议我妈打电话问他们的儿科大夫，这样，得到的意见就成了我妈的意见，其实也遂了小娜的意愿。小娜比较迷信书本，我就常劝她一个孩子有一个孩子的特殊性，不能完全照搬书本。慢慢地家里的气氛又重新向和谐的方向发展。

我私下里琢磨，为何女婿和丈母娘关系就好处，婆婆和媳妇的关系就不好处，特别是有了孩子就更不好处？我分析来分析去，总结出四点：第一，传统的观念认为男人就是在外面打拼的，所以家务和照顾孩子不属于丈夫的职责范围。因此，我住在丈母娘家，干一点家务活丈母娘就觉得很满意了。第二，老人都认为女人照顾孩子做家务是份内的事情，而现在的女性觉得家务和照顾孩子是两个人的事情，女人生孩子已经很辛苦了，没有义务多承担家务，反而应该受照顾。第三，婆婆和媳妇对养育孩子的观念或多或少会有代沟，有矛盾是难免的。第四，媳妇觉得婆婆既然也是自己的妈，就应该和自己一样宽容照顾自己，其实婆媳和母子是两个概念，因为没有直接的血缘和多年的亲情积累。而女婿和丈母娘就没那么复杂，本来男人就没那么敏感，对家务也不过多操心，丈母娘的要求也低。

经过分析，我决定见好就收，把孩子接回自己家。正好我妈身体也不允许长期看孩子，小娜上了班在清河也不方便，况且孩子晚上最好要和爸爸妈妈待在一起——这点我们六个大人的意见是一致的。于是就成了现在孩子住在卢沟桥，白天丈母娘带，晚上我和小娜看的现状了。

这个期间有个小插曲，也引起了我们两个家庭的不同意见。我和小娜希望老丈人也搬过来和我们一起住，毕竟我们结婚后就和他们老两口一起住了。主要还是希望老丈人退休后在家，白天可以帮着丈母娘看看孩子，打打下手。没想到，老丈人被单位返聘了，嫌我们这边上班不方便就不愿意过来，小娜和丈母娘劝了几次也没效果。我爸担心丈母娘一个人照顾不过来，就周一到周五过来帮忙。我妈就对我这老丈人有了看法，觉得老丈人不顾家，不心疼自己的老伴。这个事情就是这样，小娜自己有意见没事，别人有意见说她爸她就不高兴。我只能两头劝，对小娜说我妈是心疼你妈。对我妈说老丈人来了也不会照顾，丈母娘还得多伺候一个，何况我爸也舍不得一一。这个事情也就自然而然地过去了。

慢慢地，丈母娘一个人也打理得很好，一一很听姥姥的话，吃得也多，喝得也多，长得也快，但是因为是一个人一一白天活动就少一些。一一回到她奶奶家，就会撒娇耍赖，黏着我妈，我妈每天都要给她按摩，我爸白天就会带她多出去活动，但是一一吃饭就差一些。小娜有时候半开玩笑说："谁说我妈看的不好，每次去你们家孩子都没在这边吃得多。"我也只能苦笑着说："你们看得都好，就是我把你们看得不好！"

做儿子、做丈夫、做爸爸，一个三合一的男人的生活才算完整，有了矛盾不要紧，只要我们的出发点是好的，方式是善意的，矛盾总会解决，您说呢？

小贴士

婆媳相处的要点：

1. 注意主辅角色定位

当女性为人妻为人母后，就要自觉地完成角色转换和角色定位，做称职的妻子和母亲；而在原来的家庭里，却依然是孝顺的乖女儿。而老人一定要注意，自己起的是辅助作用，大主意要小两口自己拿。不注意角色定位的人，婆媳矛盾是必然存在的。否则，由着老人插手第三代的养育，对孙子/女的成长显然是不利的，也是不负责任的。而为人媳妇不要对婆婆的意见一律抵触，要虚心分析，好的就要采纳，同时要及时夸奖感谢老人。在各自坚持做好角色内的事情的基础上善意地提醒对方、帮助对方，便会减少矛盾。

此外，有条件的还是应当在自己家中带孩子，这样老人的角色定位自然会放在辅助的地位。个人建议丈母娘长期照顾矛盾会少得多，我们小区丈母娘帮忙的就特别多。当然，最后一句不鼓励，哈哈！

2. 媳妇和女儿不划等号

有很多做人儿媳总是一厢情愿地以为：只要我像对母亲一样对

小贴士

婆婆，婆媳之间就不会产生矛盾了。其实不然，母女和婆媳是两种完全不同的关系，母女之间发生矛盾不会产生隔阂，母亲不会计较女儿的言行。而婆媳没有这样的亲情积累，媳妇如果天真地认为婆婆就是自己母亲，言语上像女儿对妈一样没心没肺，就会得罪了婆婆，婆婆绝对会有微辞，积累太多，总有一天会爆发。正确的做法是，媳妇心里分清楚，婆婆就是婆婆，母亲就是母亲，在行为方式上却要像对母亲一样对待婆婆，执行一套标准模式，孝敬婆婆，关爱婆婆，给自己妈买一件衣服，同样也要给婆婆买一件衣服，不分彼此。当然，婆婆对媳妇也要这样做，有女儿的婆婆更应该如此。说白了，都是一家人，不要分出三六九等。

小娜给两边的老人就特别舍得花钱，自己不买新衣服，都要给老人买。两边老人的生日她都记得很清楚，没时间去庆祝也会买礼物。

3. 丈夫要懂得“扬弃”

丈夫是婆媳关系的汇集点。我们做儿子/丈夫的要做调节器和缓冲器，不要做助推器。平日里，婆媳在自己面前说对方的坏话。我们要主动滤掉那负面的语言，仅仅说正面的话，并且要夸张，放大正面的话，以培养婆媳之间的感情。如果负面的不说不行，也得注意方式方法，不能一味地指责，要创造良性的交流氛围。

4. 丈夫要避免当庭宣判

当婆媳之间发生矛盾，当面在丈夫面前讨要说法的时候，我们要避免“当庭宣判”。应该分别交流，关上门说说对方平日里对她的好，将相互的良性情绪全部引发出来，用良性情绪对抗她们身上暂时的负面情绪。

5. 老人不能护犊子

夫妻发生矛盾别扭的时候，老人在问清事情缘由后，如果不是原则上的问题，表面上要向着“外人”，说服教育自己的“亲生子女”，这样才有利于矛盾的处理。一味地护犊子，其结果就是火上浇油！

6. “破相”事件——宝宝要预防哪些危险

“挑战主持人”那个节目原来有句口号叫作“挑战无处不在”。对一一这些还没上幼儿园的宝宝而言，则是“危险无处不在”！许多家长在孩子会走路、会简单表达自己的想法后，警惕性就逐渐降低。殊不知，这时候的宝宝才是最危险的时候！打个比方，新手开车上路，大事故高发期往往不是出在他们刚上路的时候，因为他们那时候胆小谨慎，出事也最多是熄火、刮蹭等小问题。大事故高发期经常是开车2个月以后，因为那时候很多新手觉得自己熟练了，就放松了警惕，精神不集中，导致大的事故。照顾孩子同样如此！

好奇、好动是每个孩子的天性，学会某项技能、参与某个游戏都能令一一陷入疯狂、忘乎所以的境界，而“陷阱”往往就隐藏在我们看似安全却早已天下大乱的家中、小区里。就算父母再小心翼翼，都避免不了“智者千虑必有一失”，让宝宝经历皮肉之苦，何况那些粗枝大叶的家长。一一虽然算是一个相对文静的孩子，但是依然会有这样那样的危险伴随左右，有的至今回忆起来仍后怕不已。

磕伤“破相”——一一的脸流血了

说实在的，以貌取人我们都知道不对。但对于我这个“丑爹”而言，有个漂亮闺女确实很自豪，所以天天看着一一像个小苹果一样的脸美个不停，生怕出事。有的人形象地把会走路之前的宝宝叫做“毛毛虫宝宝”，刚会走路的叫做“企鹅宝宝”，再大些的叫做“小猴子宝宝”。一一刚学会走路的时候，跌跌撞撞、歪歪扭扭的，正是“企鹅宝宝”阶段。那时候的一一不喜欢让大人抱了，还喜欢学习大人做一些事情，比如扫地、倒垃圾什么的。我也乐于让她锻炼动手动脚的能力，所以一般不怎么阻拦。

一天，我在客厅看书，一一在我面前的茶几上玩扑克。因为扑克比较薄，所以拿起来比较费劲，正好可以锻炼一一手指的灵活性，我就没

管。一一玩得兴起，突然把所有的扑克都扒拉到了地上。然后蹲在地上，再把这些扑克弄得更乱一些。我看见了，就从地上捡起一张放到茶几上一个大盘子里面，说：“一一，你看爸爸把扑克放到盘子里了，多漂亮呀，你会放吗？”一一刚开始没明白，我又做了两次，她立刻觉得这是一个值得挑战的游戏，也捡起一张扔到了盘子里。我赶紧鼓励：“一一做得真好，鼓掌！”这下一一更兴奋了，连续地开始捡扑克运动，有时候抓起一把放进去，然后自己给自己鼓掌。地上的扑克越来越少，一一的动作越来越快，突然，在捡远处一张的时候，一一跑得太快，一下子没站稳，摔倒的时候脸重重地划过了茶几的桌角，鲜血一下子流了出来。一一当时哭得差点背过气去，脸上伤疤的印迹几个月才完全消退。

后来我们使用了安全角。在家具的边缘、有凸出部分的柜子、有尖角的窗户上加装防护设施，如圆弧角防护棉垫。但是好景不长，一一慢慢长高后都给弄掉了。所以我的办法就是不嫌麻烦，一次次地现身说法，现场教育，告诉她这样很危险，不断帮她回忆那次流血事件。时间一长一一就知道躲着那些危险“角落”了。

宝宝的力量——掉床下了

很多人认为宝宝那么小，没什么力气。其实不然，宝宝的韧劲和瞬间爆发力往往是大人预想不到的。从一一会翻身起，她就逐渐扩大自己在床上的势力范围，经常自己滚到床的边缘，吓大人一跳。我们那时候用几条厚棉被挡在床边，她基本上出不来了。等到一一会爬了，跨越这些障碍的欲望越来越强，天天和这些被子作斗争，乐此不疲。但是由于她总是以失败告终，我们也就没当回事。一天晚上，我们突然被一阵恶嚎惊醒。起来一看，一一已经在床底下了，晚上虽然哄了一会儿就睡了，但第二天早上一看，额头还是有一个大包，我们心疼坏了。我们在床边的地上加装了一圈厚厚的海绵垫子，防止意外再次发生。宝宝睡觉的时候，喜欢转圈睡，我们床边尽量都有稳妥的防护措施。

阳台、窗户和楼梯是宝宝们最爱玩的地方。很多家长认为不管多高只要自己抱着或者扶着就一定没事，这你就小看宝宝们的力量了。据新闻报道，两位家长抱着两个一岁多的孩子在高层的半封闭阳台上聊天。两个孩子互相玩耍，忽然一起向外一蹿，大人根本反应不及，孩子们当时就掉在楼下再也回不来了，家长当时就哭昏过去了。所以我劝大家不要抱孩子到没有封闭的阳台上去。

孩子爱爬高，爱穿越护栏，这些都是危险的。但不是说不能玩，否则不利于发展宝宝的身体协调能力，对外界的适应能力也不会强。只要防护得当，就可以让他们尝试，有时候浅尝辄止的“危险”也能让他们明白什么可以玩，什么不可以玩。

商场里面的滚梯是一一最喜欢的“大玩具”。抱她的时候一定要小心，尽量把孩子往里抱，用自己的身体挡住她。就算她要自己体验站在电梯上的感觉，也要先抱着她在滚梯上站稳后再把她放下来。我父亲有一次看电梯挺慢，就直接把一一放上去，结果自己没跟上，一着急就把腰扭了。

不是童星，咱别触电——一一喜欢摸电门

一一有一段时间，对墙上的电源还有房间里面的插座都非常感兴趣。总是趁我们不注意用小手去捅那些“小窟窿”，也许她觉得电源和插座真是太神奇了，一插上，灯亮了，电视屏幕上有图像了，录音机有声音了……里面到底有什么，我一一自然要探个明白。

我们解决的办法一是把家里的插座都换成安全插座，就是有安全盖板的那种。墙上的电源改动不了，就用容易发出声音的桌椅遮挡一下。另外为了让她明白电的危害，我和小娜经常给她表演用手触电后的“惨状”，告诉她“这个是可怕的，是很疼的”。慢慢一一也就不去接触那些东西了。我对小娜说：“现在还不是明星，咱就别让她那么早触电了！”

舞刀弄枪——一一戳了眼睛

一一快两岁的时候，开始对棍子、剪刀、刀子、筷子、针、玻璃等凶器发生了兴趣。塑料棍子还可以，她能像个小猴子一样耍得有模有样，其他的那些东西就不敢让她接触了。但是由于剪刀、刀子、针、牙签一类的东西，大人经常要用，完全不让她看见也不可能，就更要

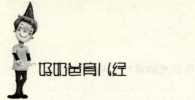

对孩子强调危险性。我们同样得演戏，告诉孩子这个东西很可怕。如果发现宝宝拿了这些东西，大人千万不要大惊小怪，不要马上硬夺，而要和颜悦色地劝说宝宝把东西还给大人；否则就会刺激、惊吓到孩子，出现意外。

一一吃饭的时候喜欢玩筷子，我们基本上都是让她固定在她的宝宝椅上玩。有一次，一一拿着筷子跑，还时不时往自己嘴里放。我看见后赶紧过去让她把筷子给我，她不给，我就下手去夺，一一拿着筷子一闪，筷子的一头就戳到了她的眼角。她自己哭不算，那天正好赶上她爷爷生日，和爷爷照相的时候，一一那只眼睛还老闭着，气得老爷子生了我半天气，说要是毛衣针就麻烦了。

脑子比嘴快————变成小结巴

一一2岁的时候，迷上了和我玩“火车”的游戏。她坐在我的肚子上，当列车长，发号施令，让我模拟火车的声音和震动。本来一直很正常，但第三天，一一突然结巴起来，我问：“列车长，可以发车了吗？”一一说：“可可可可以发发发车了。”我一开始没放在心上，可是后来不仅是做游戏，说其他的话她也结巴。我越矫正，她越结巴。一开始她觉得我着急挺好玩，后来自己老结巴也挺着急了，有的话说不出来干脆就不说了。这下把我吓坏了。

赶紧去查资料，又问问邻居张阿姨。告诉我这只是一种正常的现象，由于孩子现在积累的词汇越来越多了，也逐渐学会了好多词汇的用法，他们有把这些词汇融汇贯通的需求和愿望，也就是到了所谓的“语言爆发期”——这正是儿童言语和心理发展最迅速的阶段。但是，因为宝宝的言语功能还不成熟，这时候说话经常会停顿重复，也就是我看到的一一的结巴。其实，这只是生长发育的一个自然现象。大人不用立即纠正，让宝宝慢慢把话说完，不要笑话孩子。随着年龄的增长，大人可以放慢语速真诚地告诉宝宝正确的方式，这种暂时性的口吃就会逐渐消失。我们一家人紧张的心才放下来。

需要指出的是，不要在孩子用语言主动表达自己想法的时候，大人因为有事对此不耐烦，进而粗暴地打断孩子说话，更不要在孩子还没说完话的时候惊吓、恐吓孩子，那样会造成刺激性口吃，恢复起来相当麻烦，严重的话会导致终生遗憾。

小贴士

据我国最近的一项调查显示，意外伤害已经成为儿童死亡的第一杀手，而那些重度伤残的孩子和他们的父母所承受的身体痛苦和心灵的创伤，并不亚于那些失去孩子的家庭。这些“灾难”有相当一部分是在家中发生的，尤其是4岁以下的孩子，他们走路不稳、平衡感不好、判断力不足，内心的底气又特别足，幼稚而自信，常常因莽撞而导致意外伤害的发生。因此，父母与其等到出了问题再回过头来后悔、内疚，不如事先揪出隐藏在家中的安全隐患，彻底堵死危险的陷阱。除了正文讲的，我这里还有几点给大家强调：

1. 小心身高：宝宝1岁半的时候最危险，那时候的宝宝大概80公分左右，正好略高于家里的很多家具，头部容易撞击家具的凸起部分，大人一定要小心。

2. 注意滚梯：特别是那种楼梯式的滚梯，对2岁前的孩子，大人不能直接让孩子上去。有家长觉得无所谓，先把孩子往上一放，然后自己再上去，结果因为对速度、惯性还有位置估计不足，经常大人带着孩子都摔倒了。有时候因为人多会产生摔倒的多米诺现象，更为危险。

3. 插座位置：装修时，应将插座安装在比较高的位置，至少在1米以上，让宝宝摸不到。

4. 兴奋有度：孩子最兴奋的时候，往往是最危险的时候，个人建议不要让宝宝疯过头，适可而止。我的一个大哥的孩子就是绕着花池台子疯跑，体力不支把牙嗑掉了。

5. 热火无情：据相关调查显示，在家庭中遭遇烧伤和烫伤的，有50%以上是儿童，尤其是3岁以下儿童。孩子不小心碰倒暖瓶、水壶、

小贴士

热粥、洗澡水等烫伤时有发生。除了注意让宝宝远离外，还可以用一些微烫的物品让宝宝触摸，宝宝感知到危险后就不会主动接触了。

6. 水也疯狂：很多家长认为水没什么危险。其实也不然，有的孩子因为地上有水滑磕伤的情况也不少。一个邻居的孩子因为下雨后在外面玩，摔倒在一个小水坑里面，竟然呛水而亡，令人痛惜。

7. 装修防滑：装修的时候，尽量不要用非常光滑的地砖。

8. 窒息恐怖：孩子容易把珠子、扣子、干燥剂、花生米、枣核等放入嘴中“品尝”，结果误入气管。因此在孩子吃东西时不要逗她乐、说话、笑、哭、跑等，这些均易造成气管异物，引起窒息。如果发生意外，应立即将孩子倒立、拍背，能将气管中的异物吐出。稍稍拖延，都有生命危险。

9. 药得收好：现在的药都做得很好看，一一就愿意捡药片吃。因此大人一定要养成好习惯，把药放在高的地方。掉在地上的一定要捡起来处理掉，否则孩子误服后果不堪设想。

孩子要放手让他锻炼，毕竟他们要学会自己长大，学会自己体验困难，既要体会遇到挫折的痛苦，更要体验克服挫折后的快乐。同时我们更要时刻警惕，让他们安全快乐地成长。因为他们毕竟是孩子，毕竟是刚刚学会走路说话的宝宝，安全健康是养育他们的第一原则。如果我们做家长的做不到胆大心细、做不到从容应对、做不到防患于未然，出事的时候必然悔之晚矣。那时候，也许你委屈，也许你心痛，但是天下没有后悔药可以吃。

到这里有关一一2岁前的故事就讲得差不多了，好不好您多担待。在这里祝福所有的夫妻能有自己可爱的宝宝，所有的宝宝能在父母的养育下健康快乐地成长，所有的老人能尽享天伦之乐。

写完，收工，哄孩子去，您去不去？

也算后记——

我和父亲

小时候在农村和母亲长大，父亲在新疆当兵，4岁前几乎见不了父亲几面。有数地回来几次，也没什么感觉。就是知道他带回了一些葡萄干和糖，可是也被父亲放在高处，根本吃不了几口——大部分送人。

后来随军到了北京怀柔，一家人才算真正团聚。母亲有了工作后，地点很远，父亲单独带着我和姐姐生活了一段时间。那时候父亲年轻，没有带过孩子，以为孩子和他的兵一样，必须令行禁止。那时候大家家里都没有电视，记得有一次，我和姐姐跑了3里路，到部队的警通连去看动画片，看了一半赶紧回来，但是已经超过了父亲指定的到家时间5分钟，我和姐姐就都受了顿皮肉之苦。

上了小学，我的学习还算不错。但如果低于前五名，也是一顿暴打。有一次把我打急了眼，我瞪着眼睛向父亲喊："等我有了孩子，我不会动他一个指头。"父亲那时和母亲聊天，认为将来我和姐姐一定会记恨他。

等上了重点中学，父亲看我大了，也就不打了。没想到我那时候沉迷美术，耽误了很多文化课，学习一落千丈。父亲因为对我的希望太大，气得常常失眠。有一次，很少写东西的父亲给我写了一封长信，希望我能警醒，还被逆反心理极强的我给撕了。

高考自然是落榜了，夏天一个快40°的日子，已经年近50的父亲带着我在北京的几所高校间游走，希望可以上一个收费的大学。结果因为消息错误，始终找不到途径。望着父亲焦急匆匆的背影，我忽然发现，父亲仿佛一天就老了，以前他引以为自豪的笔直后背竟然驼了。我拉着我爸，含着泪说：“爸，我们不找了，我去补习，一定能考上重点”。

1年后，我考上重点大学。

13年后，我有了自己的女儿，我父亲成了爷爷。最疼孩子的不是我们，也不是奶奶、姥姥，而是爷爷——我的父亲。为了我女儿有个好环境，年到花甲的父亲每天往返5个小时的车程，给我盯着装修。孩子在爷爷奶奶家的时候，我父亲每天一个人抱着她，走多远也不累。后来孩子大了一些，我们搬回了自己的家。父亲不放心，又跟过来照顾了好几个月。

现在我虽然还是和母亲亲近一些，但是，重要的事情我都一般都和父亲商量，会认真听取父亲的意见，因为我们是家里的两个男人、两个父亲。现在的我早就知道，父亲小时候不是不爱我，而是不懂如何爱。他的爱，那时候的我并不明白。现在我有了孩子，虽然不会走父亲教育我的老路，但父亲给我的爱我会受益终生，包括我的孩子。

“爸爸，我爱你！”这句话作为一个儿子也许我一辈子不会当面和我的父亲讲，但我会一辈子真心爱他！

希望一一将来看懂这段文字和这本书的时候，会真心的和我说：“爸爸，我爱你！”——一定要讲出来，因为你是我的宝贝闺女！

图书在版编目（CIP）数据

好奶爸育儿经/王晓东著. －北京:作家出版社,2011.1
ISBN 978－7－5063－5710－4

Ⅰ.①好… Ⅱ.①王…Ⅲ.①婴幼儿－哺育－基本知识
Ⅳ.①TS976.31

中国版本图书馆 CIP 数据核字（2010）第 247217 号

好奶爸育儿经

作　　者：王晓东
选题策划：吕　龙　郑建华
责任编辑：郑建华
装帧设计：梦　石
绘　　画：王晓东　赖晓娜
出版发行：作家出版社
社址：北京农展馆南里 10 号　　**邮码：**100125
电话传真：86－10－65930756（出版发行部）
86－10－65004079（总编室）
86－10－65015116（邮购部）
E－mail：zuojia@ zuojia. net. cn
http://www. zuojia. net. cn
印刷：紫恒印装有限公司
成品尺寸：170×240
字数：237 千
印张：17.75
印数：001－12000
版次：2011 年 1 月第 1 版
印次：2011 年 1 月第 1 次印刷
ISBN 978－7－5063－5710－4
定价：29.00 元

适用范围：三岁以下孩子的父母及婚恋中男士，是一本女人买给男人看的书。

《好奶爸育儿经》一书是国内少见的由男人撰写的育婴类书籍。该书告诉读者养育孩子不仅仅是妈妈的事情，爸爸也是主力，好爸爸也能养出好宝宝。这是一本不可多得的教男人如何爱孩子、爱老婆、充满好男人关爱情怀的好书。

全书不仅介绍了作者育婴中很多实际的经验与教训，还总结了大量带有实用性和科学道理的贴士，对新婚夫妇和新手父母有很好的指导作用。

本书尤其令人感动的是，作者不是单纯地写育儿方面，而是从自己劝导妻子怀孕写起，写了自己如何对妻子关心爱护，尤其是大量如何保持孕前健康、照顾怀孕妻子、处理生活意外等方方面面的感悟等，对维护家庭关系很有帮助。

另外，书中还有作者和妻子为本书绘制的大量漫画插图，让你读起来更轻松。

适用范围：七岁以下的孩子的家长。

《站在孩子的高度》是中国、新西兰家教专家刘维隽积多年心血写作而成。本书教育理念先进，方法适用，是中西教育结合得很好的一本家庭教育书。

作者以五十高龄去国际上以早教著名的奥克兰科技大学教育系儿童早期教育专业学习，并成为四十多名学生中能顺利毕业的十六人中的一员。作者把自己学得的教育理念加上自己几十年积累的教育方法用于教育自己的外孙女小荷上，取得了很好的效果，外孙女小荷成长得非常优秀。

作者把自己的经验总结后，写成了这本书，在网上连载后，受到家长们追捧，很多家长都希望能先睹为快。

适用范围：家有十岁以下的调皮孩子的家长。

《调皮孩子这样教》是一位辣妈的教子手记，是辣妈在教育9岁的调皮儿子过程中的记录和反思。它汇集了一位对调皮孩子也曾无限困扰的妈妈的反思及应对方法，对有着同样问题的家长应该很有帮助。

这不是某位王者家长成功培养出名人名家后“坐而论道”的回忆录，它只是一位平凡母亲耐心守着一个普通孩子“行而反思”的火花集。它要给你的不是那支培养孩子迅速成“材”的魔杖，而是给你那把陪着孩子快乐成长的钥匙。

作者以幽默的视角，诙谐的文风，展示了一对普通母子之间相处的点滴故事，或提问题，或摆困惑，或谈忧虑，或谋对策，在一则则妙趣横生的手记后辅以一段段发人深省的反思，真可谓“小故事”见“大道理”，不失为一本内容丰富、观点新颖的家教实用指导用书。

适合范围：一岁以上孩子的家长，尤其教育上出了点小问题的孩子的家长。

《我身边的家庭教育故事》是作者对发生在身边的家庭教育故事的成败得失进行的反思。通过她的反思，让我们学到很多正确的教育理念；同时作者在这些故事中也有很多具体适用的教育方法，对指导家庭教育很有帮助。

作者杨杰是家里最大的孩子，曾经是一个名副其实的孩子王。对家庭教育很有天赋的她已经成长为北师大教育硕士、第一批家庭教育指导师。